影踏亭《かげふみてい》の怪談

大島清昭

いた民俗学でのフィールドワークの経験を生かしたルポルタージュ形式の作品を発表している。ある日姉の自宅を訪ねた僕は、密室の中で両瞼を已の髪で縫い合わされて昏睡する姉を発見する。この常識を超えた怪事件は、彼女が取材中だった旅館〈影踏亭〉に出没する霊と関連しているのか？　姉を救う手掛かりを求めて宿へ調査に出向くことにした僕は、宿泊当夜に密室で起きた殺人事件の容疑者となってしまい……第17回ミステリーズ！新人賞受賞作ほか、全4編を収録。

影《かげ》踏《ふみ》亭《てい》の怪談

大島清昭

創元推理文庫

THE WEIRD TALE OF KAGEFUMI INN

by

Kiyoaki Oshima

2021

目次

影踏亭《かげふみてい》の怪談

影《かげ》踏《ふみ》亭《てい》の怪談

僕の姉は怪談作家だ。

本名の梅木杏子《うめききょうこ》にちなんで、呻木叫子《うめききょうこ》というふざけた筆名で、主に実話怪談を書いている。

僕自身、怪談は嫌いではないので、しばしば古本屋で実話怪談の文庫本を買うことがあるが、それらの作品と比較すると、姉の作品はやや毛色が違っているように思える。

現在書店やコンビニで売られている文庫サイズの怪談本は、短い話が数十篇収録されているのが一般的だ。特に、実話怪談と銘打たれている場合は、著者が第三者に取材している場合が多く、そうした体験談には大抵明確なオチはなく、不気味な後味を残す。

しかし、姉は可能な限り怪談の原因を探ろうとする。一つの不思議な現象でも、そこに複数の人物が関わっている場合は、わざわざ全員から個別に話を聞き、執筆する際には、各々《おのおの》の体験談をすべて掲載することを前提に、自身も怪談の舞台となった現場へ赴《おもむ》いて、現地調査を行った結果を付け加える。つまり、姉の作品は、体験談にルポルタージュがプラスされた構成なのだ。しかも学生時代に民俗学を専攻しているので、怪談といっても、エッセイや民俗学の現地報告書に近い。だから正直な話、姉の本は怖くない。そして怖くないからなのか、然程《さほど》売れていない。

そんなマイナー作家・呻木叫子の身に事件が起きたのは、年末の十二月三十日のことだった。姉は自宅マンションの一室で、椅子に粘着テープによって拘束され、意識不明となっていた。発見したのは他でもない僕自身だ。その事態には、とりわけ異常な点があった。

姉の両瞼《まぶた》は黒い糸で縫われていた。後で警察から聞いたところ、その糸は姉自身の毛髪だった。

詳しい経緯を振り返ってみよう。

姉はデビューしてすぐの頃は、栃木県北部にある実家で暮らしていた。しかし、二年前から急に、メインで仕事をしている出版社に近い都内のマンションで一人暮らしを始めた。姉は学生時代、茨城県内の大学に通うため一人暮らしをした経験はあるものの、五年振りの一人暮らしとなるため、本人よりも両親が気を揉んでいたことを覚えている。

その日、僕は久々に姉が暮らす常盤台《ときわだい》のマンションを訪れることになっていた。姉は盆や正月、五月の連休のような交通機関が混雑する時期は帰省しない。そこは自由業のメリットで、勤め人とは全く違うタイミングで実家に帰ることができる。だが、やはり両親、とりわけ母は、姉がまともな正月を迎えることができるかが心配らしく、わざわざ僕に手作りの御節《おせち》料理と親戚一同で搗《つ》いた餅（驚くべきことに、今でも梅木家では毎年年末に臼《うす》と杵《きね》を使用した餅搗き大会が開催される）を持たせて、「杏子の様子を見てこい」と命じた。まあ、僕としても田圃《たんぼ》に囲まれた自宅とやはり田圃に囲まれた職場とを往復するだけの毎日に嫌気が差しているので、たまに上京するのはいい刺激になるのだけれど。

姉のマンションは駅から徒歩三分以内の立地にあったが、優に築三十年以上が経過し、古惚《ふるぼ》けた外観をしている。八階建ての横長の建物で、古い団地のようだった。当然、オートロックではないから、管理人室の前を通ってエレベーターに乗る。姉は三階のエレベーターに一番近い部屋に住んでいた。

インターホンを鳴らしたが、返答はない。トイレにでも入っているのかと思い、しばらく待ってから携帯電話に連絡してみたが、出ない。しかし、部屋の中から着信メロディは聞こえる。九〇年代に流行ったアニソンである。不審に思って扉越しに「姉さん」と声をかけたが、返事はない。ドアには鍵が掛かっていたが、僕は母から合鍵を預かっている。幸いドアチェーンは掛かっていなかったので、中に入ることができた。一人暮らしには広過ぎる3LDKの間取りで、姉の収入でよくこんな部屋の家賃が払えるなといつも不思議に思う。「姉さん」と声をかけながら、薄暗い室内に踏み込む。部屋の中は暖房が効いていて、暖かい。ダイニングへ入ると、隣へ続く引き戸が開いている。そこは姉が仕事部屋として使っている部屋だった。姉はデスクの前の椅子に座っていた。

「何だ、いるじゃんか」

怒気を含んだ声で呼びかけたが、反応はない。そこで異状を察した。

姉の両足は椅子の脚に粘着テープで固定されていた。両方の手首も同じテープでぐるぐる巻きにされて、自由を奪われていた。目を瞑《つむ》ったその顔は眠っているように穏やかだったが、両目からは血らしきものが流れている。唇の端からつうっと唾液がこぼれたのを今でもやけに明瞭に覚えている。胸が微《かす》かに上下していたし、血色も悪くなかったから、生きていることはわかった。すぐにテープを剝がしたが、姉はぐったりしたまま動かない。「姉さん！　姉さん！」と何度か声をかけたが、完全に意識を失っているようだった。それからは救急車を呼んだり、警察へ通報したり、両親へ連絡したりとてんてこ舞いだった。

呻木叫子の原稿1

私の郷里から車で一時間程の場所に、牛頭《ごず》温泉郷《きょう》というところがある。近隣では塩原《しおばら》や那須《なす》が温泉地としての知名度は高いが、牛頭温泉も古くから地元住民に愛されている場所で、白濁してやや滑《ぬめ》りのある湯が特徴的だ。温泉地ではあるが、小高い丘　陵地《きゅうりょうち》のあちこちに小規模な旅館や民宿が点在しているだけで、土産物屋が並ぶいわゆる温泉街のようなものはない。一軒一軒の宿がさながら隠れ家の如くひっそりと佇んでいる。

K亭はその中でも殊更《ことさら》目立たない場所にある旅館である。宿同士が離れている牛頭温泉郷においても、K亭の建っている土地は他のどの宿よりも離れている。聞けば、温泉宿の中で最も新しいことが理由らしい。元々は民家のあった場所だが、先住者が引っ越して長らく売地になっていたのを、今の主人の父親である先代が買い取ったのだという。温泉を掘ったのも先代だそうだが、現在は息子夫婦に代替わりしている。

当時大学生だったDさんが、夏休みにK亭でアルバイトをしていたのは、まだ先代主人と先代女将《おかみ》が現役の一九九〇年代の終わり頃のことだった。Dさんの実家が近いことと、母親とK亭の女将が親しかったという縁で、割と急に決まったバイトだった。

Dさんの仕事は、宿泊客がチェックアウトした各部屋の掃除と夕食の手伝いが主で、普段は午前九時くらいに宿に出勤し、午前中には一旦仕事を終えて帰宅、夕方になると再び出勤するという勤務形態だった。ただ、宿泊客の人数が多い時だけ朝食の支度も手伝うことがあった。その場合は早朝から仕事に入るので、K亭の仮眠室に泊めて貰っていた。

「いや、実家はバイクで十分くらいの距離なんすけど、俺、朝が弱くて。で、寝坊する危険が大だったもんで。あそこに泊まってれば、仮に寝坊しても叩き起こして貰えるから」

仮眠室は宿の中庭のほぼ中央にある離れだった。K亭の本館は上空から俯瞰《ふかん》すると、ほぼロの字形をしている。中庭は池や燈籠《とうろう》などのある古風な日本庭園で、離れも一見すると茶室のような雰囲気だった。

「元々は客室だったみたいっすけど、その時はもうバイトとかパートとかの休憩室になってました。ただ、その部屋がちょっと変だったんすよね」

離れは平屋で外から見る分にはそれなりに大きな建物である。だが、中に入ると明らかに狭いのだ。玄関から入ると上がり框《かまち》があり、左手にトイレと洗面台がある。その先に六畳の和室があって、突き当たりの一面は壁である。しかし、改めて外から見た感じでは、その壁の向こうにもう一部屋あるはずなのだ。

「なんか後から無理矢理壁を造って、奥の部屋を塞《ふさ》いだみたいでした」

そして、この仮眠室に泊まると、決まって不可解な現象が起こった。

「夜中の決まった時間に、ケータイに非通知で着信があるんすよ」

長いコールではない。しかし、一回の着信音で切るようないわゆるワン切りでもない。決まって夜中の二時十七分、その番号非通知の着信がある。

「最初は気にしてなかったんすよ。泊まる日も少なかったし。でも、いつも同じ時間だし、離れに泊まらなかった日に着信あることはなかったしで、さすがに気味が悪くなって」

それにDさんは着信があった時に、仮眠室の向こう側——壁で塞がれた奥で、何かが動くような気配を感じたという。

極めつけはある夜のこと。いつものように非通知の着信があったが、その時Dさんは反射的に電話に出てしまった。「もしもし」と電話に出てから「しまった。これはいつもの非通知の奴だ」と思ったが、もう遅い。携帯電話の向こうからは僅かな息遣い、それから唐突に「とらっく」と甲高い声がして、通話は一方的に切られた。その声を聞いた瞬間、悍《おぞ》ましい何かが背筋を這い回るような、何ともいえない不快感があったそうだ。

その「とらっく」という言葉の意味がわかったのは、三日後のことだ。バイトからの帰り、Dさんの運転するバイクは、車線をはみ出したトラックと衝突。Dさんは左足を骨折する大怪我で入院することになった。

「あの電話の声を聞いたせいで、事故に遭ったのかも」

Dさんは今でもあの電話の主に呪われたと信じている。

それから十数年後、同じように大学時代K亭でバイトをしたMさんはこんな体験をしている。

夏休みに入る直前、Mさんは失恋をした。親友の彼氏として紹介されたのが、他でもないMさんの思い人だったのだ。落ち込む気分を紛《まぎ》らわそうと、夏休みはバイトに費やすことにした。丁度《ちょうど》親類のK亭で英語が話せるバイトを探しているとのことだったので、母親を通して話をつけて貰った。Mさんの母親とK亭の若女将が従姉妹《いとこ》同士なのだそうだ（ちなみに、この若女将が現在の女将である）。

「大学ではイギリス文学を専攻していましたし、留学の経験もあったので、英語には自信があったんです。それに実家が都内なものですから、夏休みを田舎の親戚の家で過ごすっていうのも、新鮮でいいなぁって思ったんです」

Mさんは住み込みで働くことになった。寝起きするのは、宿の中の主人一家が生活する住居スペースの一室だった。

仕事に慣れてきた頃、ふと中庭の離れが気になった。

「とっても立派な建物なのに、客室には使わないっていうのがなんだか不思議で」

若女将の話では、自分が嫁入りした時には、既に従業員の休憩室や仮眠室として使用されていたという。ただ、Mさんは若女将の口調から、何かを隠しているような気配を感じた。

「最初に思ったのは、過去に離れで何か事件でもあったのかなって」

しかし、休憩時間にインターネットで調べてみても、それらしい事件や事故についての情報は見つからなかった。

「でも、どうしても気になって、それで私、夜中にこっそり離れに入ってみたんです」

そもそもK亭の人々から離れに入ること自体は禁じられていない。ただ、住み込みで使わせて貰っている部屋があるから、Mさんは休憩や仮眠で離れを使用する必要がなかったのだ。若女将の話では、随分前から鍵もなくなってしまったので、玄関の引き戸は内側からしか施錠ができないのだという。だから平素は「関係者以外立入禁止」のプレートを柱に貼っている。つまり、関係者である従業員にとっては自由に出入りできる空間だ。とはいえ、宿の人たちが何かを隠しているのならば、昼間に堂々と覗くのはまずいような気がした。それで深夜になるのを待って、家の者のほとんどが寝静まってから、離れに行ってみることにしたのである。

「こっそり中庭に出た時にスマホで確認したら、二時十分でした」

飛び石を踏んで離れに入ると、すぐに電気をつけた。こんな夜更けならば、灯りがついていても誰かに見咎《みとが》められることもないだろうという判断だった。玄関から上がると、左手にトイレと洗面台、更に襖《ふすま》を開けると六畳の和室。左手の窓からは障子を通して、中庭の外灯の光が仄《ほの》かに差し込んでくる。

「和室に入ってすぐに変だと思いました。でも、その時は何が変なのかわからなくて」

部屋はがらんとしていたが、小さい冷蔵庫やテレビがあったし、押し入れには折り畳まれた卓袱台《ちゃぶだい》、座布団、それに寝具が入っていた。きちんと掃除もされていて、他の客室と余り変わらない。恐らく、この離れができた当初は、客室として使用していたのではないだろうか。それならやっぱりここで何かがあったのか？　そんなことを考えていると、Mさんはこの部屋の何が変なのかに気付いた。

「狭いんです」

離れの外観の大きさからすると、どう見ても内部の空間が狭過ぎる。そう思って正面の壁をよく見てみると、どうも後から造られたらしいことがわかった。どうやらその壁の向こうに、もう一部屋あるらしい。

「それに気付いたら、なんだか怖くなっちゃって」

その時、Mさんのスマートフォンに着信があった。思わず短い悲鳴を上げる。見ると、番号非通知である。僅かな逡巡《しゅんじゅん》の後、まるで憑《つ》かれたようにMさんは電話に出たという。

「も、もしもし？」

「みなしぬ」

子供のような声はそういうと、一方的に通話を切った。

皆、死ぬ？　不吉なフレーズに慄《おのの》きながら、Mさんは離れから逃げるように外へ出た。

翌日になっても、耳の奥から「みなしぬ」というあの声の残滓《ざんし》が響いているようで、つい仕事でミスをしてしまった。

「『みな』ってK亭のみんなのことなのかな？　死ぬってことは、何かが起こるってこと？

ずっとそんなことを考えていました」

Mさんは夜になるのを待って、再び離れを訪れた。もはや怖いという気持ちよりも、これから何が起こるのか、それが気になって仕方がなかったという。時刻は午前一時を少し回ったところだった。スマートフォンをじっと見つめて着信がないか待ったが、一時間たった午前二時になっても何もない。諦めかけた午前二時十七分、遂に非通知の着信があった。

反射的にMさんは電話に出た。しかし、相手は無言である。ただ、僅かだが息遣いは感じたから、Mさんは相手に向かってこう話しかけた。

「昨日のみんな死ぬってどういうこと?」

しかし、返事はない。

「ねぇ! どういうことなの?」

しつこく問い質している間、Mさんは壁の向こうに何かの気配を感じたらしい。不気味に思いながらも問いかけていると、電話の向こうでぽつりと「ちゅうしゃ」という声がした。Mさんが「ちゅうしゃって?」と聞き返した時には既に通話は切れていた。

「私、てっきり駐車場で事故があるのかなぁって思って、観光バスの団体さんに何かあるのかもって、それを予言しているんじゃないかって思ったんです」

しかし、結果的にそれは杞憂《きゆう》であった。「ちゅうしゃ」の意味がわかったのは、二日後のことである。

その日、Mさんの友人から電話があった。なんとMさんの親友が亡くなったというのだ。

「え、何で？」

「あの子、最近、彼氏できたじゃない？　でね、彼、元カノとちゃんと別れてなかったっていうか、元カノがストーカーみたいになっちゃってて……」

友人の話では、親友の彼氏（つまりMさんの思い人だった男性）の元交際相手が、大学内で親友に襲いかかったそうだ。看護師のその女性は、親友の首に注射器を突き立てた。中には毒物が入っていたため、衆人環視の中で親友はなす術《すべ》もなく死亡してしまったのだという。

Mさんの親友は「みな」という名前であった。

＊

事件から一カ月が経過したが、未《いま》だに姉の意識は戻らない。

担当医師の話では目立った外傷はないし、脳にも異常は見つからなかった。警察の捜査も暗《あん》礁《しょう》に乗り上げていた。何故《なぜ》、姉があんな目に遭ったのか、皆目わからないらしい。ただ、現場である姉の部屋からは幾《いく》つか不可解な点が見つかった。一つ目は、部屋の鍵がすべて施錠されていたことだ。リビングのキャビネットの上から、普段姉が使用していた部屋の鍵が見つかっている。他に合鍵といえば、当日、僕が母から預かったものだけだ。もちろん、管理人室にはマスターキーはあるものの、それが持ち出された形跡はない。僕らの知らない人物が姉から合鍵を渡されていた可能性もあるだろうが、少なくとも家族はそのような間柄の人物に心当たりがないし、実際、姉の部屋からもそういった人物が出入りしていた痕跡（指紋やら、体毛やらのことだろう）は発見されていない。

二つ目の疑問は、マンションの防犯カメラに不審な人物などが全く映っていないということだ。姉の住むマンションには入口と各階のエレベーターホール（ここは階段の出入口にもなっている）に防犯カメラが設置されている。事件の前夜に姉の姿が映っていることは確認されたし、その前後に同じフロアの住人の姿や新聞配達員、荷物の配送業者などは映っているものの、それ以外の不審な人物は映っていなかった。この二点から当初は僕が最も疑われた。しかし、事件の前日には栃木におり、当日になってから東京に出てきたことなどが証明されたため、当面の疑いは晴れたようだ。

しかし、不思議なのはこの二点にとどまらない。室内には全く争った形跡がなく、姉の身体にも抵抗したような跡はなかったのである。更に奇妙なのは、姉の自由を奪っていた粘着テープから姉自身の指紋が多数発見されたことだ。状況だけを見るならば、まるで姉は己の意思で足と手首にテープを巻き付けたように見えるらしい。実際に実験をしてみると、姉と同じように自分自身でテープを巻き付けることは可能なのだそうだ。自分の瞼を縫い付けるのだって、やってできないことはないのだろう。少なくとも防犯カメラに映らずに鍵の掛かった部屋に出入りするよりは容易なはずだ。しかし、何のためにそのようなことをするのか、理由がわからない。

このような中で、祖母がぽつりとこう漏らした。

「杏子は何かに取り憑かれたんじゃないのかい？」

「何かって、何さ」

「あの子は怪談を書くために、あちこちよくない場所に行ってたんだろう？　だから、その取材に行った場所のどっかで、妙なものに憑かれたんじゃないかねぇ」

両親は「そんな馬鹿なことはないだろう」と頭から否定していたが、僕にはかなり信憑性がある説のように思えた。姉は何かに取り憑かれた。その何かとは、恐らく霊的な何か、なのだろう。それが姉に障《さわ》りをもたらしたと考えるならば、現場の不可解な状況も説明できる。つまり、何かに取り憑かれた姉は、自らの手で瞼を縫い合わせたり、テープで文字通り自縄自縛した。だから、部屋の鍵はすべて施錠されていたし、防犯カメラに犯人らしき人物は映らなかった。もしもそうなら、姉に何が取り憑いているのかを明らかにすれば、姉の意識を取り戻させる方法もわかるのではないだろうか。

こうして僕は、姉をあんな目に遭わせた霊の正体を暴くために、調査を開始した。

呻木叫子の原稿2

Ｋ亭では、アルバイトの学生だけではなく、宿泊客にも不思議な体験をした人たちがいる。今から十年近く前、Ｎさん、Ｓさん、Ｙさんの三人は、旅行で栃木を訪れ、Ｋ亭に泊まった。この内、Ｙさんは全く何もなかったというが、ＮさんとＳさんはそれぞれ違った体験をしている。当時、三人は大学の卒業を間近に控えていた。

「女友達三人で気ままな卒業旅行だったんです」

Nさんの運転する車で、初日は日光《にっこう》方面、二日目は那須方面を観光した。K亭に宿泊したのは、二日目のことだった。

夕食の時間のことである。Nさんは二人よりも一足早く食堂に入った。というのも、SさんとYさんがゲームコーナーで、和太鼓の形をしたリズムゲームに夢中になってしまったからだ。呆れたNさんは「もうすぐご飯だから先に行ってるね」と二人にいって、食堂へ向かった。

既に食堂にはそれぞれの座卓に前菜の皿が並べられ、ちらほらと他の宿泊客の姿も見受けられた。その中で、向かって右手奥の席で年配の女性が座卓の下を覗き込んでいた。

「その席にはお膳はなかったので、空席だったんだと思います。その女の人はテーブルの下に顔を入れるようにして、笑顔で話しかけているんです」

最初は猫でもいるのかと思った。しかし、よく見てみると、その女性は何もない空間に向かって話しかけている。Nさんは咄嗟《とっさ》に「ヤバい人かもしれない」と思った。女性と距離をとって自分たちの席に落ち着くと、ちらちらとそちらの様子を窺《うかが》った。

笑顔である。それも柔らかい、自然な笑顔だ。口調からして、どうやら小さな子供に向かって語りかけているように聞こえた。Nさんはその様子から、女性が見た目よりも年齢が高くて、認知症でも患っているのではないかと考えた。二、三分程その状態は続いていたという。Nさんは怪訝に思いながらも、不快な気分にはならなかったそうだ。

それから、一人の男性が食堂に入ってきた。男性はその女性を見ると素早く寄って行って、「母さん、その席じゃないよ」と注意する。すると女性はうるさそうに眉根を寄せて、「わかってますよ」といった。

「今、この子とお喋りしていたんじゃない」

女性は誰もいない座卓の下に向かって、「ねぇ」と微笑《ほほえ》みかける。一方の男性はみるみる表情を強張《こわば》らせた。

「この子って……？　母さん何いってるんだ？」

男性からそういわれて、初めて女性は異常に気付いたらしい。もう一度先程まで自分が語りかけていた場所に視線を落とした。

「その時の女の人の顔は今でも忘れられません」

何もない空間を見つめた女性からは、さっきまでの穏やかな雰囲気は雲散霧消し、大きく目を見開いていた。それから悪寒でも感じたようにぶるりと震えると、呆《ほう》けたように肩を落としてしまった。

「結局、息子さんが引っ張るようにして、自分たちの席に連れて行っていました。こっちはこっちで二人が来たので、それっきりになってしまったんですけど、あの人、一体何と話していたのかなぁって」

Nさんのその疑問については、Sさんの体験談が答えになっているかもしれない。

Sさんは金縛りに遭い易い体質だ。

「子供の頃から何回も経験してて、それで、五回に一回くらいの割合で、変なものを見るんです」

K亭に泊まった夜も、それは起こった。Sさんたち三人は、一階の新月の間に泊まっていた。十畳くらいの広い和室に、夕食後に川の字に蒲団が敷かれていた。Sさんはよく夜中にトイレに行くので、入口に近い場所に寝ることになった。

金縛りが始まったのは、深夜に目が覚めた時だという。

「なんか息苦しくて、目が覚めたんです」

意識はあるのだが、体は動かない。「ああ、いつものやつか」その時はそう思った。慣れているから怖くはない。だから、躊躇《ちゅうちょ》なく目を開けた。すると、

「男の子の顔が見えました。私の胸の上に乗っていて、こっちを見てるんです」

三歳から五歳くらいだろうか。幼い男の子は、Sさんの胸に顎を乗せるようにして、上目遣いでこちらを見上げていた。Sさんは体が動かせないから、男の子がどのような服装をしているのかまではわからない。ただ、顔だけが暗闇から白く浮き上がって見えるのみだった。最初こそ僅かに驚いたものの、過去にはもっと厭《いや》なものを見た経験もあるので、殊更に恐怖心は抱かなかったそうだ。時間にしたら五分、いや、もっと短かったかもしれない。そのまま見つめ合っていたら、唐突に男の子の顔がころりと転がった。はっとした瞬間、男の子は消えて、体も動くようになった。

後で調べたところ、K亭で子供が亡くなったという話は確認できなかった。

「あれって座敷わらしみたいなものだったかなって今では思ってます。Nが見た女の人も、もしかしたらあの子と話していたのかもしれませんね」

Sさんが男の子を座敷わらしだと考えるのには理由がある。

「あれからなんか勘が冴えるようになって。危険を予知できたり、嬉しいことの前触れがわかったり」

Sさんはその勘を活かして、今では少額ながら投資を始めたそうだ。

私が最初にK亭を訪れたのは、十二月初めのことだった。

前日は実家に泊まり、そこから母親がいつも使っている軽自動車を借りて、牛頭温泉を目指す。比較的昔から運転し慣れている道なので、気楽な道中だった。

栃木県北部の観光地は、基本的に十二月から二月の終わりくらいまでオフシーズンである。日光にしろ、那須にしろ、雪と寒さのために、観光客の数がめっきり少なくなるためだ。冬の間はスキー客もいるにはいるけれど、春から秋までの客数と冬場の客数では相対的に見てかなり差がある。営業時間を短縮する観光施設もあるくらいなのだ。だから、冬の方が宿泊施設の予約は取り易い。私はK亭に二泊、牛頭温泉で一番の老舗旅館に二泊する予定だった。K亭以外の宿に泊まる理由については後述するが、私の取材には是非とも必要なことだった（別に牛頭温泉の利き湯がしたかったわけではない。念のため）。

K亭は酒蔵のような外観をしていた。旅館の名前の印象から黒っぽい建物を想像していたが、実際は瓦屋根だけが黒く、眩《まぶ》しいくらいの白壁だ。それが森の中にぽっかり開けた空間に建っている。かなり非現実的な雰囲気を漂わせていた。駐車場はきちんと舗装されていたが、白いラインは所々《ところどころ》掠れていた。まだ午後三時前だったこともあり、空いている。建物の近くに停められているワンボックスカーは、恐らく旅館で所有しているものだろう。他に「K亭」と車体にプリントされたマイクロバスも見える。

当初、私は怪談の取材をすることを伏せて予約を取った。もしも先方が怪談について快く思っていなかった場合、宿泊そのものを拒否される可能性があったからだ。チェックインには少し早かったが、中へ入るとロビーに和服姿の女性がいた。丸顔で色の白い、何処《どこ》か儚《はかな》げな美人で、私はふと雪兎を連想した。見た目から二十代半ばと推測したが、後でもう不惑に近いことを知った。彼女がMさんの親類の女性であり、現在のK亭の女将である。

「いらっしゃいませ」

鈴を転がすような声で挨拶すると、無駄のない所作で私をフロントへ促《うなが》した。ロビーの中心には石油ストーブが焚かれていて、暖かい。

私に用意されていた部屋は三日月《みかづき》の間だった。そこでこんなことを訊いてみた。

「以前、友人がこちらへ来た時に新月の間って部屋に泊まったらしいんですけど、なんかとっても感じがいい部屋だったたって話で。できたらそちらに泊まることって可能ですか?」

すると女将は薄い眉を寄せて、困惑の表情を見せた。

「申し訳ございません。新月の間は数年前から使用していないのです」

その言葉には少なからず驚いた。如何《いか》に怪現象の起こる客室でも、使用禁止にしてしまうというのは余り聞いたことがない。一応それとなく理由を尋ねてみたが、やんわりとはぐらかされた。

K亭の内装には変わった特徴がある。廊下は一部を省いて基本的に石畳が敷かれている。そして各客室の入口には瓦葺《かわらぶき》の庇《ひさし》が飛び出していて、あたかも一戸の建物の如く、玄関が設《しつら》えてあるのだ。まるで庵《いおり》が集合したような雰囲気といえばわかって貰えるだろうか。だから、廊下にいるのに、屋外のような感覚に襲われることがあった。三日月の間は二階の東側にある角部屋だった。客室にはスリッパではなく、雪駄《せった》が用意されていた。

浴衣に着替えて大浴場に行くついでに、食堂の位置を確認する。廊下の窓からは中庭の離れが見えた。ここからだと建物の背面のようで、壁しか見えない。

温泉は広い内風呂と岩造りの露天風呂で、白濁した湯と湯気で全体が霧がかって見えた。長湯をする私としては露天の方が温《ぬる》めで入り易かった。時間が時間なだけに浴室には私一人しかおらず、まさに貸し切り状態だった。たまにはこんな取材もいいものだ。

*

あの事件の直前、姉は牛頭温泉の影踏亭《かげふみてい》という旅館に宿泊している。前日、実家に帰ってきて、車を借りているので、僕も覚えていた。あの日、確か姉は宿の離れを舞台にした怪談の取材をするといっていた。影踏亭での姉の足跡を辿ることができれば、何か手掛かりが摑めるかもしれない。善は急げと、僕は早々に影踏亭に連絡して、直近の土曜日に宿泊予約を入れた。その際、自分が呻木叫子の弟であることも伝えた。

「姉がそちらでお世話になった時のことを伺いたいのですが……」

僕のその言葉に、女将らしき女性は仕事の合間に時間を作ると応じてくれた。彼女もニュースで姉の事件を知って、心を痛めていたという。

当日、僕は自分の車で影踏亭へ向かった。前日に降った雪が辺りの雑木林をうっすらと白く染めている。スタッドレスタイヤを履いているので心配はないと思うが、路面も所々凍結していた。影踏亭の駐車場は閑散としていた。ただ、真ん中辺りの不自然な位置にシルバーの乗用車が停まっているから、全く客がいないわけではないらしい。余り忙しいと宿の人たちに時間を割《さ》いて貰い難《にく》くなるので、宿には悪いができるだけ客はいない方がよい。

チェックインの時に女将から「遅くなって申し訳ございませんが、夜の十時くらいなら手が空きますので、時間が取れます。お姉さまのお話はその時に」と頭を下げられた。僕は美人の女将にそれで構わないと伝える。僕に用意された部屋は、姉が泊まったという三日月の間だった。

「あの、姉がこちらの離れについて調べていたようなのですが、そちらを拝見させていただくことはできませんか？」

すると彼女は困った顔をして、「申し訳ございません」と再び頭を下げる。綺麗に結った髪に、福寿草《ふくじゅそう》をあしらったとんぼ玉のかんざしがよく映えた。

「いつもは従業員の休憩室として使用しているのですが、昨日から特別にお客様がご宿泊されていますので、お入りになることはできません」

客がいるのならば仕方ない。離れの立ち入りはチェックアウトの時にでも再度頼むことにしよう。その時はそう思った。

二階の三日月の間に荷物を置くと、僕は宿の中を調べてみることにした。姉の身に起こったことの原因は一体何処にあるのか。最も可能性が高いのは離れだが、それ以外にも何か手掛かりがあるかもしれない。もしも霊的な存在がこの旅館に巣食っているとしたら、その影響は離れだけではないかもしれないと思ったのだ。もっとも、僕は心霊だのオカルトだのには疎《うと》い質《たち》だし、いわゆる霊感のようなものもない。そういえば、霊感については姉だってないのだ。

「さすがにこんな仕事してるから、多少は不思議な体験はしたことあるけど、私は何も見えないし、何も感じないいんだよねぇ」

あっけらかんとした表情で姉がそういっていたのを思い出す。

手始めに離れの近くを見たいと思い、中庭に出た。池を泳ぐ鯉《こい》を眺めていると、不意に声をかけられた。

「失礼ですが、もしかして呻木叫子先生のご家族ですか?」

三十代半ばくらいの男だった。ノーネクタイだが、黒っぽいスーツを着ていて、温泉旅館には不似合いな服装だ。僕が相手の正体を見極めようと沈黙していると、男は水野晶《みずのあきら》と名乗って、名刺を差し出した。肩書は「占術家・心霊研究家」と記されている。

「呻木先生のことは、こちらの女将から聞いています」

水野がいうには、女将は元々水野の占いの常連客だったのだそうだ。結婚後は疎遠になっていたが、今回、呻木叫子の事件を機に連絡を寄越してきたという。

「私は実家が神社なものですから、占いだけではなく、心霊相談のようなことも受け付けていましてね、それで梢《こずえ》さん——こちらの女将から久々に連絡を貰ったわけです」

嫁ぎ先の旅館の離れに、何か曰《いわ》くがあるらしい。自分は見たことはないが、中庭や館内にも何か出るようだ。しかし、夫も義理の両親も詳しいことは何も教えてくれず、とても不安だ。女将はそう訴えたという。

「もっともお話を聞く限り、現在の宿のご主人も詳しいことは知らないらしいので、先代のご夫婦だけが事情を知っているようです。梢さんもずっと気になっていましたが、誰も真相を教えてくれないのだから仕方ない。そう思って何年も過ごしていたのですが、旅館の怪談を調べていた呻木先生があんなことになって、急に不安になったようです。それで私が離れに泊まって、一体何が怪異の原因なのか突き止めることになったわけです。正体がわかったら、祓《はら》ってほしいとも頼まれています」

「あ、それじゃ離れに泊まっている客というのは……」

「私のことでしょうね」

「あの、突然ですみません。離れの中を見せて貰うことってできますか？」

「今からですか？」

僕が「できれば」と頭を下げると、水野は柔和に微笑んで「ええ、構いませんよ」と快く承諾してくれた。

「では、少し荷物などを片付けてきますので、二、三分待っていてください」

水野はそういうと、一旦離れの中に引っ込んだ。

程なくして水野から許可を得た僕は、離れの中に入った。内装は客室と同じで、入ってすぐの左手にトイレと洗面台があり、正面には奥へと続く襖がある。ただ、その奥の六畳間に足を踏み入れると違和感があった。向かって左手に窓、右手には押し入れである。そして、正面には壁。壁の手前にはテレビや電話機、金庫など如何にも旅館の客室ならではのアイテムが置かれている。しかし、その壁には妙に圧迫感があり、一見して不自然な造りに思えた。

「狭いでしょう？」

水野は苦笑しつつそういった。そうなのだ。外から見た時の離れの大きさと室内の広さが一致していないのだ。明らかに中が狭い。

「本来はこの壁の向こうにもう一部屋あるらしいのです。壁の向こうの部屋は、当初は寝室だったようなのですが、何かがあって先代が塞いでしまったそうです。それが原因なのかどうかはわかりませんが、この離れでは不可解なことが起こるのです」

「それはどういう？」

「呻木先生からは何も聞いていらっしゃらない？」

「はい。姉は家族に仕事の話はしませんから」

「そうですか。この離れでは、深夜になると携帯電話に番号非通知で着信があるのです。それも午前二時十七分きっかりに。私は昨夜からこちらに泊まっていますが、この通り」

水野はスマホを取り出すと、着信履歴をこちらに見せる。確かにそこには午前二時十七分に非通知の着信履歴が残っていた。

「今夜はこの着信に出ようと思っています。宜しかったら梅木さんも立ち会いませんか？」

「いいんですか？」

「もちろんです。もしかしたらお姉さんの事件との関連が摑めるかもしれませんし」

こうして僕は、午前二時に再び離れを訪れることになった。

夕食のために食堂に行くと、僕と水野の二人分しか用意されていない。女将に確認すると、今日の客は僕らだけだそうだ。せっかくなので、僕と水野は同じテーブルで食事をすることにした。食事中の会話は自己紹介に近いものだった。水野は普段は宇都宮《うつのみや》で占いと天然石の店を営んでいるという。その後も当たり障りのない会話に終始した。

午後九時半を過ぎた頃、部屋に内線が入った。女将からで、予定よりも早いが時間が空いたという。そこで僕はエントランスに置かれたソファセットで、女将と向かい合った。女将から姉がこの旅館でどのようなことを取材していたのかを聞いた。それは中庭や離れで起こる怪異だった。女将が夫である影山《かげやま》氏から聞いたという怪談も教えて貰った。

「中庭に化物ですか？」

「はい。主人はそう申しておりました」

化物という単語がしっくりこない。これが幽霊だったのなら、なんとなくわかるのだが。影山氏に直接話を聞きたい旨を伝えたが、それはきっぱり断られた。

「呻木先生も主人に話を聞きたがっていらっしゃいましたが、主人はどうしても直接話すのは厭だと申しまして……」

「何か理由があるのですか？」

「怖いのだと、思います。きっと主人はその化物の祟《たた》りというか、呪いというか、そういうものを信じているのです。どなたかにお話をすることで、自分にも災いが降りかかってくるのではないかと考えているのではないかと思います」

大の大人がそこまで恐れるというのも不思議であったが、実際に体験した者でなければわからない恐怖というものはあるのだろう。女将は「申し訳ございません」と謝る。これで頭を下げて謝罪されるのは三度目である。幸薄そうな美人の女将に何度も謝られると、何となく罪悪感を抱いてしまう。

「いえいえ。こちらこそ貴重なお話を聞かせていただきありがとうございました」

慌ててそう礼をいった。とはいえ、姉の身に起こった事件の謎を解く手掛かりは全く摑めていない。その後、二、三言葉を交わして、僕は自分の部屋に引き上げた。

姉から断片的に聞いていた話と、今日、影踏亭で水野晶や女将から聞いた話で、姉が事件の直前までどのような怪談を調べていたのか、その内容はおおよそわかってきた。この旅館の離れでは午前二時十七分にケータイに非通知の着信がある。その原因はわからないが、離れを中心に中庭や食堂でも不可解な現象が起こるという。ただ、主人の影山氏が子供時代に化物に襲われた以外は、具体的に何らかの危害を受けたという例はないようだ。それとも、敢《あ》えて女将が事実を隠しているのだろうか。いや、女将が隠していても、水野は除霊を頼まれている以上それを聞いているだろうし、聞いているのならば、僕に対しても協力してくれるように思う。

何だかすべてがふわっとしている。影踏亭に来てから聞いた怪異は、思ったよりも地味だ。現在の主人は何かを恐れているようだが、僕としては何がそんなに怖いのかわからない。単に子供時代の体験がトラウマになっているだけではないのだろうか。

蒲団の上であれこれ考えている内に、いつの間にか眠ってしまっていた。スマホが午前一時四十五分のアラームを鳴らしたので、慌てて起き上がる。簡単に身支度を整えると、水野の待つ離れへと向かった。

呻木叫子の原稿3

夕食まで時間があるので、まず新月の間の前に行ってみた。他の客室同様に庇があって、二枚の引き戸が嵌まっている。駄目元で手をかけると、難なく開いた。私はするりと体を滑り込ませて、後ろ手に戸を閉めた。入ってすぐは私の泊まっている三日月の間と同じように、左手にトイレと洗面台がある。正面の襖は開いていて、広い室内が見渡せた。使用していないとはいえ、掃除は行き届いているようで、障子から入ってくる西日が当たった畳には清潔感がある。

さすがに室内に上がり込むのは憚《はばか》られたので、そのまま踵《きびす》を返した。

刹那《せつな》、私は入口の引き戸の室内側を見て、絶句した。お札である。引き戸の左右両方に数枚の魔除けのお札が貼られているのだ。

やはりここには何かある。そう思いつつ静かに外に出ると、ほぼ正面に中庭への出入口があった。ここからだと離れの前面が見られる。出入口から離れまでは飛び石がやや斜めに続いている。私はそれを踏んで、離れの正面に立った。庇の具合や入口の引き戸は客室と全く同じに見えた。このことからも、離れは当初客室として使用する意図があったことが窺える。入口の脇の柱には「関係者以外立入禁止」のプレート。

Dさんや Mさんの話から、鍵が掛かっていないことは知っていたので、私は周囲に人けがないことを確認してから中に入ってみた。薄暗い室内は客室とほぼ同じ間取りだった。しかし、怪談を語ってくれた二人のいっていた通り、奥行きは不自然だった。奥の一部屋を封印してしまったのは明らかだ。しかし、何故？　それがDさんやMさんに掛かってきた電話と関係しているのだろうか？　そもそもK亭で起こった怪異には、どのような因縁があるのだろうか？

深夜に離れにいると掛かってくる電話、それに出るともたらされる予言めいた言葉、そして、食堂や新月の間に出てくる子供……。電話の主は甲高い子供の声だというから、館内に出る男の子と関係しているのだろうか？

中庭をぶらつきながら改めて観察すると、新月の間、離れ、食堂はほぼ直線上に位置しているのがわかる。だとしたら、怪異の母胎となっているのは、離れ――それも背面の封印された空間である可能性が高い。

夕食をとりに来たのは、私以外に年配の夫婦が一組だけだった。食事中にあちこち視線を彷《さま》徨《よ》わせてみたものの、子供は疎《おろ》か、何の異変も察知できなかった。

宿泊二日目の夜になって、私は思い切って女将に自分が作家であること、かつてここでバイト経験のあるMさんから怪談を聞いたことを打ち明けた。そして、女将自身、何か不思議な体験をしていないか訊いてみた。すると、女将は声を潜《ひそ》めながらこんな話をしてくれた。

「新月の夜には、中庭に出てはならない」

嫁入り早々、女将（当時は若女将）は義理の父親にそういわれた。「はい」と素直に応じたが、その理由については義理の両親から何の説明もなかった。怪訝に思った女将は、夫と二人きりの時にそれとなく訊いてみたのだそうだ。

夫は少し困ったような顔をした。そして、「信じられないかもしれないけどな……」と口を開いてから、黙ってしまった。女将が先を促して、夫はようやく話を再開した。

「化物が出るんだ」

「え？」

「化物だよ、化物。それが中庭で子供みたいな声で喚くんだ」

「それって幽霊とかそういうもの？」

女将がそう尋ねると、夫は「わからん」という。

「うん、でも、幽霊じゃないな。あれはやっぱり化物なんだと思う」

「あなたは見たことあるの？」

その問いかけに、夫は無言でしばらくじっとこちらを見ていたが、こくりと頷いた。

「ガキの頃だった。親父とお袋から、新月には中庭に絶対出るなっていわれていたから、ついつい反抗して……」

小学生だった夫は、新月の夜中に中庭に出てみた。そこでそれに遭遇したらしい。

「あいつは松の木の陰にいて『あそぼう』っていいやがった。俺は誰だろうと思って近くに寄ったんだ。そしたら……」

左腕を嚙まれたのだという。

「表面の肉を持っていかれるくらい強く食い千切られた。俺は血塗《ちまみ》れの腕を押さえて泣き叫んだんだ」

現実感のない話だった。しかし、女将は夫の左腕に古い傷があるのを知っていたし、子供の頃の怪我の痕だとも聞かされていたから、妙に説得力があった。ただ、夫はそれがどのような化物なのかは詳しく教えてくれなかった。

女将自身は特別な体験はしていない。しかし、時々食堂で誰もいない場所に向かって話しかける高齢者を見ることがある。それらの高齢者は決まって座卓の下を覗き込んで、まるで幼い子供に向かって語りかけているように見えた。

女将を通して、夫であるKさんに話をして貰えないか頼んでみたが、残念ながら取材は断られた。ただ、この時、旅館の実名を出さないことや場所を暈《ぼか》すことで、原稿にする許可を得ることはできた。

その翌日はK亭をチェックアウトして、牛頭温泉で最も古いといわれる宿に泊まった。フロントで「この辺りの歴史を調べている」と告げ、誰か詳しい人を紹介してくれないかと頼んでみた。すると、宿の隠居であるTさんが応じてくれた。八十を目前にしているといっていたが、豊かな銀髪と浅黒い肌には艶があり、随分若々しく見えた。

過去にK亭で事件や事故が起こっていないことは、事前の調査でわかっている。それならK亭が建つ前にあの場所で何かあったのではないか。私はそう考えていた。

「K亭のあった場所って、以前はどなたが住んでいたんですか？」

「あそこは神様の家だった」

「カミサマ？」

「そうそう。神様とか、神戸《こうべ》の神様とかいってな、なんというか、そう、拝み屋というか、占い師というか、そういうことをする家だった。誰それが狐に憑かれたとか、何処そこの子供が神隠しに遭ったとか、わけがわかんねぇ病気にかかったとか、そういう時にその家に相談に行ったんだ」

Tさんの話では、神様と呼ばれていたのは、その家の老婆で、息子夫婦は近くの旅館の従業員として働いていたという。老婆が亡くなると息子夫婦は出て行ってしまい、しばらくは廃屋が残された。その場所をK亭の創業者である先代の主人が買い取り、温泉を掘って、旅館を建てた。

「その神戸の神様って呼ばれていた女性は、神戸の人だったんですか？」

「う〜ん、神戸の神様って呼んでたからな、そうなんじゃねぇけ。昔からこの辺に住んでたわけじゃねぇみてぇだしな。まあ、私も子供だったから、その辺の事情はよく知らねぇんだ。あ、でも、言葉はこの辺と変わらねぇというか、東北の方の言葉だった気がするよ。案外、神様が拝んでたのが、神戸の神社から分けて貰ったものだったんじゃねぇかな」

Tさんはそう語った。

私は「神戸の神様」と聞いて、日本民俗学の祖である柳田國男《やなぎたくにお》が『山の人生』で記している「神戸の叔母さん」を思い出した。これは柳田が子供の神隠しを論じる際に述べている、自身の体験に登場する言葉である。柳田は自身も神隠しに遭い易い気質であったといい、次のような逸話を述べている。

幼い時分、柳田は寝ながら絵本を見ていたが、母親に向かって頻《しき》りに「神戸には叔母さんがあるか」と尋ねた。そんな叔母は実在しないのだが、母親は他のことに気を取られて、いい加減な返事をした。その内、柳田が昼寝をしてしまったので、母親は息子から目を離した。しかし、しばらくすると、息子の姿がない。ただ、その三、四時間後に、柳田は近所の農夫に連れられて戻ってきた。家から二十何町も離れた道を歩いていた柳田は、偶然発見した隣人の「何処へ行くつもりか？」という問いに、「神戸の叔母さんの所へ」と答えたそうだ。柳田自身も記憶している話ではなく、後日、母親や隣人に聞いた話だという。

K亭が建つ前にそこに住んでいた神戸の神様の「神戸」という言葉にも、現実の神戸ではなくて、異界としての神戸というニュアンスがあるのではないだろうか。

「その神様の一家が住んでいた時、あそこで何か変わったことはなかったですか?」

私の質問に、Tさんは苦笑する。

「変わったことっていうよりも、神様の婆さん自体が不思議っていうか、変わっていたから。私は子供だったから直接何かを頼みに行く機会はなかったけれど、噂では、婆さんが神棚みたいな所へ向かってお経だか呪文だかを唱えると、何処からともなく子供みたいな声が聞こえてくるんだって話だったな。で、神様はその声を聞いて、失せ物の場所をいい当てたり、先のことを占ったりしたらしい」

貴重な証言である。かつて神戸の神様と呼ばれる民間宗教者が存在した時も、子供の声はしていたのだ。つまり、現在、K亭の離れで起こっている非通知電話を介した予言を巡る怪異は、先住していた宗教者の儀礼に関係していると推察できる。では、その子供の声とは何なのだろうか?

仮説を立てるならば、それは神戸の神様が信仰していた何らかの神仏に起因すると考えられる。それが子供の声、子供の姿をとって現れている。K亭の先代主人は恐らくあの土地を受け継いだ際に、その神仏も改めて祀《まつ》り直したのではないか。それがあの離れの場所なのではないか。だとしたら、K亭で起こっていた怪異は、悪いものではない。Sさんが座敷わらしと称したように、忌むような存在ではないのかもしれない。

否、待て。現在のK亭の主人であるKさんは、怪異の主体を「化物」といったのだ。神でも、霊でもなく、化物だ、と。しかも腕を噛まれるという実質的な危害も加えられている。それにSさんが子供を見た新月の間は、いつの間にか使われなくなり、何枚ものお札が貼られている。K亭の人々にとっては、怪異を起こす存在は明らかに悍ましいものとして認識されている。それらを考慮すると、あの場所には祟る性質を持つ子供の姿をした神が祀られていた、或いは、今も離れの鎖《とざ》された空間に祀られているのではないだろうか。

これを裏付ける話を後日、聞くことができた。

母親の知人に、かつてK亭の離れに客として宿泊したことがある人物を見つけることができたのだが、この人の話が実に興味深い。

Bさんという老齢の女性で、今は亡き夫と共に泊まったのだそうだ。当時、K亭は完成したばかりで、畳も青々として匂い立っていたという。

「うちは夫の父の代から酒屋をやっておりまして、牛頭温泉のあちこちにお得意様の旅館があったんです。主に宴会用のお酒を注文していただいていました。K亭さんからもお声がかかって、それでせっかくだから一度泊まりに行こうということになったんです」

殊更に頼んだわけではなかったが、離れを用意してくれた。Bさん夫妻はK亭の計らいに喜んだという。二人には広い二間で、手前に卓袱台があり、奥は床の間のある座敷だった。

「温泉にゆっくり入って、夕食も済んで、私たちは早くに蒲団に入ったんです」

Bさんたちが横になったのは、奥の座敷だった。今は封印されているあの部屋である。

夜中にBさんは夫に起こされた。

Bさんが「なぁに?」と寝ぼけ眼《まなこ》で尋ねると、夫はこういった。

「今、子供の声がした」

当時、K亭には小学生くらいの男の子と女の子がいたから、別段不思議なことではない(この男の子が現在のK亭の主人である)。ただ、時間を確認すると午前二時を過ぎているから、こんな時間に子供が離れの近くをうろつくのは考え難い。Bさんも耳を澄ましてみたが、結局、何も聞こえなかった。

「気のせいだったんじゃないの?」

Bさんがそういうと、夫は怪訝そうに首を傾げていた。

「猫の鳴き声でも聞き間違えたとか?」

「いや、そういうんじゃない。俺が寝てる耳許で『おんなのこ』っていったんだ」

それから半月後、Bさんの娘が出産した。生まれたのは女の子だったという。Bさんの夫は、「あれはK亭の座敷わらしか何かが教えてくれたんだ」といって、大層はしゃいでいた。それを聞いて、何人かがK亭の離れを予約しようとしたらしい。しかし、もうその時点で離れに宿泊することは不可能になっていた。Bさんの店との取引も何故か切られてしまった。そして、Bさんは風の便りで離れに改築工事が入ったことを知った。

「離れに壁が作られたのを知ったのは、だいぶ後になってからですけどね」

Bさんは夫の聞いた子供の声が一体何だったのか、そして、どうしてK亭はそのことに過剰に反応したのか、今も不可解に思っている。

＊

離れの前で時間を確認すると、二時まであと五分だった。僕は入口の戸を軽く叩いて、小声で呼びかけた。しかし、中から返事はない。聞こえないのだろうか？　まあ、約束はしているのだからと、戸を開けて中へ入ろうとすると、開かない。中から鍵が掛かっているらしい。

「水野さん」

少し音量を上げて声をかけたが、やはり無反応だった。僕は妙な胸騒ぎを覚えて、離れの左手に回り込んだ。そちら側には窓がある。今、そこからは室内の灯りが漏れていた。窓の向こうには障子が嵌められているが、それは閉まっている。しかし、丁度大人の目線くらいの位置に穴が開いていて、中の様子が窺えた。窓の近くの畳の上に、ワイシャツに黒いズボンを穿《は》いた水野が横たわっていた。こちらから見ると、水野の顔がよく見える。苦悶に歪んだ表情。そして、両目からは尋常ではない量の血液が流れ出している。

「水野さん！」

やはり反応はない。窓ガラスに手をかけたが、こちらもしっかりクレセント錠が締まっていて、開けることができない。

僕は慌ててフロントに行くと、カウンターの上のベルを馬鹿みたいに何度も鳴らした。すぐに主人の影山氏が出てくる。僕が離れの状況をしどろもどろに説明すると、影山氏は「とにかく、確認します」と離れへ向かった。影山氏が真っ直ぐ入口へ足を進めたので、僕は鍵が掛かっていることを伝える。影山氏は「それは厄介だな」といいながら、左手の窓へ。

「水野様！　水野様！」

影山氏の大声にも、水野は応じない。

「仕方ない。この窓を割ります」

そういう影山氏に、僕は「入口の合鍵はないのですか？」と尋ねた。

「合鍵どころか、離れの鍵はもう何十年も紛失したままで、内側からしか鍵が掛けられないいんです。普段は従業員の休憩場所なので、鍵は必要ないんですよ」

そうした説明をしながらも、影山氏は中庭で手頃な大きさの石を拾い上げ、窓ガラスのクレセント錠に近い位置を割った。怪我をしないように手を入れて、鍵を外してサッシを開ける。

次に障子を開けようとした影山氏は「あれ？」と呟いた。

「どうしました？」

「これ、触ってみてください」

いわれるまま障子の戸を開けようとしたが、何か抵抗があって開かない。

「変ですよね？」

影山氏の言葉に僕も頷く。それから二人で一緒に力を入れると、びりっという音と共に、障子が開いた。

部屋の中を見て、僕は啞然とした。正面の押し入れの襖には、呪文のようなものが書かれたお札が何枚も貼ってある。いや、正面だけではない。部屋のあちこちにお札が貼られているのだ。まるで何かを封じ込めてでもいるかのように……。呆然とする僕を尻目に、影山氏は水野に声をかけながらクロックスのサンダルのまま、中へ入っていく。そして、「亡くなっているようです」とこちらへ向かって報告した。両の眼窩《がんか》から血を流す水野の屍体と、両目を縫われた姉の顔が重なる。

「僕もそちらへ入ってもいいですか？」

「え？　あ、はい。それじゃ、今、入口の鍵を開けますね」

僕は窓から離れると、入口へ回った。しかし、引き戸の向こうから影山氏が「駄目ですね」といった。

「どうしたんですか？」

「こちらの戸にもお札が貼られていまして、目張りみたいになっているんです。こういうのって、そのままにしておいた方がいいんですよね？　現場保存とかいいますでしょ？」

「あ、それはそうですね」

影山氏と相談して、結局僕も窓から離れの中へ入ることになった。ガラスが散らばっているとのことで、雪駄のまま慎重に体を入れる。

中は鬼気迫る異質な空間と化していた。壁や襖にべたべたと何枚ものお札が貼られている。さっき窓の障子が開かなかったのも、障子と窓枠の間に何枚ものお札が貼られ、目張りのようになっていたからだ。座敷と玄関との間にある襖にもお札が貼られていたが、こちらは幸い建具と柱の間にはお札がないので、開閉に支障はなかった。念のために僕も玄関の戸を確認したが、確かに上下にスライドする鍵が掛かっており、戸の両側にはお札が目張りのように左右に四枚ずつ貼られていた。

「これって自殺じゃないですよね？」

僕は確認の意味を込めて影山氏にそういった。

「自殺には見えませんけど。どうしてです？」

「だって、ここは内側からしか鍵が掛からないんですよね。しかも入口も窓もお札が内側から貼られているんだから、出入りができないじゃないですか」

「ああ、なるほど。え！　そ、それじゃまだ水野さんをあんな風にした奴が……？」

中にいる可能性がある。

そこで僕と影山氏は二人で室内に誰か隠れていないかチェックした。しかし、トイレにも、押し入れにも、怪しい人物は見当たらなかった。その直後、僕のスマホに着信があった。驚いて見てみると、番号非通知である。時刻は二時十七分。それを見て影山氏が何ともいえない表情を浮かべたのを覚えている。

影山氏が固定電話から警察に通報に行っている間、僕は離れを見張っていた。しかし、特に異変はなかった。影山氏は戻ってくると、「ご協力ありがとうございます。警察が到着するまで梅木様はお部屋で待機していてくださいませ」といった。僕は指示された通り三日月の間へ戻って、敷きっぱなしの蒲団に横になった。

その後、警察がやって来ると、現場検証が行われ、僕も沼尾《ぬまお》と樋口《ひぐち》という二人の刑事から事情聴取を受けた。影踏亭に泊まった経緯を説明するのに、さすがに姉の事件と影踏亭の怪談が関係している可能性については黙っていたが、事件の直前に姉が宿泊していたので気になったから、とは伝えた。僕は尋ねられるまま、屍体発見までの行動を説明した。水野と夕食をとったこと、九時半から十時過ぎまで女将と姉の取材について話したこと、部屋に戻って一時四十五分まで眠ってしまったこと、そして、二時に約束をしていたので離れに赴き、そこで水野の屍体を発見したことを証言した。ただ、どうせ怪異のことなど信じてくれないと思い、二時十七分の番号非通知の着信については黙っていた。そんな中で沼尾が何度も質問してきたのが、屍体発見時の離れの状況だった。

離れの玄関と窓には内側から鍵が掛かっていたこと、それを僕と影山氏の二人が確認したこと、更に窓や玄関には目張りのように内側からお札が貼られていたこと、それらの一つ一つを何度も何度も説明させられた。

「遺体を発見なさった時に、離れの中には誰もいなかったのですね？」

「はい。それは確かです。僕も、宿のご主人も、水野さんが自殺のようには見えなかったので、一緒に部屋の中を見回ったんです。でも、トイレにも、押し入れにも、誰もいませんでした」

「そうですか。う〜ん」

刑事たちは明らかに困ったような表情で唸ったが、この件について何か考えを口にすることはなかった。まずは事実関係を確認するのが目的だったようだ。

僕としても水野の屍体の異常な状態は見ているので、困惑するのはわかる。しかし、僕一人だけではなく、影山氏と一緒に室内を確認して、誰もいなかったのだから、これは風変わりな自殺なのではないかと思い始めてきた。もしも殺人だったとしたら、いわゆる密室殺人、しかも出入口すべてに目張りまでしてある完全な密室での殺人ということになってしまう。それよりも、僕はあの離れで起こる怪異のせいで、水野が死んだ可能性の方が高いように思えた。水野は離れの怪異の謎を突き止めた。それ故に怪異の主体である霊的な存在に操られ、自殺させられたのではないか？　そして、姉も同じ理由であんな目に遭ったのではないか？

その後、三日月の間に留まるようにいわれたので、僕はいつの間にか眠ってしまっていた。午前六時過ぎに目を覚ましたのだが、直後に沼尾と樋口の両刑事が部屋にやって来た。

「水野さんの死因は、頸部圧迫による窒息死であることが判明しました。死亡推定時刻は昨夜の十一時半から一時半の間。首を絞められる前に、鈍器《どんき》で頭を殴られているようで、後頭部に出血が見られました。つまり、水野さんは犯人に頭を殴られ昏倒し、その上で紐のようなもので絞殺されたと考えられます。室内には争った形跡も見られましたので、殺害現場はあの離れで間違いないと思われます」

水野が殺された？　それも殴られた上で、首を絞められて？　てっきり祟りや呪いによる死を想定していたので、思った以上の状況の生々しさに辟易《へきえき》した。それでは、あれは本当に密室殺人事件なのか？

「しかもですね、水野さんの目から両方の眼球が持ち去られていることもわかりました」

沼尾は僕の表情をじっくり観察するような眼差しを向ける。

僕は思わず「は？」と間の抜けた声を発してしまった。衝撃が大き過ぎて、脳内の処理が上手くいかない。

「水野さんの両目は現場からは見つかっていません。また、トイレや洗面台で処分された痕跡もありませんでした」

「ちょっと待ってください。えっと、つまり、犯人は水野さんを殺して、両目を抉《えぐ》り取って、あの部屋から逃げたってことですか？　でも、あの部屋は鍵が掛かっていましたし、内側からお札も貼られていたんですよ」

僕がそういうと、若い方の樋口が「わかっていますよ」とやや声を荒らげた。それを先輩らしき沼尾が宥《なだ》める。それから僕の方を見て、「ですから、もう一度遺体発見時の状況を詳しくお話しいただきたいのです」といった。

僕は通算四度目か五度目くらいの同じ説明を求められた。証言を聞き終えた二人の刑事はぼそぼそと何事か相談していた。僕だって刑事たちの気持ちはわかる。僕と影山氏の証言が事実なら、殺人犯は一体どうやってあの離れから水野の眼球と一緒に消えたのかという謎が生まれることになる。そんな幽霊のような犯人が実在すると考えるよりも、僕や影山氏の証言に誤りがあると考える方が理に適っているのだろう。樋口が客室の外に声をかけると、作業服姿の鑑識らしき人たちが入ってきた。

「申し訳ありませんが、念のためにこちらの部屋と梅木さんの荷物を調べさせていただきます」

そういった沼尾の目に、僕は見覚えがあった。姉のことを発見した直後に捜査に当たった担当刑事と同じ目だ。どうやら僕はまた警察に疑われているらしい。作業服の人たちは部屋を引っ繰り返して、何かを捜していた。恐らく、水野の眼球だろう。

結局、僕が刑事たちから解放されたのは、午後一時を過ぎてからのことだった。

「またお話を伺うことがあると思います」

沼尾と樋口の猜疑心に満ちた視線に見送られ、僕は帰路に就いた。

帰宅してからも僕の頭の中は嵐のように混乱していた。水野晶殺害事件は姉の傷害事件と関係しているのだろうか？　一見して、両者とも目に対する危害が加えられているが、瞼を縫われるのと眼球を抉り取られるのとでは、微妙に意味合いが違っている気がする。ただ、姉の事件も水野の事件も、その不可解さにおいて超自然的な力の関与を疑いたくなる程に奇怪なものだった。そもそも影踏亭での水野の密室殺人は、生身の人間に可能なのだろうか？　離れは玄関も窓も内側から施錠されていた上に、お札で目張りまでされていた。玄関の鍵は随分前から紛失して存在しないのだから、外から施錠はできない。窓だってしっかりサッシが嵌まっていて隙間はないのだから、外からクレセント錠を操作することは不可能だ。いや、百歩譲って何らかの方法で出入口に鍵を掛けられたとしても、離れの外からお札をあの位置に貼ることはできないだろう。

それに生身の人間が犯人なのだとしたら、どうして現場を密室にするなんてややこしい細工をする必要があるのか？　例えば、離れを密室にすることで嫌疑を免れることができるのか？

いや、実際問題として、僕にしても、影山夫妻にしても、密室だという理由で容疑者から外れることはない。水野の屍体が、例えば首吊りのような自殺めいた姿ならば、密室にする必然性もわかるが、明らかに彼は他殺とわかる姿で殺されている。眼球まで持ち去られているのだから、犯人に自殺の偽装をする意図は見られない。そうなのだ。水野の屍体は必要以上に他殺体だった。それなのに現場の離れは密室だった。これは矛盾だと思う。だとするとやはりあの場所に存在する霊的な存在が水野を殺し、その両目を抉り取ったのだろうか？　それにしては後頭部への攻撃や紐のようなものでの絞殺など、犯行方法が妙に人間臭い。これもまた腑に落ちない点だ。人間の犯行だと考えるとその不可能性や不可解性が邪魔をする。対して超自然的な存在の仕業とすれば犯行が生々し過ぎる。

そこまで考えて、僕はある可能性を思いついた。あの離れは現在、一部屋しかないが、実際奥にはもう一部屋あるのだ。壁によって塞がれているが、もしかしてあの向こうに出入りできる秘密の通路があるのではないか。それならば犯人は犯行後にそこに潜んでいて、僕と影山氏が屍体を発見した後に、隙を見て離れから逃げることができたのではないか。

いや、駄目か。あの時、離れから出入りするには窓を使うしかなかった。しかし、離れは、最初は僕が見張っていたし、警察が来るまでは影山氏が見張っていた。犯人が外へ出てきたら、絶対に気付くはずだ。

「もし影山氏が共犯だったら？」

確かにそれなら犯人は外へ逃げることができる。ただ、何故犯人はそこまでして離れを密室にしなければならなかったのかが説明できない。

もう一つ考えられるのは、犯人はずっと隠れたまま警察が去るまで待っているという可能性だ。現場検証がどの程度かかるのか知らないが、今日中には一通り終わるだろう。犯人はあの奥の空間でじっとそれを待っているのだ。非現実的な推理だとは思う。しかし、そうとでも考えないと、この殺人事件の奇妙な状況を説明できないような気がする。

呻木叫子の原稿4

二週間近くが経過した十二月の半ば、私は再度K亭を訪れた。あれから交渉の末、主人であるKさんから夜中に離れを調べる許可を貰うことができたのだ。

午前二時に離れを訪れた私は、電気を消したまま二時十七分を待った。果たして時間が来て私の携帯電話が鳴った。ディスプレイには番号非通知とある。「もしもし」と電話に出た私の言葉尻に若干被るように「まなぐふたぎ」という言葉が聞こえて、唐突に通話は切られた。怪談を語ってくれた人たちのいう通り、それは確かに子供のような声だった。ただ、「まなぐふたぎ」という言葉の意味は不明である。「まなぐ」は東北地方では「まなこ」、つまり、目のことである。「ふたぎ」ということは塞ぐということか？

青森から九州までの広い地域に、「耳塞ぎ」或いは「耳ふたぎ」と呼称される習俗がある。

これは死者と同年の者が、餅などを耳に当てて凶報を聞かない呪《まじな》いをして、死に引き込まれないようにするための呪法である。しかし、「眼塞ぎ」とは聞いたことがない。あの声が予知だったのだとしたら、この先私は目を塞がざるを得ないような事態に陥《おちい》るのか？

＊

警視庁から姉のノートパソコンとUSBメモリが返却された。僕は早速影踏亭に関する取材メモや原稿がないか確認した。すると「K亭の怪談」というファイルに、これまで姉が調べてきた内容が、既に原稿の形で保存されていた。僕はようやく影踏亭の怪異の全容を知ることができた。そこには離れでかかってくる番号非通知の電話による予言と、食堂や新月の間に現れる子供、そして、僕自身も女将を通して聞いた影山氏の体験談などが記されていた。更に離れの奥の部屋が鎖される前の話や、影踏亭が建つ前にその場所に住んでいた民間宗教者のことまで調査されていた。中でも姉が聞いた「まなぐふたぎ」という予言には驚かされた。「まなぐふたぎ」、それは瞼を塞がれた姉の発見時の姿そのものである。

だが、一方で釈然としない点も残る。影踏亭での予言は確かに姉の身に現実として降りかかった。しかし、それはあくまで予言の成就であって、影踏亭の子供のような霊的存在が直接もたらしたわけではないような気がする。むしろ、影踏亭での予言は以降に起こる事件に対する警告だったと考えられる。だとしたら、両目を塞がれたことと影踏亭の怪異は無関係ということだ。それならどうして、水野の目は抉られたのだろうか？　もし影踏亭の怪異と眼球に関係がないのなら、水野晶の屍体の状況には別の説明が必要になる。もっといえば、水野の目を持ち去ったのは、怪異を起こす子供ではないということだ。

どうやら水野殺害事件は人間によって意図的に起こされた密室殺人事件と考えるほかない。しかもあの夜に影踏亭にいたのは僕の他には影山夫妻しかいない。即《すなわ》ち、影山氏か女将か、或いはその両方が水野を殺害したのだ。動機は不明だが、水野と女将は元々知り合いだったわけだから、そこに何か原因があったのかもしれない。

密室の謎はどうだろうか。あの事件の第一発見者は僕自身だ。警察よりも早く僕は犯行現場を見ている。そこで密室の謎を解くヒントを得られなかったか？　影山氏が犯人、或いは共犯だとすると、最初に現場に足を踏み入れた際に、何か細工をしたのではないか？　しかし、思い返しても、特に不審な行動はなかった。僕自身、窓から彼の動きを逐一観察していたのだから、おかしな行動をとればすぐにわかる。いや、それ以前に何度も疑問に思ったことの繰り返しになるが、明らかに他殺の状況で現場を密室にした目的は何だろうか？　どうにも疑問ばかりが生まれてしまう。

これはもう一度影踏亭に行く必要がある。今度は姉の事件の調査ではなく、水野の事件を調査するために。

＊

私が意識を取り戻したのは、弟の葬儀が終わった二月中旬のことだった。

弟の屍体は、実家近くを流れる鬼怒川《きぬがわ》の下流で見つかった。事故なのか、自殺なのか、はたまた、誰かに突き落とされたのか、それはわからない。屍体は流されている間に岩に何度も打ち付けられ、相当酷い状態だったそうだ。顔も潰れて不明瞭だったが、所持品や指紋の照合から弟であると判明した。念のためにDNA鑑定もしていると聞く。

意識を取り戻した直後は、自分が何処にいて、どのような状況なのか全く分からなかった。朦朧とした意識の中でも「ああ、もうすぐ〆切だから影踏亭の原稿を仕上げないと」などと考えていた。私の記憶は、自宅マンションでパソコンに向かって執筆していた時点で、ぷっつりと途切れている。医者や警察関係者に色々と尋ねられたが、自宅のデスクから病院のベッドへ至るまでの経緯は全くの空白で、私自身が一番に戸惑っていた。幾つか検査を受け、私がどのような事件に遭遇したのかも聞かされた。新聞報道も読んだ。警察からも何度か事情聴取されたし、病室にマスコミ関係者が忍び込むこともあった。ただ、私としてはそのどれもが自身とは乖離《かいり》していて、当然ながら有益な証言もできなかった。

一週間ばかりした後、退院することになった。父親の運転する車で実家に向かう途中、母親から弟の死を聞かされた。反射的に「何で?」と尋ねたが、両親もよくわからないという。ただ、弟は私の身に起こった事件について調べるため、直前までの私の足取りを探り、影踏亭を訪れたらしい。そして、奇妙な殺人事件に巻き込まれてしまった。

実家へ戻った私が弟へ線香を上げ終えると、母親がおもむろに一冊のノートを持ってきた。死の直前まで弟が書いていた手記だった。それには意識を失った私を発見した時のことから、影踏亭を訪れたことまで、彼の行動が細かく書かれていた。一読して、私はそこに書いてあることが矢庭《やにわ》には信じられなかった。弟が遭遇したという密室殺人は余りにも絵空事めいていたし、私の知る影山夫妻の人柄が犯罪と結びつかなかったからだ。しかし、何度もノートを読み返す内、私には水野が殺された密室殺人の真相が見えてきた。

栃木県警の沼尾警部と樋口刑事がやって来たのは、その頃のことである。主に沼尾が形式的な質問をした。私の身に起きた事件と影踏亭の事件とに関連がないのか調べているらしい。質問の間隙を狙って、私からも「密室の謎は解けたのですか？」と尋ねてみた。

「あの離れですか？　結局、隣の部屋を塞いでいた壁も一部壊して調べましたが、特に異状は見つかりませんでした」

「え！　あの壁の向こうに入ったんですか？」

一瞬、事件よりもそのことが気になった。やや興奮しながら壁の向こうに何があったのかと問う私とは対照的に、刑事たちは冷めた反応だった。

「特に何もありません。六畳の和室で、家具も皆無でした。畳の上には埃が積もっていて、長い間人の出入りがなかったことは確実です」

私が落胆していると、樋口が「あの部屋が何か？」と訊いてきた。

「いいえ、それに関連した原稿を書いていたものですから……」

すると沼尾は「そうでしたねぇ」と苦笑する。馬鹿にされた気がした私は、不機嫌な声音を隠さずに、「で、結局、わかったんですか、密室の謎は？」と再び問うた。

「いえ、目下捜査中です」

「私、わかりましたよ」

そういうと、二人とも空気が抜けるような音を出した。声にするなら「へ」か「は」に近い。

「離れをどうやって密室にしたのか、その方法がわかったんです」

「それは是非とも伺いたいですなぁ」

口ではそういっていたが、沼尾の目は笑っていた。どうせ素人の浅知恵だと思っているのだろう。一方の樋口は目をぱちくりさせて「本当ですか？」と身を乗り出してきた。

「はい。密室を作る方法だけではありません。何故、犯人が水野さんの目を持ち去ったのか、その理由もわかりました」

「伺いましょう」

「私が事件の真相に気付いたのは、取材のため影踏亭をじっくり見て回ったからです」

「我々だってあの場所へは何度も足を運んでいます」

「多分、皆さんが真相に気付かれなかったのは、何度も影踏亭へ行っているからです。だからこそあの建物の特殊性に慣れてしまったんでしょうね」

「特殊性というと？」

沼尾が尋ねる。

「影踏亭では客室のすべての出入口があたかも独立した庵のような造りをしています。部屋の前に庇が出ていて、玄関のように立派な造りですね。そして、母屋《おもや》の客室の出入口と離れの玄関は、完全に同じ造りになっているんです」

「そのくらいは我々だって知っています」

「そうですよね。ですから、離れの玄関と客室の出入口は、建具の交換が可能なんです」

「それは……確かに可能ですが……」

沼尾はそのことが何を意味しているのか考えているようだった。

「事件のあった日、いえ、それ以前から、離れの玄関の戸は新月の間の戸と交換されていたはずです。離れの鍵は随分前に紛失してしまっています。しかし、客人である水野さんが泊まるのに、鍵のない部屋に泊めるわけにはいかない。幾ら知り合いで、不思議な現象を調べて貰うといっても、お客はお客です。貴重品や私物の管理だってあります。ですから、離れに一番近い新月の間の戸と交換しておけば、施錠が可能になります。水野さんは弟を離れに招き入れる際、部屋の中を整理するために一度引っ込んでいます。もしも誰でも入れるようなオープンな場所を使用していたのなら、最初からかなり整理整頓がなされていたはずです」

「なるほど。それはわかりました。しかし、我々が現場へ行った時、離れの玄関の戸は間違いなく離れのものでしたよ。こちらで別の部屋の鍵を使用して戸を開ける実験をしましたから、確実です」

沼尾の言葉に樋口も同意する。

「もうその時には、離れと新月の間の戸は再び交換されていたんです。犯人は水野さんを殺害した後、部屋中にお札を貼ったり、窓の障子に目張りをしたり、障子の一部を破いて中が見えるようにしたりと、色々と細工をして、玄関から外へ出たのです。そして、新月の間の鍵を使用して、外から施錠した。きっと犯人は弟と水野さんが午前二時に会う約束をしていたのを知っていたのだと思います。弟は密室の目撃者として利用されたのです」

「ちょっと待ってください。離れの玄関の戸にも内側からお札で目張りがされていたんですよ。たとえ鍵を持っていたとしても、外からあの目張りはできません」

「犯人は予め戸の片側だけ目張りをしていました。恐らくもう片方にもお札は貼ってあったけれど、柱の部分だけはまだ貼っていない状態だったはずです。いいですか。弟は水野さんの屍体を発見し、影山さんを呼びました。まず影山さんが窓を壊して中へ入ります。そして弟にはガラスで怪我をしないように玄関に回るように伝えました。しかし、結局、お札で目張りがしてあるというので、弟は窓から入ることになった。でも、この時、玄関の戸の片方はまだ目張りは完成されていませんでした。戸を隔てて弟がいる目前で、影山さんがお札をきちんと貼って目張りを完成させたのです」

「じゃあ、あなたは影山が犯人だというのですか?」

「それは少し待ってください。今は密室の謎を解明することだけに焦点を絞ります。影山さんが完成させた目張りは、弟も確認しています。その後、影山さんは弟を一旦見張りとしてその場に残し、警察に通報に向かいます。そして、戻った時に弟と見張りを交替し、弟には客室に戻るように指示しました。弟がいなくなると、影山さんは急いで離れと新月の間の戸を交換し、改めて目張りのお札を貼っておきます。新月の間には元々奇妙な現象が起こることから、出入口には何枚もお札が貼られていました。ですから、お札が貼られた痕跡があっても不自然ではないのです」

「う〜ん、確かに先生のお話通りなら密室の謎は解けますが……」

いつの間にか沼尾が使う呼称が「先生」になっている。少しは認めてくれたのだろうか。ただ、まだ釈然としない様子で腕を組んでいる。

「どうしました？」

「影山はどうしてそこまでして密室を作ったのか、その理由がわかりません」

「それは影山さんたちの計画がアクシデントに見舞われたからです。本来なら水野さんは首吊りなり、手首を切るなり、自殺に偽装されるはずでした。しかし、犯人と揉み合いになる中で、予想以上に抵抗されたのだと思います。慌てた犯人は手近なもので水野さんを殴り、倒れた水野さんの首を絞めて殺害することになったのです」

「確かに、犯行に使われた凶器は、離れにあったガラス製の灰皿と浴衣の帯でした」

沼尾警部の補足に、私は頷いて先を続ける。

「突発的な事態に混乱した犯人は、それでも計画通りに部屋の中にお札を貼るなど密室を作る工作をしました。きっとどう計画を変更したらよいのかわからなかったので、そのまま予定通りの行動をこなしたのでしょうね。ただ、自分が犯人であることを示す決定的な証拠を持ち去ることは忘れなかった。それが水野さんの眼球です」

「水野の眼球が犯人を示す証拠ですって？」

「そうです。犯人は水野さんと揉み合う中で、彼の目を特徴的なある物で突いてしまった。目をそのまま残しておくと、検視の結果どんな物で傷つけたのかが判明してしまい、自分が犯人であることも明らかになってしまいます」

「そのある物とはもしかして……」

どうやら沼尾も気付いたようだ。

「はい。かんざしです。つまり、水野さんを殺害したのは女将さんです。影山さんはその犯行を隠蔽するための共犯だったと考えられます」

その後、私の推理を裏付けるように、女将のとんぼ玉のかんざしから血液反応が出た。検査の結果、それは水野のものと一致したという。証拠となるかんざしを処分しなかったのは、姑《しゆうとめ》から貰った大切な品だったからだそうだ。任意での取り調べで、女将は自らの犯行を認めた。結婚前から女将と水野は客と占い師の間柄だけではなく、男女の仲であったらしい。若い頃の女将は、水野の占いに随分依存した生活を送っていたという。今回、離れの怪異の相談で再会した時、水野は復縁を迫ってきた。女将は頭では拒否しなければとわかっていたが、結局、水野に逆らうことができなかった。

「もう殺すしかないと思いました」

私には理解できない心情であるが、とにかく、女将は水野の死を願った。意を決して夫に相談し、自殺に偽装して殺害する計画を立てた。水野の眼球の行方については、「取り出してすぐに飲み込んでしまいました」と供述したらしい。その際、艶然《えんぜん》と微笑んでいたというのだから、女将の水野への感情は相当複雑なものだったのだろう。また、女将は弟の死についても証言している。どうやら弟もかなり真相に肉薄していたようだ。

「呻木先生の弟さんがもう一度訪ねていらして、離れを見せてほしいとおっしゃいました。断るのも不自然だと思い、承諾したのですが、こっそり様子を見に行くと、玄関の戸の長さと新月の間の戸の長さをメジャーで測っていらして……」

気付かれた。そう思った女将は、不安を抑えきれなかったという。そのことを夫に告げると、彼は弟を呼び出して、鬼怒川に突き落としたらしい。

一方、夫の影山さんは犯行を否認している。自分は何も知らない。全部妻がやったことだといっているようだ。ただ、私の実家の周囲のコンビニなどの防犯カメラの映像には、影山さんの車が映っていたというし、密室の細工にしても女将だけでは不可能なのだから、何とか状況証拠を固めて立件したいと沼尾はいっていた。

事件のことだけではなく、そもそも影踏亭の怪異の大元と思われる、神戸の神様について考えたことも書いておこう。私は聞き書きの中で「こうべ」を「神戸」だと思っていたし、話者であるTさんも「神戸」だと認識していたようだが、あれは間違いだ。恐らく「こうべ」は「頭」、或いは「首」と書くのだ。つまり、頭の神様である。これはあの場所に住んでいた老婆が、人間の髑髏《どくろ》を神として祀っていたことを示している。それも子供の髑髏を。宗教者が人間の髑髏を呪術に使用するのは珍しいことではない。『増鏡《ますかがみ》』には時の太政大臣西園寺公相《さいおんじきんすけ》の頭蓋骨が異相であったので、東山の聖《ひじり》が墓を暴いたという話があったり、喜多村信節《きたむらのぶよ》の『嬉遊笑覧』巻八「方術」に引用されている『竜宮船』には巫女《みこ》の持ち物の中に人間の髑髏があったりしたことが記されている。影踏亭の怪談の中で、食堂に現れる子供が座卓の下にいるとされたり、金縛りに遭ったSさんが子供の顔しか見ていなかったり、影山さんがそれを化物といっていたりしたのは、子供の霊が首しかなかったからではないだろうか。

それにしても弟のことは残念だった。彼が私の身に起きたことに対してつまらない誤解をしなければ、殺されるようなことはなかったのかもしれない。

私が自宅マンションで遭遇した事件と影踏亭とは何の関係もない。弟も、手記で私がどうして駅から近い3LDKという広い部屋に住んでいるのか疑問に思っていると書いていたが、それは全く正しい疑問だ。通常、私のようなマイナーな作家の収入では、自宅マンションの家賃は払えない。しかし、私の自宅の家賃は格安なのだ。その理由は、事故物件だからである。私が住んでいる部屋には、かつて四十代の母親と二十代の娘が住んでいた。しかし、娘が不幸な事件で殺害され、母親は後を追うようにしてこの部屋で自殺した。それ以降、この部屋に住んだ人間は、大なり小なり不思議な体験に悩まされてきたらしい。

私自身はネタの収集も兼ねて、自分を実験台にしてこのマンションに住み始めたが、これといって大きな怪異に見舞われたことはなかった。精々《せいぜい》誰かの視線を感じる程度である。それが今回いきなり、私は意識を失い、あり得ない姿で発見された。私だって何も予備知識がなければ祟りか呪いかと思っただろう。しかし、マンションに取り憑いている霊が母親であり、影踏亭での予言が「まなぐふたぎ」であったことから、私は何故自分があんな目に遭ったのかわかった。この部屋の霊は、私に弟の死を見せたくなかったのだ。だから、弟の葬儀が終わるまで、私の意識を失わせ、目を塞いでいたかった。一種の母性だと考えられる。まあ、結果的にはそれが弟の死を招いてしまったような気もするが、もしかしたら影踏亭に行かなくても、弟の死期は迫っていたのかもしれない。

私は今もこの原稿を自宅のマンションで書いている。丁度「まなぐふたぎ」の真相を書き出した時から、天井付近でパンパンと異音、いわゆるラップ音が鳴り出したから、きっと私の推理は当たっているのだろう。

朧《おぼろ》トンネルの怪談

「あたしの実家の近くに、心霊スポットがあるんだぁ」

最初にそんなことをいい出したのは、枝野優愛《えだのゆあ》だった。

とっておきの宝物を見せるような、はにかんだ表情だった。前髪が不自然なくらい短いショートカットで、薄い眉と八重歯《やえば》が特徴的な、小鬼のような顔をしている。

脇坂公平《わきさかこうへい》はその時、一枚だけ残ったマグロの刺身にこっそりと手を伸ばしかけていたのを、やけに鮮明に覚えている。生ビールの後に、慣れないハイボールなんて飲んだせいで、いつもよりも酔いが回るのが早かった。それを自覚しているにも拘《かか》わらず、割と速いピッチで新たなビールに口をつけていたのだから、相当酔っていたのだろう。度の強い眼鏡越しに見る景色は、なんだか煙っているようで、余計に現実感が希薄だった。

宇都宮《うつのみや》市内の大学の近くにある居酒屋でのことである。

三月も最終週の夜、脇坂は同じ教育学部の枝野、高田雄一《たかだゆういち》、藤野猛《ふじのたける》、辺見沙彩《へんみさあや》とテーブルを囲んでいた。春休みが終わって四月になれば、五人は揃って三年になる。

グラスの鳴る音、他のテーブルの騒ぎ声、店員たちの威勢のいい掛け声、そういった喧騒と喧騒がぶつかって弾けた音の粒が、脇坂の耳朶《じだ》にさらさらと流れ込んで来る。その砂粒みたいな雑音に被さるようにして、枝野の声が聞こえた。

「あたしの家から車で五分くらい、チャリだと十五分くらいかなぁ、山の中にね、トンネルがあるの。朧《おぼろ》トンネルっていってね、まあ、古いトンネルですよ。地元ではおんぼろトンネルなんていわれちゃってるくらい」

脇坂たち五人の中では、枝野と高田の二人が県内出身者だった。枝野の実家は日光市《にっこう》に近い小さな町だという。その場所が不便過ぎるので、今は実家から出て、大学に近いアパートで一人暮らしをしている。隣県の港町出身の脇坂には、今一つ地理的な位置関係はわかり難《にく》かったが、田圃《たんぼ》と山しかないという表現で、何となくどんな場所なのか想像はついた。

「へぇ、なんか面白そう」

最初に話に食いついたのは、辺見沙彩だった。ウエーブのかかったロングへアーにすぅっと手をかける。瞳が細くなって、ぽってりとした唇が微笑《ほほえ》む。そういえば、辺見は霊を見たり、感じたりすることができるらしいと、枝野から聞いたことがある。真偽はわからないが、もともと心霊関係の話題が好きなのは確かなようだ。

脇坂がジョッキに残っていたビールを飲んでいる間に場は盛り上がり、「次の土曜日の夜にみんなで朧トンネルへ行こう!」という話になっていた。「心霊映像が撮れたらネットに投稿しよう」と枝野がはしゃいでいる。

「わりぃ。俺、土曜はバイトだわ」

そういって、藤野猛は同行を断った。最近、毎週土曜日から日曜日にかけて、コンビニで深夜バイトを始めたのだそうだ。レザーのジャケットが似合う藤野は、長身で細身の体軀をしている。目つきが鋭いのと、口調がぞんざいなので、第一印象は余りよくないのだが、親しく付き合うと気のいい性格だとわかる。

このグループでは、藤野が最も脇坂と親しい。それだからわかるのだが、本音をいえば、藤野は一緒に行きたかったはずだ。というのも、明らかに藤野は辺見に好意を寄せている。本人から直接聞いたわけではないが、傍《はた》から見ていれば気付くのは容易である。

まあ、そういう脇坂も、辺見のことは気になる存在ではあるのだが。

深夜に女子二人と心霊スポット探訪……悪いシチュエーションではない。

スタジャン姿の高田雄一もそう思っているようだ。そもそも枝野の朧トンネル行きの誘いに率先して同意を示したのは高田である。しかも辺見に向かって「面白そうじゃん。行こうよ」と頻《しき》りにいっていたから、随分とわかり易い態度だと思う。脱色した髪に、耳にはいくつもピアスを付けている高田は、どう見ても遊び人風だが、性格は引っ込み思案で、このグループ以外に友人と一緒にいるところを見たことがない。高田はいつも以上に軽い口調で、「時間はどうする？」だの、「誰が車出す？」だの、甲高い声で捲し立てながら、ちらちらと辺見のことを窺《うかが》っている。

結局、藤野以外の四人が、次の土曜日の深夜に集まって、枝野の車で、そのおんぼろトンネルへ行くことになった。待ち合わせは、藤野がバイトをしている大学近くのコンビニになった。

実家から通学している高田が「わざわざ大学近くまで来なきゃいけないのかよ」とブーブー文句をいっていたが、それをいうなら、「今夜だってお前はわざわざ電車とバスを乗り継いで飲み会に参加してるじゃんか」と突っ込みたくなった。突っ込まなかったのは、酔いが回って呂《ろ》律《れつ》が回らなくなっている気がしたからだ。

三月最後の土曜日の深夜、正確には既に日付が変わっているので日曜日になるが、脇坂公平たち四人は、コンビニに集合した。

時刻は午前零時半を少し過ぎている。

春先の栃木は思っていた以上に寒く、脇坂はグレーのライトダウンに身を包んでいた。

「気を付けて行ってこいよ」

コンビニの制服姿の藤野猛に見送られて、脇坂たち四人は枝野優愛の実家がある月隈町《つきくま》へ向けて出発した。

枝野の愛車は、父親からのお下がりのシルバーのアレックスだ。運転は枝野が担当し、車に酔い易い脇坂が助手席、後部座席に辺見沙彩と高田雄一が座っている。

宇都宮の中心部から月隈町までは、およそ一時間。待ち合わせ場所が若干中心部から外れているので、現場に実際に到着するまでに一時間半はかかる見込みだ。

「ねぇ、優愛ちゃん。これから行くトンネルってどんなことが起こるの？」

辺見が身を乗り出すようにして枝野に尋ねる。

そういえば、前回の飲み会の席では「心霊スポットがある」とはいいつつも、具体的な怪談らしいものは何も聞いていない。枝野は「それがさぁ」と妙にテンション高めな口調で話し始める。

「あたしもね、詳しい話は最近知ったんだけど、なんか首のない女の霊が出るらしいんだ。それも二人とか、三人とか、とにかく、何人も出るらしい」

「出るらしい」というふわっとした情報にも拘わらず、枝野は心なしかドヤ顔をしている。まあ、確かに首なしの幽霊が複数出現するとなると、なかなかハードな心霊スポットなわけで、それが地元にあるということを自慢したい気持ちはわからないでもない。

「えっと、それってさ、前にそこで事故とかあったわけ?」

脇坂が素朴な疑問を口にした。

しかし、それに対する枝野の答えは、「あったんじゃないのぉ」という曖昧《あいまい》なものだった。

「はぁー? 知らないのかよ?」

「知らないねぇ。少なくともあたしが生まれてから今まで、あのトンネルで事故なんて起こったことないと思うけどなぁ。あ、でも、昔、小学生がバイクに轢《ひ》かれちゃったことあったっけなぁ。もしかして、あたしが忘れてるだけかも」

「特に幽霊が出る理由とかはわかってないんだね?」

辺見が確認すると、枝野は「そうなのです!」と元気よく答えた。明らかにハイになっている。心なしか車の速度も速くなっている気がするのだが、どうか気のせいであってくれと思う。

「あ、でも、僕、そういうのわかる気がする」

そういったのは、高田だ。

「僕が通ってた中学校ってさ、いわゆる学校の怪談って全くなかったのね。でさ、僕が卒業してから妹が同じ中学に入ったんだけど、そしたら第二校舎の階段の下にある鏡に、死んだ生徒の姿が映るって怪談があるっていうわけ。妹に『兄ちゃん、それってホント？　昔、あの場所で死んだ子がいたの？』って訊かれたんだけど、こっちは『何だそれ？』って感じじゃん。そんな怪談聞いたことないし、そんな生徒が階段の下で死んだなんて初耳だし」

「つまり、どういうことだ？」

「だからさ、ホントに事故があって人が死んだかどうかはわからないけど、怪談だけが生まれることだってあるってことだよ。これから行くトンネルもそのパターンなんじゃないの？　まあ、だとすると……」

「何だ？」

「心霊映像はあんまり期待できないかも」

高田のその言葉に、枝野が口許を尖らせる。

「行く前にそんなテンション下がることゆーなよぉ。もしかしたら、地磁気の異常とかで、浮遊霊をばんばん吸い込んでるのかもしれないじゃん」

なかなかぶっ飛んだ発想であるが、そんなゴキブリ捕獲器みたいなトンネルは厭《いや》だ。こうして下らない話をしながら間近に見ていると、枝野のコロコロ変わる表情を可愛らしく感じ始めてきた。

四人はそれから、なるべく肝試《きもだめ》しだという雰囲気を保つために、各々《おのおの》が知っている怪談を披露することになった。中でも霊的なものをよく見るという辺見沙彩が語る怪談は、そのほとんどが自身の体験に基づくもので、異様な迫力があった。最初こそ軽口を叩いていた高田が、最終的に、辺見が話そうとすると「辺見の話は怖いからもういい」と子供のように駄々《だだ》を捏《こ》ねる始末だった。

ほとんど対向車のいない道を一時間ちょっとドライブして、途中のコンビニでトイレ休憩を済ませ、割と大きな鉄橋を渡る。そこから、山の脇に沿うように走る細い道に出た。そのまま十分程車を走らせると、枝野はスピードを落とす。

「あれがあたしのウチ」

県道から未舗装の脇道を入った先に、二階建ての民家らしきものが見えた。ただ、周囲に外灯らしきものはないし、屋敷林を背負っているせいで、黒々とした大きな塊が田畑の中に蹲《うずくま》っているようにしか見えない。だから、脇坂たちは「へえ」とか「ああ」とか相槌とも感嘆ともつかない呟きしか発することができなかった。

T字路を右折すると、いよいよ周囲を杉林に囲まれた蛇行する細い道に入った。そこから朧トンネルまではあっという間で、気が付いたら眼前に小さなトンネルが口を開けていた。

もっとおどろおどろしい場所を想像していたが、オレンジの光が漏れる朧トンネルは、何処《どこ》にでもある普通のトンネルに見えた。古いことは古いのだが、その古さも中途半端で、蔦《つた》が絡まっているとか、水が滲んでいるとか、そういうことは全くない。かなり拍子抜けである。

トンネルの前には広い路側帯があって、枝野はそこに車を停める。

脇坂は長いドライブで若干車に酔っていたので、飛び出すように車外に出ると、冷たい夜気で深呼吸をした。吐く息は白く、眼鏡が僅かに曇る。徐々にではあるが、嘔吐感は薄らいできたようだ。

ほっと安堵したものの、気が付けば他の三人は車から降りてこようとしない。

何かあったのかと、もう一度助手席のドアを開けようとすると、後部ドアから高田雄一が出てきた。

「辺見が具合悪いんだって」

「へ？　車酔いか？」

それなら自分と同じだ。しかし、高田は「いんや」と首を振る。

「なんつーか、霊感的なやつ。どうもここことは相性が悪いらしい。まあ、よくわかんないけどね。とにかく、中には絶対入れないって。で、枝野とどうするか相談してる」

それからすぐに、枝野優愛も辺見沙彩も車から降りてきた。

確かに辺見の顔色は相当悪く、車酔いの残る脇坂よりも、明らかに体調が優れない様子だった。

「大丈夫か？」

脇坂がそういうと、辺見は「うん」と答える。努めて明るい声を出しているようだ。

「ちょっと休めば大丈夫だから。なんていうか、偏頭痛みたいなものだから、あんまり気にしなくて大丈夫だよ」

結局、辺見にはこの場所で待機して貰うことになった。

「できたらでいいんだけどさ、もしもあたしらがトンネル入った後に、車とかバイクとか来ちゃったら、『中に友達がいるんですぅ』って伝えて貰えないかな？　ここ、中もすっごく狭いから、めっちゃ飛ばしてくる車が来たら避けるのもひと苦労でさ」

枝野の言葉に、辺見は頷く。

「わかった。ホントごめんね。私のことは気にしないで、みんなは思う存分探検してきて。私もこの場所で何か起こらないか見張ってるから」

「しんどい時は車で寝てていいからね。鍵は掛けないでおくから。何かあったらすぐに連絡して。寝る時は内側から鍵掛けなきゃダメだよ」

枝野はそういって、懐中電灯を辺見に渡した。

「ありがとう」

辛そうな顔で微笑む辺見は、ぞっとするくらい綺麗だった。

「さて、男子諸君、準備はいいかなぁ」

八重歯を覗かせて、枝野が微笑む。

脇坂も高田も努めて明るく返事をした。

「段取りはね、まず三人でトンネルの向こう側へ行く。で、そっから一人だけこっちに引き返して来ながら、トンネルの中を撮影するって感じ。じゃあ、早速行ってみよう！　やってみよう！」

　こうして脇坂と高田の男子二人は、枝野に従うようにトンネルの中に入って行った。

　枝野は既にスマホを構えて、撮影を始めている。トンネルの外観を撮って、それらしい実況を吹き込みながら、中へ入って行く。

「まだ撮影はしないんじゃないの？」

　高田が疑問を口にする。

「うん。でもさ、もしも向こうへ行く間に、霊が出ちゃったら、カメラモードに切り替える余裕なくない？」

「まあ、それはそうか」

「二人も一応、自分のスマホで撮っといてよ。何か映るかもしんないじゃん」

　思った以上に本格的である。心霊スポット探訪なんて肝試しの延長で、「わー」だの「きゃー」だのいいながら、お互い密着し合うのを期待していたので、脇坂はかなり面食らった。そして、そんな想像をしていた自分を僅かながらに恥じた。

　トンネル内は思ったよりも明るく感じられた。今まで暗闇に慣れていたせいだろう。やや左にカーブしているので、出口はまだ見えない。

　枝野は実況を続けながらも、ずんずん奥へ進んで行く。枝野の声がトンネル内に反響し、妙に賑やかな雰囲気になる。どうにも怖くない。これは……色々な意味で駄目なんじゃないだろうか。撮影している本人たちが怖くないのだから、こんな映像を見せられたって、怖がりようがないだろう。万に一つ、本当に霊の姿でも捉えない限り、動画をネットにアップしても意味はない。

そもそもここは周囲を林に囲まれた峠道ではあるけれど、山中異界ではない。車で直《す》ぐの場所に、枝野の実家もある。そう思うと、何だか馬鹿馬鹿しくなってきた。脇坂は適当にスマホを壁に向けながら、足早に枝野を追った。一方の高田は、思ったより神妙な面持ちだったが、見たところ熱心に撮影しているわけではないようだ。まさか本気で怖がっているわけではないと思うが、枝野の迫力と対照的なのは確かだ。

案の定、何のハプニングもないまま、三人はトンネルの向こう側へ出た。時間にして五分くらいだろうか。

ただ、脇坂公平はトンネルから出た途端、妙な悪寒を感じた。それは体感的にトンネル内部よりも外部の方が、気温が低かったせいもあるのだろうが、眼前に横たわる闇とそこへ延びる細い道が、何となく不吉なものに思えたのだ。肥大する暗闇に搦《から》めとられるような漠とした不安が忍び寄ってきて、だから、脇坂は敢《あ》えて明るい声で、「で、本番の撮影は誰が行く?」といった。

それを聞いた枝野は、「やっぱ男子っしょ!」と脇坂と高田を見た。

脇坂自身も、一人でトンネルの中を引き返すのは、自分か高田だと思っていた。

「どうする?」

脇坂が尋ねると、高田は曖昧な表情をする。

その顔は、行きたくないってことか？

脇坂自身は、殊更《ことさら》に一人で行くことに抵抗があるわけではない。ただ、撮影となると、実はからきし自信がないのである。はっきりいって、脇坂は、動画は疎《おろ》か、写真すらほとんど撮ったことがない。そんな自分がネットに上げる水準の動画が撮影できるのだろうかと危惧している。だから、自ら進んで立候補する気分になれなかった。

「じゃあ、じゃんけんで」

高田がそういったので、脇坂もそれに乗った。

しかし、「最初はグー」の段階で、枝野優愛が「いいよ。じゃあ、あたしが行く」といい出したので、心霊トンネルを前にして、別の意味で微妙な空気が流れた。

男子二人で枝野を見送ってからも、やはり何ともいえない雰囲気になる。

しばらく、トンネルの中から枝野が実況する声が聞こえていたが、それも徐々に遠くなった。

「辺見、大丈夫かなぁ」

ぽつりと高田がいった。

「よく考えたら、夜中に女子を一人きりで残してきちゃったんだよね」

「まあ、それはそうだけど、辺見だって怖くなったら車に戻るだろう。鍵だって内側から掛けられるんだし、俺らよりは安全なんじゃないか？」

「う～ん、でも、相手が霊だったら、鍵とか関係ないじゃん」

「お前、信じてなかったじゃんか、ここの怪談」

「いや、最初はそうだったんだけど、辺見が何か感じてるってことは、霊がいるってことじゃん？　それって、本当にトンネルの中だけなのかって思ったら、なんか心配になってきたっていうか。ホントに一人きりにしてよかったのかなぁって」

高田の気持ちは理解できる。しかし、今更どうしようもないではないか。

再び妙な沈黙が流れた。

黙っていると、漆黒の闇に体も意識も浸蝕されそうな気がして、脇坂は、「何か撮れると思うか？」と当たり障《さわ》りのないことを口にする。

「どうかな。大体、ネットの動画って、ほとんどフェイクらしいよ」

ぎこちない会話を続けている間、何だか時間が過ぎるのが遅く感じられた。そして、改めて考えると、こんな真夜中の人けのない場所で、自分たち二人は辺見と枝野という二人の女子をそれぞれ一人きりにしているということに気付く。

無性に罪悪感が湧き上がってきた刹那《せつな》、女の声が聞こえて、脇坂はかなり驚いた。

枝野が出発してから十分近くが経過している。

「今の聞こえたか？」

確認すると、高田も頷く。

「枝野の声……かな？」

それからすぐに、脇坂のスマホに、枝野から着信が入った。

「お、おう」

「沙彩がいない」

「ん？　どういうことだ？」

「トンネルから出たら、車のところに沙彩がいないの。車の中にもいない。呼んでも返事がないの」

つまり、さっき聞こえた女の声は、枝野が辺見を呼ぶ声だったのか。

「直ぐにそっちに行く」

脇坂はそういって電話を切った。

高田に事情を説明すると、二人はトンネルの中を走った。

オレンジの光が照らす中、脇坂と高田以外に姿は見えない。

これってドッキリなのか？

不甲斐《ふがい》ない男共を驚かせようと、枝野が仕組んだ悪戯《いたずら》ではないか？

そんな疑惑が頭を掠めた。

しかし、トンネルを抜けた先に立つ枝野の途方に暮れた顔を見て、脇坂は最悪の事態が本当に起こってしまったことを悟った。

その夜、辺見沙彩は友人たちの前から忽然と姿を消してしまったのである。

呻木叫子の原稿1

栃木県北部、日光市と月隈町の境界の峠道に、Oトンネルという場所がある。全長三百メートル程で、幅は中型車一台がギリギリ通れるくらい。とても乗用車同士が擦れ違えるようなトンネルではない。ただ、周辺の交通量も少ないから、利用者が不便に感じることはないようだ。

元々は集落同士を結ぶ生活道だったのだが、鬼怒川《きぬがわ》に大きな橋が架かり、改めて道路が整備されたので、現在、Oトンネルのある旧道を使用する人間はかなり限られている。というか、近隣は人口そのものが少ないのだ。過疎化と少子高齢化が進んだ田舎町の、更に民家もまばらな山の中である。誰も好き好んでそんな場所へは赴《おもむ》かない。

Oトンネルは鬱蒼と茂る杉林に取り巻かれ、昼なお薄暗く、夜ともなれば漆黒の闇に塗り潰されて、一層不気味な様相を呈している。暗闇の中で仄《ほの》かな橙《だいだい》色の光を発しながら、ぽっかりと口を開けたOトンネルは、まるで異界に続くような不気味さを孕《はら》んでいる。

Sさんは社会保険事務所に勤めている六十代の男性だ。定年退職後、今の職場に勤務するようになったという。週の半分以上は、事務所ではなく近隣のハローワークに出向いたり、国民年金に未加入になっている者の家々を巡ったりと、外回りの仕事をこなしている。

その日も、担当地区の家々を回って、未加入者に必要な手続きをするよう促《うなが》していた。

社会保険事務所の所有する軽自動車には、カーナビが搭載されていない。そのため、Sさんは事前に住宅地図で訪問先の位置を確認している。個人情報保護のため、事務所のパソコンは外部のインターネットに接続もできないから、グーグルマップを使うなどは論外だし、Sさんは機械操作が苦手で、携帯電話もずっと高齢者向けのガラケーを使用している。スマートフォンやタブレット端末などもってのほかである。そもそも仕事に私物を利用して、通信料まで支払わなければならないとなると、馬鹿馬鹿しくてやっていられないだろう。

そんなわけで毎回訪問先にたどり着くには四苦八苦する。公営住宅もあるし、もちろん、アパートやマンションもあるが、田舎町なので山の中にポツンと一軒家があるかと思えば、複雑に入り組んだ農道の先に集落があったりする。

「あの日は町場から離れた場所にある家を訪問する予定でした。そこはバブルの頃は別荘地だったんですけどね、今はほとんど空き家で。ただ、都会から移住してきた人なんかが、昔の物件を買ってリフォームして住んでるみたいで。でね、地図で確認すると、事務所からそこへ行くには、新道を行くよりも旧道を行って、Oトンネルを抜けた方が早い感じだったんです」

Sさんが峠にさしかかったのは、午後一時半頃だった。

そのまま人けのない狭い道を走って、Oトンネルに入った時である。

対向車が来ても擦れ違えないことはわかっていたので、Sさんはかなりゆっくりと車を進めていた。そのヘッドライトが、人影を照らし出した。

「たぶん、女でした。スカートを穿《は》いていましたからね。こう両腕を前にだらっと垂らして、フラフラしながら、トンネルの真ん中に立ってるんです。こっちのことなんかお構いなしって感じで、フラフラしてる」

怪訝に思いながらもSさんは一時停止して、クラクションを鳴らした。

しかし、相手は無反応である。

Sさんは窓を開けると、「おい！　あんた」と声をかけたのだという。

「でもね、窓を開けて、顔を外に出したら、もう女の姿はないんです」

いつの間に移動したのか？

Sさんは首を傾げたが、まあ、取り敢えず先に進められると、窓を閉めた。

そして、ハンドルを握り直してバックミラーを覗いて、硬直した。

鏡の中には、後部座席に座る首のない女が映っていたからだ。

驚いたSさんが振り返ると、後部座席には誰もいない。もう一度バックミラーを見てみても、何も映っていなかった。

Sさんは逃げ出すように、車を走らせた。

「家内に話しても信じてくれなくて。でも、あの時、鏡に映ったのは、幻覚なんかじゃなかったです。今でもあの女の切られた首の断面の様子が思い出せますからね」

その凄惨な姿が思い出されるので、Sさんは焼肉、特にホルモンが食べられなくなってしまったという。

ロードバイクを趣味にしている三十代男性のUさんも、Oトンネルで不思議な体験をした。

栃木県はロードバイクが盛んな土地である。県内には宇都宮ブリッツェンと那須《なす》ブラーゼンという自転車ロードレースのプロチームの本拠地があるし、休日ともなればあちらこちらの道路を個人で、チームで、ロードバイクが走っている。私自身、栃木の実家に帰省して車を運転していると、必ずといっていい程にロードバイクを見かける。

宇都宮にある印刷会社に勤務するUさんも、平素の運動不足の解消やストレスの発散も兼ねて、休日はロードバイクに乗っている。

「まあ、親は自転車なんて乗り回してないで、嫁を探しに行けなんていいますけどね。今は結構街コンなんかもあちこちで開かれてるから、母親なんかがいつの間にかパンフ貰ってきたりして」

実家暮らしのUさんは、そういって苦笑する。

Oトンネルは∪さんのサイクリングコースでは定番の場所だった。周りの峠道は、交通量が少ないし、アップダウンやカーブがあるので、練習にはもってこいである。だから、その日も殊更に何も意識せずに、Oトンネルに入った。ひんやりとした空気を感じながら、トンネルの真ん中辺りを通り過ぎた時、Uさんは慌ててブレーキをかけた。

「そこを通るまでは、確かに何もなかったんです」

しかし、トンネルの中を通る最中に、視界の隅であるものを見てしまったという。

「壁際に四人、たぶん女の人が三人で、子供が一人だったと思います」

トンネルの壁を背にして、女が三人並んで立っていた。

さらに隣には少女が一人。

まるで地蔵のように佇む彼女たちには、全員に首がなかったのだそうだ。

戦々恐々としながらも、Uさんはたった今自分が見たものをもう一度振り返ってみた。

しかし、そこには古びたコンクリートの壁面が橙色のライトに照らされているだけで、女たちはいない。

トンネルから抜け出たUさんは、その日はすぐに帰宅したという。

Uさんが首のない女たちを目撃したのは、ほんの一瞬のことだったから、当初は錯覚かもしれないと思ったそうだ。しかし、後でSNSを見ていたところ、Oトンネルで首のない女の幽霊を見たという書き込みを見つけた。

「なんていうか、幽霊を実際に見た時よりも、その書き込みを見つけた時の方が、背筋が寒くなりましたね。『ああ、俺が見たのって、やっぱりヤバいやつだったんだ』って。ええ、もうあれ以来Oトンネルには行っていません」

Uさんはきっぱりとそういった。


五十代女性のKさんは、その日、飲み会を終えた夫を迎えに行くために、ハンドルを握った。

日光市の自宅を出たのが午後十時だったから、Oトンネルに差し掛かったのは、その十五分後くらいだったらしい。

「土曜日でした。夫はお友達と一緒に昼間はゴルフをして、そのままGさんって方の家で飲み会になったんです」

会場となったGさんの家は、Oトンネルを抜けて程なくの場所にある。これまでも仲間内のゴルフの後は、Gさんの家で飲むのが定番だったので、Kさんも何度も夫を送迎した経験があった。それに普段からGさんの家とは家族ぐるみで交流があったので、Oトンネルもしばしば利用していたという。

その夜もいつものようにトンネルに入ったのだが、出口付近に小さな人影を見て、Kさんはブレーキを踏んだ。

「子供がいたんです」

ヘッドライトに照らされたのは、小学生くらいのスカートを穿いた少女だった。こちらに背中を向ける形で、膝を抱えて座っている。いわゆる体育座りの姿勢である。

こんな時間にどうして？

Kさんがどうしようかと戸惑っていると、少女が立ち上がって振り向いた。

少女には、首がなかった。

生々しい切断面を見たKさんは息を呑んで、それからすぐに逃げようと思ったという。とにかく車を後退させようとバックミラーを覗いて、後方を確認した。

「その瞬間、思わず全身が固まってしまいました」

なんと車の後ろからは、二人の首のない女がこちらへ向かって来ていたのだ。決して速い速度ではない。しかし、確実にKさんの車を目指して、ふらふらと歩いてくる。

その後の記憶は曖昧だそうだ。Kさんはアクセルを踏んで車を飛ばし、Oトンネルから脱出したらしい。気が付けば、目的地であるGさんの家へ到着していた。

車の音を聞きつけてか、玄関から夫とGさん夫婦が出てきた。三人の顔を見たKさんは、心から安堵の息を漏らして、車から降りた。

しかし、そこでKさんをさらなる恐怖が襲った。

玄関の灯りに照らされたKさんの車には、びっしりと赤黒い手形が付いていたのである。

「まるで乾いた血みたいでした」

翌日、手形をすべて洗い落とすのに、相当な時間がかかったという。

それ以降もKさんはOトンネルを利用する機会があったが、再び不思議なものを見たことはないという。


大学生のEさんは、仲間たちと一緒に、かなり不可解な体験をしている。

EさんはOトンネルに近い場所で生まれ育った。高校生までの十八年間を実家で過ごし、大学進学と同時に宇都宮で一人暮らしを始めたという。

その夜、Eさんは同じ学部の友人三人と連れ立って、Oトンネルを訪れた。時刻は午前二時を少し過ぎた頃だったという。

「肝試しっていうか、心霊スポット探検っていうか。あと、心霊映像を撮って、動画サイトにアップしようって思ったんですよぅ」

殊更、本気で心霊映像なるものを撮影しようというわけではない。要は遊びの口実である。ただ、単にOトンネルを訪れるよりも、動画を撮影するという明瞭な目的があった方が、楽しめると考えた。Eさんは実に軽い気持ちで、仲間たちとOトンネルを訪れたのだ。

その中の一人であるHさんという女子学生は、霊感があるらしく、自身でも何度か心霊現象を体験していた。また心霊スポットにも深い関心があるので、男子学生たちよりも先に話に乗ってきた。

土地勘があるEさん自身が車を運転し、仲間たちをOトンネルに連れて行った。トンネルの手前には左右どちらにも砂利敷きの路側帯がある。Eさんは一旦そこに車を停めた。

トンネルを前にしたHさんが「あ、ここ、ダメかも」と呟いた。

「ダメって？　ヤバいってこと？」

「ヤバいっていうんじゃなくて、なんていうか、相性が悪い。頭痛くなってきたし」

本当は霊が見えるHさんに、率先してトンネルの中に入って貰いたいとEさんは考えていた。

「最初はトンネルに入れないって聞いた時、『あれれ？　この子、なんちゃって霊感少女なの？』って思ったんですけど、ホントに凄く顔色が悪いんですね。今にも吐きそうっていうか。それで、『あ、これはホントなんだ』って思って」

そこで、Hさんにはトンネルの前で待っていて貰うことになった。Eさんたちがトンネルに入った後に車が来るようなら、中に人がいることを伝えて、注意を促して貰おうと思ったのだそうだ。

確かに、Oトンネルのような狭い空間で、撮影中にスピードを出した自動車がやって来たら危険である。といっても、時刻は午前二時なわけで、そんな時間にそんな道幅の狭い峠道を走るような自動車は稀だろう。

Hさんは「私のことは気にしないで、みんなは思う存分探検してきて。私もこの場所で何か起こらないか見張ってるから」と三人を送り出してくれた。

Eさんは Hさんに「しんどい時は車で寝てていいから」といって、愛車の鍵を掛けずにおいたそうだ。

Hさんに懐中電灯を一本渡し、Eさんと二人の男子学生はトンネルの中に入った。

彼らの予定はこうだ。まず三人で向こうの入口まで移動する。この間も一応、スマートフォンで動画は撮るものの、本番の撮影ではない。トンネルから出たら、そこに二人が残り、トンネルに他の自動車が来た場合に、事情を説明する役割をする。残る一人が、スマホで動画を撮影しながら、Hさんの待つ場所まで移動する。最終的に、Hさんを車に乗せてから、トンネルに入り、向こうに残った二人をピックアップして帰路に就く。

「で、いい出しっぺのあたしが、撮影をすることになったんです」

当初は男子学生二人の内のどちらかに撮影を任せようと思っていたのだが、結局、Eさん自身が撮影をした方が、帰りの運転などを考えるとスムーズに事が運ぶことに気付いた。それに、心霊スポットを前にじゃんけんを始める二人を見て、何となく頼りないと感じたらしい。

「え？　一人で怖くなかったのかって？　う～ん、全然怖くないってわけじゃなかったですけどねぇ、昔から知ってる場所だし。子供の頃なんかは別に何か出るなんて噂もなかったから、暗くなってから一人で何回も自転車で通ったこともあるし」

ぎこちなく見送る二人の男子を背にして、Eさんはスマホを構えて、トンネル内に入った。光量は少ないものの、トンネルには一定の間隔でライトがついている。橙色のべたっとしただらしない光の中、Eさんは撮影をしながらHさんの待つ出口へと向かった。

「トンネルの真ん中くらいに来た時ですかねぇ、なんか急に寒気がして。はい、えっと気のせいかもですけど」

その時、ようやくEさんは「怖い」と思った。子供の頃からよく知っているはずの場所なのに、何故《なぜ》か別の場所のような違和感がある。それが何なのかはわからないし、単純に恐怖感が遅れてきただけかもしれないとも思ったので、深くは考えず、少しだけ早足になった。

そして、何事もなくトンネルから出たのだが……。

「Hがいないんです」

やはり具合が悪化したのかと車を覗いてみたが、そこにもいない。

まさかドッキリではと思って名前を呼んでみたが、反応は皆無だった。

慌てたEさんはトンネルの向こう側の二人の男子に電話をかけ、Hさんがいない旨を伝えた。

次にHさんのスマホに電話してみたが、電源が入っていないらしく、繋がらない。

男子たちとはすぐに合流できた。しかし、彼らもトンネルの中を移動する途中でHさんを見かけることはなかったという。

そこでEさんたちは車に乗り込んで、Hさんを捜すため、呼び掛けながら周辺の道を何度も往復した。

しかし、結局、Hさんの姿を見つけることはできなかったという。

Eさんたち三人は、そのまま近くの駐在所に行って、事情を説明した。

翌朝から警察も動いてくれたらしいが、Hさんの行方は杳《よう》として知れなかった。

その後、Eさんたちは、トンネル内を撮影した動画を改めて見てみた。すると、そこには妙なものが映っていた。

それはEさんが違和感を抱いたトンネルの中央辺りを撮った箇所だ。右から左にスマホを動かした一瞬、確かに人影らしきものが横切っていた。

私自身、Eさんからその動画を見せて貰ったが、一時停止すると、どうも女性のようなシルエットに見えた。あくまで影なので、首の有無は明瞭ではないが、俯いていたとか、首がないとかいわれれば、そんな風に見えなくもない。

家族からは行方不明者届が出されているものの、現在もHさんは行方不明のままだ。

＊

辺見沙彩の失踪から、一週間が経過した。

あの夜、脇坂公平、枝野優愛、高田雄一の三人は、消えてしまった辺見を捜すため、車に乗り込んで、朧トンネル周辺の道を何度も往復した。

脇坂たちが辺見と離れていた時間は、およそ十五分程度だろう。その間に走って移動すれば、県道に出ることも不可能ではないとは思う。ただ、辺見が何故走ってまでその場から離れなくてはならないのか、その理由がわからないし、その後、何処に行ったのかも不明なのだから、現実的な話ではない。それでも真っ暗な杉林に一人で踏み込むよりは、まだマシな想像だとは思う。

結局、自分たちではどうにもならないので、警察に届けることになった。

地元の駐在は、枝野の両親のことをよく知っているようで、割と親切に対応してくれた。翌朝は所轄の警察と消防から応援も来てくれて、半日くらい付近の林の中を捜索したが、やはり、辺見は見つからなかった。

その後、脇坂たちは、自分たちが撮影した動画に何か手掛かりはないかと確認してみた。しかし、枝野の動画に人影のような奇妙なものが映っている以外、辺見の行方に関係しそうなものは発見できなかった。

「呪いかもしれない」

青い顔でそういったのは、枝野だった。

高田も「そうかも」と同意したが、脇坂はそう簡単に呪いだの祟《たた》りだののせいにすることはできなかった。

当日参加できなかった藤野猛も随分と辺見のことを心配し、自らもロードバイクを走らせて、何度か現場を訪れているという。

この一週間、脇坂をはじめとした仲間たちの間には、緊張した空気が流れていた。辺見沙彩は一体何処へ消えてしまったのか？　何か事件にでも巻き込まれたのか？　或いは、事故か？　そして、辺見が消えてしまったのは、自分たちの悪ふざけのせいなのか？　そんな疑問やら、罪悪感と心配が渾然一体となって、脇坂、枝野、高田、そして藤野の四人を苦しめていた。

春休み期間中だから、余計に始末が悪い。大学で授業を受けていれば、それなりに気も紛《まぎ》らわせられただろうが、今は一人になる時間が相対的に多いせいで、どうしたって辺見沙彩のことを考えてしまう。

あれから警察関係者が脇坂の許を訪れるようなことはなかった。加えて、警察や消防が新たに辺見の捜索を行った様子もない。もしかすると警察は、辺見の失踪を然程大事《さほどおおごと》には考えていないのかもしれない。もっと本気になって捜してくれればいいのに……。

モヤモヤした気分だ。

何もしてくれない警察に憤りを感じたし、何もできない自分の不甲斐なさにも腹を立てた。

そして、そんな精神的なストレスのせいなのか、連日、奇妙な夢を見るようになった。


気が付くと、脇坂はトンネルの中にいる。

中途半端な古さと、安っぽいオレンジ色の照明から、そこが朧トンネルだとわかる。

実際の朧トンネルは五分もあれば通り抜けられるだろうが、夢の中のトンネルは、長い。

何処までも、何処までも、先が続いていて、一向に出口が見えない。かといって踵《きびす》を返しても、背後に広がっているのは、やたらと長いトンネルである。

夢の中で、脇坂は何かを捜している。

あちこちに視線を走らせて、何かを見つけようとしている。

それはとても大切なものらしいのだが、目が覚めてしまうと一体自分が何を捜しているのか忘れてしまう。だから、具体的に何を捜しているのかはわからない。わからないが、脇坂は何となく辺見沙彩の屍体を捜しているのではないかと思う。

結局、脇坂は何も見つけることはできない。それなのに、何時間もトンネルの中を彷徨《さまよ》い続けている。そんな疲れる内容の夢である。

いい加減、精神状態が限界になろうとしていた日曜日の午後、脇坂のアパートに藤野猛がやって来た。

缶ビールと缶チューハイを持参して、いつものように気軽な飲み会の態《てい》だったが、藤野の身から発散される雰囲気は、何処か不安定な空気を纏《まと》っていて、脇坂も心中が騒《ざわ》めいた。

六畳のフローリングに置かれたローテーブルで向かい合って、脇坂はチューハイ、藤野はビールを傾けながら、しばらくは取り留めのない会話をしていた。しかし、いつの間にか話題の中心は辺見沙彩の失踪に向けられていた。

「もう一度、一週間前の夜のことを聞かせてくれ」

最初にそういったのは、藤野だった。

それで、脇坂は酔った頭を鈍《にぶ》く動かしながら、あの夜のことを思い出して、藤野に伝えた。思えば、藤野相手にこの話をするのは二度目だったから、酔っていても存外に要領よく話せたのではないだろうか。

ビールを飲みながら黙って話を聞いていた藤野は、脇坂の話を聞き終えると、飲み終わった缶を握り潰した。

「俺も朧トンネルには行ってみた。お前がいうように、ホントに周りに何もない場所だな」

「そう。完全に山っていうか、森っていうか、人けは全然ない」

「それで、俺なりに辺見の失踪について考えたんだが、大きく分けて二つの可能性があると思う」

藤野は冷静だった。

何もできず、かといって呪いも祟りも半信半疑な自分と違って、どうやら何か考えがあるらしい。脇坂が「二つ？」と話の先を促すと、藤野は説明を始めた。

「辺見が自分の意思で姿を消した場合と、誰かが辺見を連れ去った場合だ」

「ああ、うん」

まあ、順当なところだろう。改めていわれるまでもないくらい当たり前な指摘の気もする。

だが、脇坂はこれまで状況を整理すらしていなかったので、藤野の言葉に突っ込める立場ではない。

「まずは、辺見が自分で姿を消した可能性だ。この場合、辺見は最初からあの夜に行方を晦《くら》ます計画を立てていたことになる」

「何でそんなことを?」

「理由なんて幾《いく》らでも考えられるだろう? 男と駆け落ちするとか、人間関係が厭になったとか、ストーカーから逃げるためだとか、単に何もかもが煩《わずら》わしくなったって場合だってある。動機を考えても、辺見の行方を探る手掛かりにはならないと思う。まずはあいつがどうやって姿を消したのかを考えてみるんだ」

「わかった」

「お前たちの話だと、辺見がいなくなってからすぐに、車で周りを捜したんだよな?」

「ああ。枝野が運転して、何回もトンネルの前後を行ったり来たりしたよ」

「具体的には、枝野がトンネルを出て、辺見がいないことを確認してから、どのくらい時間が経過していたんだ?」

「枝野から電話がきて、俺と高田が合流して、それからちょっと周りの林の中に辺見がいないか手分けして覗いたりしてたから……う〜ん、十分後くらいになるか」

「だとしたら、辺見には一人になってから、お前らがトンネルを離れるまで三十分近く時間があるわけだ」

　脇坂は自分たちと辺見が離れていたのは約十五分間だと思っていたが、なるほど、藤野がいうように、その場で捜していた時間を加算すると、約二十五分間が正確だろう。

「二十五分もあれば、徒歩でも結構移動できるな」

脇坂がそういうと、藤野は首を傾げた。

「いや、深夜に徒歩で移動っていうのは、ちょっと考え難いんじゃないか。無計画に何かから逃げるっていうなら兎も角、辺見が姿を消すことを計画していたなら、もっとスマートな方法をとるだろう」

「例えば？」

「事前に車を用意しておく。辺見は免許を持っていないから、その場合は協力者が必要なわけだが」

確かに、協力者がいれば、辺見がいなくなったことは謎でも何でもなくなる。

「もちろん、お前らがいなくなるまで林の中に隠れていて、後で移動するっていうのも可能性としてはあるが、寒い夜に長時間林の中で身を潜《ひそ》めるっていうのは、やっぱり不自然に思える。それに、どうせ隠れていたって、その場から移動しなきゃならないのは同じなわけだから、結局、何らかの移動手段は必要ってわけだ」

藤野のいう通り、協力者がいないと、あの場所からの移動は難しいだろう。計画的な失踪だったら尚のこと、移動手段はきちんと考えていたはずだ。

「次に、誰かが辺見を連れ去った可能性だ」

「あんな夜中の、あんな場所に誘拐犯なんかいるか？」

脇坂は率直な疑問を口にした。

「可能性はゼロじゃないと思うぞ。夜中に若い女が一人でいるんだ。偶然、それを見つけた奴が、発作的に連れ去るっていうのは、まあ、胸糞が悪い話だが、なくはないだろうよ。ただな、俺はもっと違う可能性があるように思えるんだ」

「違う可能性って、神隠しってことか？」

「馬鹿かお前。神隠しなんてあるわけねぇだろ。俺がいいたいのは、辺見は計画的に攫《さら》われたんじゃないかってことだ」

「ん？　どういうことだ？」

「あの夜、あの場所にお前らが行くことを事前に知った奴がいて、そいつがこっそり現場まで枝野の車を追ってきて、隙をついて辺見を攫ったとか」

「いや、でも、辺見が一人になったのは、あくまで辺見の意思だったんだぜ。あいつが気分が悪いっていわなけりゃ、別行動にはならなかったはずなんだ」

「それもそうか。いや、待てよ」

　そこで藤野猛は凶悪な面相になると、急に黙り込んだ。脇坂が声をかけようとするのを手で制して、新しい缶ビールを口に運ぶ。どうやら、猛烈な勢いで何かを考えているらしい。

「わかったぞ」

　藤野はそういって、鋭い視線でこちらを見据えた。

「辺見を消したのは、枝野だ」

「はぁ？　何いってんだ？」

「いいか、辺見が消えたのを最初に見つけたのは枝野だ。だが、ホントは辺見は消えちゃいなかった。そして、枝野によって、車のトランクの中に隠されたんだ」

「トランクだって！」

確かにあの時、まさかそんな場所に辺見がいるなどとは思ってもみなかった。

「辺見が自分から姿を消したかったなら、一人でその場に残ったのは計画的だし、枝野はそれに協力したってことになる。一方で、辺見が無理矢理消されたのであれば、枝野が何らかの方法で辺見を動けなくして、トランクに押し込めたことになる」

藤野は明瞭な発言を避けたが、枝野が辺見を動けなくするとは、何らかの形で意識を失わせたか、最悪、その生命を奪ったということだろう。

ただ、脇坂は藤野の言葉を余り現実的に受け取ることができなかった。神妙な顔をする友人を前に、思わず笑い出してしまった程だ。

「あはは。なかなかな名推理だが違うよ。枝野はずっとスマホで動画を撮ってたんだ。トンネルから出た時の映像もちゃんと残ってる。あいつがトンネルから出た直後から、確かに辺見の姿はなかったよ」

脇坂の言葉を聞いても、藤野は怯まなかった。相変わらず怖い顔で睨んでくる。

「その動画、本当にその夜に撮影したものだっていえるのか？」

「え？」

「お前と高田が動画を確認したのって、辺見が消えた直後だったのか？」

「いや、あれは……」

確か、翌日だったか。

「直後じゃないなら、映像なんて幾らだって編集できるぞ。いや、直後だって、それらしい映像を用意するのは可能だ。事前に一人で撮影しておいた動画を、その夜に撮影したものだとお前らに思い込ませればいいんだからな」

藤野は枝野犯人説こそ真相だと思っているようだ。

本当にそうなのだろうか？

あの時、枝野がトンネルに入ったのは、脇坂たちがモタモタしていたせいではなく、あらかじめ自分が一人で行くことを想定していた？

枝野の車のトランクには、辺見の痕跡を示すもの――例えば毛髪なり、血痕なりが残っているのだろうか？

脇坂の頭の中で、枝野優愛が小鬼のように笑っている。その顔に、一点の疑惑が零れ落ちる。零れた黒い染みは、みるみる広がって、脇坂が知らない枝野の顔になる。それがとても怖かった。

脇坂は不安を払拭したくて、無理矢理に別な話題を向ける。

「実はさ、辺見がいなくなった日から、変な夢を見るようになってさ」

「どんな夢だ？」

相手にされないかと思ったのに、藤野は存外に真剣な面持ちである。

そこで、脇坂は例のトンネルの中で何かを捜す夢の話をした。話をしている間にも、明らかに藤野の顔が強張《こわば》るのがわかった。そして、脇坂が話を終える前に、藤野がこういった。

「――その夢、俺も見たぞ」

呻木叫子の原稿2

管見《かんけん》の限り、最初にOトンネルの怪談がインターネットの掲示板に書き込まれたのは、今から二十年近く前の二〇〇〇年二月のことだ。「夜中にトンネルを通ったら、首のない女の子が立っていた」というシンプルなものである。立地がローカル過ぎるのと、ネタがありきたりだったためか、サイトでの反応はいまいちであった。まあ、近隣の矢板《やいた》市には地元でも有名なお化けトンネルが存在するから、今更な感は否めないのは確かである。

それ以降も幾つかのオカルト系の掲示板で、散発的にOトンネルについて書き込みが見受けられた。怪談としてはありきたりなのだが、書き込みによって、首のない少女ではなく、首のない女だったり、出現するのも一人だけではなく、二人や三人などともいわれ、幽霊の年齢と人数に違いが見られるようになる。

そして、SNSが広まった二〇一〇年代からは、主に栃木県在住の人たちの中で、Oトンネルの怪談の流布《るふ》が再燃し、幽霊の人数も、首のない少女が一人と首のない成人女性が三人の、計四人へと増えた。ちなみに、私が直接話を伺った人たちがOトンネルで怪異に遭遇したのは、ここ数年のことであった。

Oトンネルの怪談は地味で、全国的に流行っているとはいい難い。

その原因として考えられるのは、首のない女たちの目撃報告はあるものの、その起源についての情報が一切不明であり、怪談として語られるには中途半端な点が挙げられる。

過去の出来事を検索してみたが、Oトンネルでは少女や女性が首を切断されるような事故や事件は一切発生していない。そもそもトンネル工事も問題なく行われたし、完成後に起こった交通事故だって、たった一件しかない。小学生とバイクの接触事故であったが、被害者の男子児童は重傷を負ったとはいえ、生命に別状はなかったという。

つまり、Oトンネルでは誰も死んでいないのである。

それにも拘わらず、繰り返し首のない女の霊が複数顕現《けんげん》しているのだ。

どうせ怪談なのだから、事実と異なっても大きな問題はないかもしれない。しかし、その場合でも、霊が顕現する何らかの起源譚は語られて（あるいは、騙《かた》られて）しかるべきだ。それがないというのは、どうも不自然に思える。

更に、自分で取材を行ったことで、Oトンネルの怪談は単なる噂話ではなく、個々人の体験談に基づいていることもわかった。あくまで噂話の範疇《はんちゅう》ならば、幽霊がどんな状況で顕現しても問題はない。しかし、実際に怪異が発生しているとなれば、そこに何らかの原因があるはずだ。

実は私がOトンネルの怪談に興味を持ったのは、この点なのだ。

何の因果もない場所に、果たして四人もの首なし幽霊が顕現するものなのか？

『学校の怪談　口承文芸の展開と諸相』で広く知られている民俗学者・常光徹《つねみつとおる》は「トンネルの怪談」という論考において、トンネルで怪異が発生する原因を六つに分類している。簡単に示すと、①工事中の落盤事故などで死んだ人の霊が残っていて、貫通後もそのトンネルで怪異が起こる。②は①に近いが、工事中に人柱として埋められた。③トンネルの近くに火葬場や墓がある。④も③に似ているが、トンネルを寺や神社の下に掘ったために怪異が起こる。⑤トンネルができた後に起きた交通事故の犠牲者が現れる。⑥トンネル内で自殺があって、以来怪異が起こる。この内、常光は⑤が一番多いと述べている。

前述の通り、Oトンネルでは工事中も、完成後も、誰も死んではいない。加えてトンネルの付近には火葬場、墓地、神社や寺院などの宗教施設（小さな祠《ほこら》も含む）も存在しない。従って、常光の示した分類に合致しない特殊な事例である可能性が高い。但《ただ》し、②の人柱については、明確に確認はとれていないことを付記しておく。

更に別の側面からもOトンネルの怪談について考えてみよう。

Oトンネルの怪談を確認してみると、どの話も、体験者も、トンネルの中でのみ、幽霊を目撃している。その後に取り憑《つ》かれたとか、家についてきたとか、そういった話は皆無である。とするならば、Oトンネルの首なし幽霊は、いわゆる地縛霊だと考えられる。

世の中には奇特な研究テーマを持っている人がいるもので、この地縛霊についても人文社会科学的にアプローチした論文が存在する。妖怪研究家・大島清昭《おおしまきよあき》が修士論文の前半部分に加筆訂正を加えて刊行した『現代幽霊論―妖怪・幽霊・地縛霊―』である。具体的な事例を検討した結果、幽霊が場所に固定化する原因には次の三つがあると大島は述べている。①屍体が存在した場所、②自らが生命を落とした場所、③生前、関わりが深かった場所、である。

この三つの条件の内、Oトンネルについては、まず②は除外できる。検討する余地があるのは①と③である。①の場合、一般には知られていないが、かつてその場所に一時的にせよ屍体があったということであれば、幽霊は現れてもおかしくはない。ただ、一時的にだとしても、トンネル内に首なし屍体が存在することなどあり得るのだろうか？　それも一人分ではなく最大で四人分である。俄《にわ》かには状況が想像できない。

では、③の場合はどうか。大島は、スポーツ好きな少年少女の霊が運動場や体育館に死後も出現する事例や、生前暮らしていた家や勤務していた職場に死後に幽霊として顕現する事例を挙げている。つまり、その場所に霊が何らかの執着を持っていることが条件となるのだ。だとすると、Oトンネルの事例の場合は違和感しか覚えない。トンネルに激しく執着する理由とは何だろう？　自らがそこで生命を落としたわけでもないのに、特定のトンネルに四人もの人間、それも全員首を失った人間が執着する理由が考えられない。

例えば、彼女たちがそこを通学路なり通勤路なりにしていたという可能性は考えられなくもないが、生活圏を共有していた少女一人と女性三人がすべて首を失うような死に方をしていたら、少なからず周囲で話題になるはずだ。この点については、地元の図書館で過去の新聞記事を調べてみたが、それらしい事件や事故は起こっていない。

やはりトンネルの怪談としてOトンネルの怪談を見てみると、かなり不自然なことがわかる。

そして、その不自然さこそが、怪異が発生する原因に繋がっているのではないかと思うのだ。

＊

その日、脇坂公平は枝野優愛に呼び出された。

大学も始まり授業の履修申請に追われて忙しい矢先だったが、「朧トンネルの件で、会ってほしい人がいる」というメッセージを受け取って、即座に承諾した。

辺見沙彩の失踪に枝野が関わっているという推理を藤野猛から聞いてから、何となく枝野に会うのが怖かった。殊更に枝野犯人説を信じているわけではない。しかし、枝野犯人説が一定の説得力を持っているのは事実だ。ただ、その疑惑を枝野に直接ぶつける度胸は脇坂にはなかった。

藤野は藤野で、あくまで様子を窺っているらしく、枝野に自分の推理を聞かせるつもりはないようだ。まあ、現段階では辺見が自ら姿を消した可能性もあるわけで、その場合は徒《いたずら》に騒ぎ立てると辺見自身の不利益になりかねないと考えたのだろう。

ただ、高田雄一も含めたこの四人は、同じ授業をとることが多い。必然的に顔を合わせる機会も多いのだが、あれ以来、妙に会話がぎこちなくなった気がする。お互いがお互いを避けているような、それでいて、互いが互いに相談したがっているような、何ともいえない距離感が生まれていた。

待ち合わせ場所の大学近くのファミレスの前には、枝野と一緒に、見たことのない女性がいた。

二十代後半から三十代前半だろうか。セミロングの黒髪で、ジーンズにライトダウンというラフな服装である。脇坂が近寄ると、その女性は怪談作家の呻木《うめき》叫子《きょうこ》と名乗り、名刺を差し出した。

「雄一も呼んだんだけど、授業があるから来れないって」

そういった枝野は訝《いぶか》しげな表情をしていた。脇坂も高田が適当な理由を付けて誘いを断ったように思えた。

中途半端な時間だったので、店内は空いている。

三人は奥のテーブル席に落ち着いて、ドリンクバーを注文した。それぞれが飲み物を用意すると、改めて脇坂と呻木は簡単な自己紹介を交わした。

正直な話、脇坂は呻木叫子という作家を知らない。枝野の話では、知る人ぞ知る実話怪談作家なのだそうだ。

「あたしも沙彩も、呻木先生の本、みんな持ってるよ。しかも！　栃木県出身！」

何処か誇らしげにそういう。

枝野も、辺見も、この作家の愛読者なのか。しかし、呻木と枝野の関係は、単に作家とそのファンというものではないらしい。そのことをさっそく説明してくれた。

「妖怪で世界を救う会」という珍妙な名前の研究会に、枝野は入っている。二カ月に一回程度の頻度で、主に都内にて行われるもので、そのエキセントリックな名前に反して、かなり堅い学術的な研究会だそうだ。

枝野はそんなに出席率はよくないらしいのだが、年明けに参加した例会で、偶然呻木叫子と出会ったそうだ。呻木も前々から会員であったものの、出席のタイミングで枝野とは初対面であった。研究会後の飲み会の席で、枝野は呻木に朧トンネルでの体験談を語った。呻木は自身の実家が近いということで、大いに興味を示し、朧トンネルの怪談について取材を始めたらしい。呻木としては、取材の契機となった辺見沙彩の失踪について、脇坂と高田にも話を聞きたいと考えたのだそうだ。

「これは私の取材スタイルというか、作風でもあるのですけれど、怪異の体験者が複数いらっしゃる場合、可能な限り全員からお話を伺うようにしているのです。人によって感じ方とか見え方って違うじゃないですか。三人一緒にいて、一人だけが不思議な体験をするってこともありますし、全員が同じ体験をする場合もある。そういう一つ一つの特徴を拾っていくことで、怪異の原因に少しでも近付けるようにしたいんです」

そこで脇坂は、請《こ》われるままにあの夜の自分の体験を話した。

呻木はこちらの許可を得て、ＩＣレコーダーを回しながら、黙って脇坂の話に耳を傾けている。

「辺見がいなくなった話って、怪談なんすか？　普通に辺見が行方不明になっただけでしょ？」

話し終えた脇坂がそういうと、呻木は「そうかもしれませんね」と頷いた。

「ただ、その場合も、辺見さんが失踪した経緯には不可解さが残ります」

「そうそう。何であんな場所で沙彩が消えちゃったのか、全然わかんないじゃん。幽霊の呪いかもしんないし」

枝野は真顔でそういったものの、脇坂にはそれが本気なのか偽装なのか区別がつかない。本当は彼女は辺見の失踪の真相を知っているのではないか？　そんな疑心暗鬼が頭を擡《もた》げる。そこで脇坂は「やっぱり辺見が自分からいなくなったって可能性が高くないですかね」と枝野に対して間接的にカマをかけてみた。

「どゆこと？」

思った以上に素早く枝野が反応する。やはり本心なのか誤魔化しているのか判然としない。

「何で沙彩が自分からいなくなるのさ」

「理由は色々考えられるだろうが」

そういってから、脇坂はさも自分で考えたかの如くに、藤野猛の受け売りである駆け落ち説やストーカー説、人間関係からの逃避説などをもっともらしく語った。枝野は釈然としない表情を浮かべていたが、呻木叫子は興味を持ったようだ。

「確かに、脇坂さんのおっしゃることはないとはいえませんね。実際、トンネルに行く前にそんな素振りはあったんでしょうか？」

「なかったと思う」

そう答えたのは枝野である。

脇坂は「わからないですけど」と断ってから、こういった。

「朧トンネルに行った時って、丁度《ちょうど》春休みでしたから、俺たちあんまり会う機会はなかったんすよ。だから、あいつが休み中に何かあってもすぐには気づけないっていうか、地元にも帰省していると思うんで、そこで何かあったのかもわからないのが実情です」

「なるほど。ただ、仮に理由があったとしても、あんな場所で自分から失踪するっていうのは、ちょっと不自然だと思います。悪戯ならあり得るかもしれないけれど、本気で何処かへ姿を晦ますなら、あなたたちと一緒じゃない方が簡単にいなくなれると思いますよ」

「そう！　そう！」

枝野は八重歯を覗かせて、呻木に同調する。

「じゃあ、誰かが辺見を連れ去ったってことっすか？」

脇坂は指先で眼鏡を上げながらそういった。もちろん、枝野の表情に変化がないか注視しながら。

「さあ。でも、現段階では何ともいえないと思います。もしかしたら、辺見さんの他にもあそこで消えてしまった人がいるかもしれないし」

「え？」

突如、戦慄が脇坂の背筋を走った。

辺見の他にも、あの場所で失踪者がいる？　その発想は今まで浮かんでこなかった。

あのトンネルは、そんなにも禍々《まがまが》しい場所なのだろうか？　脇坂には単なる田舎のトンネルにしか見えなかったのだが。

不意に脇坂の脳裏に、首なし幽霊の姿が浮かんだ。

まさかあのトンネルに現れるという幽霊たちは、過去にあの場所で失踪した女性たちなのではないか？　誰かに攫われて、首を切断されて、その怨みが霊となってあのトンネルを彷徨っているのではないか？　そして、辺見沙彩もまた……。

「どちらにしても、もう少し調べてみる必要がありそうですね」

怪談作家はそういって微笑んだ。

その笑顔が酷く場違いな気がして、脇坂は気分が悪くなった。

「あの、先生」

そこで枝野がぴょこんと小さく右手を挙げる。

「なあに？」

「これ、沙彩がいなくなったのとは関係ないかもしれないんですけど、ちょっと不思議なことがあって。朧トンネルにいった次の日くらいから、何回も同じ夢を見るんです」

え？　それは……。

脇坂は背筋が粟立《あわだ》つように感じた。

「どんな夢？」

呻木が話を促すと、枝野は自分が見た夢の話を始める。

それは、脇坂が見た夢と全く同じものだった。

呻木叫子の原稿3

　女子大生のEさんが体験したOトンネルでの友人の失踪は、Oトンネルの怪談の謎を解く上で、何らかの鍵となるのではないだろうか。私にはそう思えた。というのも、他の体験談が首なし幽霊の目撃だけに終始しているのに対して、Eさんの体験では実際に、不可解な状況でHさんという失踪者が出ている。その特異性だけでも注目に値する気がした。

　こう書くと、読者の中には「Hさんは自らの意思で姿を消しただけではないのか？　それを特異と捉えるのは早計ではないか？」と疑問を持たれる方もいるかと思う。しかし、私はHさんが自ら姿を消した可能性はほぼないと考えている。

　まずHさんが何らかの理由で失踪を考えているのであれば、友人たちと一緒の肝試しの夜にそれを決行するのは不自然である。というのも、EさんたちはHさんがいなくなってすぐに、警察に届けている。これは至極自然な行為であり、Hさんだってそのくらいは想定できるはずだ。

　従って、失踪の成功率を上げたいのであれば、全く別の機会に姿を消した方がよい。丁度春休み期間中なのだから、しばらく大学に出ることもないわけで、それだけでもかなり遠方まで移動することは可能になる。誰も知らない町で、誰も知らない内に再スタートを切ることも容易だ。

肝試しの際にHさんが自ら姿を消す理由があるとすれば、それは友人たちへの悪戯の可能性はあるだろう。しかし、その場合は、すぐに本人が姿を現すだろうし、今回の場合はこれも否定できる。

もう一歩踏み込んで、Hさんが悪戯で姿を消したことに便乗して、本当に何者かがHさんを連れ去ってしまった可能性を考えてみよう。この場合、Hさんの失踪に最も関係していそうな人物はEさんである。例えば、HさんとEさんが共謀して、HさんをEさんの車のトランクに隠すことはできる。当初はそうした計画を打ち合わせ、当日になってEさんがHさんの意に反して、彼女を眠らせるか、昏倒させるか、はたまた（余り考えたくはないが）殺害して自由を奪い、トランク内に隠すことは考えられなくもない。後になって、動かなくなったHさんを何処かに隠してしまえば、Hさんの突然の失踪を演出することはできるだろう。

しかし、この程度の発想は、警察でも思いついたようだ。というのも、Hさんの家族から行方不明者届が出た直後、Eさんは警察から事情聴取を受け、その際、愛車も念入りに調べられたという。

「一時は犯人扱いだったんですよぅ」

Eさんはそう嘆いていた。

結局、警察が調べても、Eさんの車からそれらしい痕跡は発見されなかった。また、そこまで警察が動いていたことを踏まえると、Nシステムを使ってEさんの車を追跡した可能性もあるだろう。仮にHさんが死んでいたとして、その屍体を遺棄していれば、ある程度の場所を予測して、捜索することができる。しかし、現時点でEさんの疑惑が晴れているのならば、捜査は空振りだったと思われる。

まあ、そもそもEさんが失踪に関与していたら、自身の体験談を周囲に吹聴したりしなかっただろうし、私の取材を受けたりもしなかっただろう。つまり、Eさんはシロだと考えるのが妥当だと思う。

では、視点を実際の犯罪から超常現象へと変えて見てみよう。

そうすると、Hさんが自ら姿を消した場合の可能性として、〝憑依〟が挙げられる。Hさんが何らかの霊的な存在に憑依されて、その場から立ち去ってしまったというパターンだ。この場合、Hさんの意識は通常のものではないから、舗装された道を移動するに留まらず、杉林に分け入ってしまうこともあるだろう。

ただ、Eさんの話では、Hさんの失踪から程なくして警察が周囲の林を捜索している。もしも林の中に誰かが侵入した痕跡があれば、たちどころにわかるだろう。実際問題としてHさんが発見されなかったということは、この可能性もかなり低いのではないだろうか。

では、Hさんが自ら姿を消したのではないとすると、どうなるのか。

当然、そこには何者かの関与が考えられる。もちろん、生身の人間かもしれないし、何らかの霊的な存在かもしれない。

だが、結論からいってしまえば、この方向性に関しては調査は暗礁《あんしょう》に乗り上げてしまった。過去の新聞記事を調べても、現地調査を行っても、過去にOトンネルで失踪した人間は皆無だというのだ。確かにトンネルで人が消えていれば、それ自体が怪談になるだろう。そんな話がないのだから、事件だって起こっていないのだ。調べる前から薄々気付いてはいたが、改めて調べたことで、この可能性も消去されることがわかった。

途方に暮れていた矢先、再びEさんから連絡がきた。

なんでも、Hさんの失踪した状況を再現したいのだそうだ。私にはオブザーバーとして、現場に立ち会ってほしいとのこと。実際に怪異が起こった当夜の状況を当事者たちが再現してくれるのだから、断る理由はない。それに、再現することでHさんの失踪の謎に何らかの光が当てられる可能性もある。

直近の日曜日の午前二時に、Oトンネルに現地集合ということになった。

当日、私は実家で車を借りて、自らの運転でOトンネルを訪れた。

あと十五分程で午前二時という時刻だったが、既にEさんたちはトンネルの前の路側帯に車を停めて、私の到着を待っていた。

Oトンネルには、Eさん、Wさん、そして、Tさんがいた。この三人がHさんの失踪当日にこの場所に来ていたメンバーである。私が初対面のTさんと簡単に自己紹介を済ませると、早速あの夜の再現を始めることになった。

この日の段取りはこうだ。トンネルの前に、Eさんが立つ。これはあの夜のHさんの役である。男子学生二人はトンネルの向こう側へ行き、そこでWさんが待機、Tさんがトンネルの中を通って、こちらに戻ってくる。私はトンネルの前から少し離れた位置で、Eさんに異変がないか見張る役目を依頼された。

「ホントはHの役はEじゃなくて、俺らのどっちかがよかったんですけど、もしかしたら女の子じゃなきゃいけない理由があるかもしれないんで」

Wさんは眼鏡を上げながら、そういった。

確かに、Oトンネルの首なし幽霊が女性であり、Hさんも女性だったことから、実験を行うならば、Eさんがトンネルの前に立つ必要があるだろう。まさかEさんまでも行方不明になってしまうとは思えないが、ある程度のリスクはあるかもしれない。私は集中してEさんを見守ることにした。

また、私を含めた全員が再現の間、動画を撮影することになった。大学生三人はスマートフォンで、私はデジタルビデオカメラでの撮影だ（度々自作で言及しているように、私は機械全般が苦手なため、携帯電話がスマホではないのだ。ビデオカメラだって細かい設定はできない。すべてオートモードでの撮影である）。

「じゃあ、早速始めます」

Wさんはそういって、Tさんと一緒に橙色の光の漏れるトンネルの中に入って行った。午前二時五分のことである。その様子をEさんが撮影し、更に彼女を私が撮影する。

二人が向こう側へ行ってしまうと、辺りには急に静寂が訪れ、闇が一層色濃くなったような気がした。私はトンネルから離れた位置にいたから、殊更に暗闇が深く感じられる。ここが心霊スポットでなくとも、心細くなる。

Eさんは手持ち無沙汰に、シルバーの愛車の周りを移動しながら、トンネルや周囲の杉林にスマホを向けていた。

私が異状を感じたのは、それから三十分後、午前二時三十五分のことである。

何かが起こったわけではない。

その逆で、何も起こらなかったのだ。

Tさんがこちらに来る気配すら感じられない。既に三十分が経過しているのに、Tさんがトンネルから出てこないのは、明らかにおかしいだろう。ゆっくり撮影したとしても、十五分もあれば何とかなるはずだ。しかも今回は撮影がメインではなく、Hさん失踪当夜の再現が目的なのだ。

私はEさんの側に寄ると、「Tさん、遅くありませんか?」と声をかけた。

「そうですよね。あたしもそう思ってたんですぅ」

Eさんは不安そうな顔で、こちらを見た。

取り敢えず、二人でもう十分だけ待ってみたが、やはり誰もトンネルから出て来ない。

「Tさんに連絡してみませんか?」

私がそういった直後に、EさんのスマホにWさんから連絡が入った。漏れ聞こえる音声からは、Wさんがかなり興奮しているのがわかる。話を聞いているEさんも切迫した表情だ。

スマホを耳に当てたまま、Eさんが私を見る。

「Tが死んでるって。トンネルの中で」

「すぐ中に行きましょう」

私はEさんを促して、二人でトンネルの中へ急いだ。私とEさんの靴音が、古い壁に響き渡り、不気味な焦燥感を掻き立てる。Eさんは走っている間も、Wさんと何か話しているようだった。私は足早にトンネルの中を進みながら、周囲に異状がないか確認した。しかし、怪しい人影はないし、怪しい物体もない。

トンネルの丁度中程に、Wさんがいた。

そして、その足下には、Tさんらしきスタジアムジャンパーを着た人物が横たわっていた。

「らしき」というのは、その屍体には頭部がなかったからだ。

私たちが合流すると、Wさんは電話を切った。

Eさんは横たわる屍体に絶句している。

私は存外に冷静だった。

首なし屍体というのは、顔がない分、作り物めいている。それに、こういっては冷たいかもしれないが、Tさんとはさっき初めて会ったばかりだったので、彼に対しては完全に他人だという感覚があった。

屍体は私から見て、右に足、左に頭で、仰向けの姿勢である。トンネルの路面に対して横に倒れている形だ。頸部の付近には大量の血飛沫《しぶき》が、橙色の照明を受けて、てらてらと光っている。流れた血液が、大きな血溜まりとなって広がっていた。その中に、Tさんのものであろうスマホが落ちている。しかし、肝心のTさんの頭部は何処にも見当たらない。

「首は？」

私が尋ねると、Wさんは黙って首を振った。

「外からここに来るまで、首はなかったんですか？」

もう一度確認した。

「は、はい」

Wさんは慌てた様子で眼鏡を上げる。

私とEさんがWさんに合流するまでの間にも、人間の頭部のようなものは落ちていなかった。

「向こうで待ってたんすけど、三十分過ぎても全然連絡ないから、おかしいなって思って、それでトンネルの中に入ったんです。で、この状態のTを見つけて」

「ちょっと待って。えっと、それじゃあ、Wさんが屍体を見つけるまで、他には誰もトンネルに入ってないってことですか？」

「はい。ちゃんと映像にも残ってます。T以外、誰もトンネルには入っていません」

「あたしもずっとトンネル見てたけど、誰も入ってないよ」

Eさんはそういってから、こちらを見て「そうですよね？」と確認してきた。

私は頷いたものの、複雑な表情をしていたと思う。

トンネルの出入口にはそれぞれEさんとWさんがいた。Tさんが一人でトンネルに入ってから、Wさんが屍体を発見するまで、誰一人トンネルには入っていないという。しかもその様子をEさんとWさんはスマホで撮影している。もちろん、私も証人の一人だ。

つまり、Tさんは密室状況下のトンネル内で、首を切られ、頭部を持ち去られたことになる。

密室殺人という非現実的な単語を思い浮かべながら、私は自分の携帯電話で警察に通報した。

＊

呻木叫子が警察に連絡をしてから約一時間半後、脇坂公平、枝野優愛、そして呻木の三人は、枝野の実家にいた。

朧トンネルでは、今も現場検証が行われているらしい。

通報から十五分程で、所轄の刑事たちが現場に到着した。それから、トンネルの前で事情聴取を受け、脇坂たちは深夜に朧トンネルにいた経緯から、高田雄一の屍体を発見するまでの状況を何度か説明した。脇坂と枝野のスマートフォン、呻木のビデオカメラは、警察に一時的に押収されている。録画した映像や通話記録を調べたら返却してくれるというが、それがいつなのか明言はされていない。

遅れて栃木県警からも捜査員がやって来たのだが、この時、現場に到着した沼尾《ぬまお》と樋口《ひぐち》という二人の刑事は、呻木と知り合いのようだった。中年の沼尾警部が呻木を見て、「おや、先生」と目を丸くした。若い樋口という刑事も、「お久し振りです」と挨拶する。

「警察にも顔が利くなんて凄いですね！」

枝野は憧憬の眼差しを呻木に送る。

「顔が利くっていうかね……」

呻木は若干表情を曇らせ、以前、家族がとある殺人事件に巻き込まれた時の担当が沼尾警部と樋口刑事だったのだと説明した。それ以上詳しい事情は話してくれなかったが、枝野は新聞報道で事件のことを知っていたようで、しつこく質問したりはしなかった。事情を知らない脇坂は、スマホが戻ったら検索しようと頭の中にメモをする。

呻木が県警の刑事たちと知り合いだったことは、脇坂には幸いだった。状況が状況だけに、所轄の宇賀神《うがじん》という警部補は、猜疑心丸出しの視線をこちらに送ってきていた。トンネルの密室状況についても、さして重要視しているようには見えなかったし、第一発見者の脇坂のことは犯人扱いに近い対応だった。

「本当に誰も出入りしてないっていうんなら、君らが何かしたとしか考えられないだろう」

宇賀神警部補は、身長は然程高くないが、肩幅があり、胸板も相当に厚い。無精髭に血走った目で睨まれると、脇坂はすぐに萎縮した。さすがに本物の刑事は迫力がある。一時は「改めて署で話を聞きたい」と任意同行まで求められる始末だった。

それが、捜査の指揮を県警の沼尾警部がとることになったことで、状況がかなり変わった。呻木の証言が重く受け止められることになり、一応、脇坂や枝野の証言も頭から無視されることはなくなった。

更に枝野が、「あたしの実家が近くなんで、そっちじゃダメですか？」と上目遣いで申し出た。通常ならば却下されるであろうその提案も、呻木が交渉に協力してくれたおかげで認められた。そして、脇坂たち三人は、枝野の実家で待機しつつ、必要に応じて再度事情聴取に応じることになったのである。

時刻は午前四時を過ぎているが、辺りはまだ薄暗く、夜の気配が残っている。かなりの早朝にも拘わらず、枝野の家族は温かく脇坂たちを迎え入れてくれた。殊《こと》に、枝野の母親は朝食まで用意してくれて、脇坂、枝野、呻木は、茶の間の炬燵《こたつ》で、温かいご飯と味噌汁、それに鯵《あじ》の開きをご馳走になった。

「いつまでここにいることになるんでしょうか？」

食後に、枝野の淹《い》れてくれた緑茶を啜《すす》りながら、脇坂は呻木に尋ねた。

「う〜ん、それがわかるのは現場検証が終わってからでしょうね。きっとまた何回か事情聴取を受けなきゃいけないだろうし。それに、高田さんの首も捜すでしょうから」

呻木がそれとなく沼尾警部に訊いたところ、被害者の頭部を捜すため、付近の杉林の中を捜索するらしい。

枝野はいつもより口数が少ない。高田の死を目の当たりにして、かなりショックを受けているようだ。それは脇坂も同じで、やはり友人の死は余りにも大きく、現実として受け止めるのは難しい。

「あのトンネル、脇道みたいなものはなかったですよね」

呻木の言葉は、質問というよりも確認のようだった。

「脇道はないです」

枝野は湯呑を両手で包み込むようにして、その中にじっと視線を落としている。

「子供の頃から何回も通ってますし、前回、結構時間かけて撮影したんで、それは確かです」

「最初に脇坂さんと高田さんが中に入って行った時も、中には誰もいなかったんですよね？」

「はい。少なくとも俺は誰も見てないです。もしも誰かいたのなら、スマホで動画も撮ってますから、俺自身が見落としてても、俺のスマホか、高田のスマホに映ってると思います」

「だとすると、高田さんを殺害した犯人は、どうやってトンネルに出入りしたんでしょうね」

呻木がそういうと、透《す》かさず枝野が「呪いですよ」といった。

「呪いねぇ」

怪談作家は存外に「呪い」というフレーズには関心がないようだ。指先で滑らかな顎をつるりと撫でる。

「あれが超常現象だとすると、高田さんは何らかの未知の力によって首を切断されたということになります。でも、屍体を見た限りでは、首の切り口は明らかに刃物によるものです。別に捩《ね》じ切られたわけじゃない。仮に、超常的な力で刃物のように首を切断することができたとしても、そんなピンポイントに働くＰＫは都合がよ過ぎる気がします」

「ＰＫってなんすか？」

「サイコキネシスのことです。日本語だと念力ですね。通常はスプーン曲げとか、サイコロの目を自由に操作するとか、そういった小さな力です。いわゆるポルターガイスト現象を引き起こす力とも考えられていて、この場合はかなり大きな力が働くと思われます。生者が持っているのが一般的ですが、幽霊屋敷で家具が飛んだりする事例もありますから、死者にもＰＫが使えると考える研究者もいます」

「はあ」

完全にオカルトな話になったので、脇坂は自分で質問しておきながら辟易《へきえき》した。

「人間の首を切断する力は、かなり大きなＰＫを必要とします。例えば、照明が割れたりとかですね。それにトンネル内に何か痕跡が残っているのが自然に思えるんです。ですから、トンネル内に何か痕跡が残っているのが自然に思えるんです。もしも、生命を脅かすような霊的存在がいたのなら、それなりの電磁波も出ると思います。なので、スマホにも異状が起こるだろうし、私たちのカメラや携帯電話にも異状が起こるのではないかと思います。念のためにガイガーカウンターで放射線量も計測しましたが、異状は見られませんでした。これらを踏まえると、高田さんの死を超常現象と考えることはできません」

喋っている内容はかなりぶっ飛んでいるが、どうやら呻木は高田の死は人為的なものであると考えているようだ。オカルトにはオカルトの論理があると、脇坂は初めて知った。それに自前のガイガーカウンターまで持参しているとは驚きである。

「もう一つ腑に落ちない点があります」

呻木は人差し指を立てる。

「なんすか？」

「犯人はどうして、高田さんの首を持ち去ったのでしょうか？」

「首なし幽霊が首を求めてたんじゃないんすか？」

脇坂がそういうと、呻木は眉を寄せる。

「う～ん、女性の首なし幽霊が男性の首を求めますかね？　それに、私が取材した方たちに、首に何らかのアクシデントを受けた人は一人もいません。幽霊が首に興味があるとは思えない。やはり、誰かが意図的に持ち去ったと考えるのが自然です。でも、何のためにそんなことをする必要があったのでしょうか？」

僅かな沈黙が流れた。

刹那、枝野が呟く。

「あれって、ホントに高田だったのかな」

「どういうことだ？」

脇坂が尋ねると、枝野は湯呑から視線を外さずに、

「服は高田と同じだったけどさ、顔がなかったから本人かどうかわかんないじゃん。ほら、ミステリとかでよくある入れ替わりトリックみたいな」

その場合、犯人は高田ということになるが、枝野はわかって発言しているのだろうか？　脇坂は思わず彼女をまじまじと見た。

「遺体に関しては、司法解剖すれば本人かどうかはっきりするでしょう」

呻木がいう。

「沙彩が消えちゃったのも、高田が死んじゃったのも、みんなあたしのせいなのかな。あたしがトンネルにみんなを誘ったから、こんなことになっちゃったのかな」

枝野の言葉は、後半は涙声になった。

呻木は「あんまり自分を責めないでね」と枝野を励ましている。

脇坂はそんな様子を見ながら、急速に現実が遠のいていくのを感じた。

辺見沙彩が消えて、高田雄一が死んで、自分は枝野優愛の実家で朝飯を食べている。どれもこれも数週間前までは想像すらできなかった事態である。

自分はこれからどうなってしまうのだろうか？　失われていく現実感の代わりに、漠然とした不安が肥大する。

こんな時、藤野猛がいたなら、どんなことをいうだろうか？　もしかして、名探偵宜しく自分の推理を開陳したりするのだろうか？　脇坂公平は離れた場所にいる友人を思いながら、眼前で泣いている友人を見て、何だかとても憂鬱になった。

呻木叫子の原稿4

Oトンネルで首なし屍体となって発見されたのは、間違いなくTさんであった。

死因に関しては、残された胴体部分に目立った外傷がないことと現場に残された血液の量から、頸動脈を切断されたことによる失血死だと推察された。屍体の頸部の切断面からは生体反応が出なかったことから、頭部は死後に切断されたことも判明した。損壊に使用されたのは鋸《のこぎり》のようなものらしい。

司法解剖の結果、Tさんは午前二時から午前三時の間に亡くなったとみられる。ただ、現場の状況から死亡推定時刻はもう少し限定されて、午前二時十分から午前二時四十五分の間だと考えられている。これはWさんが最後にTさんを見てから、その屍体を発見した時までの時間であり、主にWさんの証言と彼が撮影した動画から割り出されたものだ。

Tさんが何者かに殺害されたとするならば、犯人はこの三十五分間の間にトンネルに侵入し、犯行後はTさんの頭部を持ち去ったということになる。それも誰にも見られず、カメラにも映らずに……。

Oトンネルの密室状況を検《あらた》めるために、私はEさんとWさんが撮影した映像を送って貰った。

Eさんの撮影した映像は、トンネルだけではなく、周囲の杉林の様子も撮影しているので、時折、トンネルの出入口が画面から外れていた。しかし、私がひきのアングルでEさんを撮影していたので、そちらの映像には常時トンネルの出入口が映っており、誰も出入りしていないことは確認できる。

Wさんの撮影した映像は、トンネルの入口から始まる。最初に「これからOトンネルに入ります」と自撮りをしてから、カメラをトンネルの方に向ける。そして、Tさんと一緒にトンネルに入って行く。トンネルの周囲を撮影しながら向こう側へ向かうのだが、この時、トンネル内には人影はない。二人は五分程でトンネルを出る。トンネルの外の景色も映っているが、やはり道路の先に人影は見当たらない。もっとも光量が足りないので、そんなに先まで見通せるわけではないのだが。

今度は画面にTさんが映り、「じゃあ、行ってくる」といって、一人でトンネルの中に入って行く。後はそのトンネルの出入口の全体像がずっと映されたままだ。およそ三十分間、トンネルから出入りするものは猫の子一匹見当たらない。

その後、Wさんの「Tが遅いので、これから様子を見に行きます」という音声のみが入り、トンネルの中に入って行く様子が映される。そして、トンネルの中程で、血の海の中でTさんが倒れている様子が映される。この時点で、Tさんに頭部がないことが見て取れる。映像はそこで終わりで、この後、WさんはEさんに電話をかけている。

Tさんが撮影した映像は、警察が証拠として押収したままなので、直接見ることはできなかった。ただ、警察関係者への取材から、その内容は、Wさんと一緒にトンネルに入って向こう側へ行き、それから改めて一人で中へ入って行く様子が映っているという。そして、トンネルの中程で、不意に誰かに襲われたようで、Tさんの呻き声が聞こえる。この時、一瞬だけTさんの前方に怪しい人影が映り込んでいるらしい。位置から見て、それは間違いなくTさん以外の人物だそうだ。その後、スマホはTさんの手から落下して、黒い画面となる。これはスマホのカメラが落下地点である路面を映し続けていたためのようだ。

音声だけは生きていて、Tさんの「うー」という唸り声、それに何者かの足音が入り、唐突に映像が終わる。発見時、Tさんのスマホは電源が落とされていた。警察では犯人が証拠を残さないために、スマホの電源を切ったのだと考えている。

さて、この一連の映像は警察の手によって、徹底的に分析された。その結果、カメラが途中で止められた形跡は皆無であった。機械音痴の私にはよくわからなかったのだが、動画の撮影中に録画を止めると、たとえその直後から録画を再開したとしても、痕跡が映像データに残るのだそうだ。

この点について、映像制作会社に勤める友人の鰐口《わにぐち》さんに訊いてみた。彼女は深夜放送の心霊企画やオカルト系のドキュメンタリーDVDなどを主に撮影している。魔除けと称して帽子やパーカーなどいつも赤いものを身につけ、必要以上の厚化粧をしているので、一見すると年齢不詳であるが、実は私の大学時代の後輩である。

「例えば、デジタルカメラで撮影しても、カメラを止めた部分はわかりますよ。ファイナルカットみたいな映像編集ソフトに映像を読み込むと、カメラを止めた部分を探知してくれるんす。で、あたしらはそこを目印に映像をトリミングして、並べ直すんすよ。まあ、カチンコの代わりになるわけっすね。特に映画とかドラマとかって、何テイクも撮るじゃないっすか。その度にカメラ止めるから、映像にいっぱいラインが入るんす。あ、でも、たま〜にエラーはありますけどね」

つまり、映像を見た限りは一度もカメラを止めていないように見えても、存外簡単に途中でカメラを止めた痕跡や映像を編集した痕跡はわかるのだという。

Eさんの映像、Wさんの映像、Tさんの映像、それに私の映像には、どれもカメラを止めた痕跡はないし、映像を編集した痕跡もなかった。

では、例えばWさんが事前にフェイクの動画を用意して、それをあたかも当日撮ったように見せかけた可能性はないだろうか。この場合はWさんが犯人であり、自分がトンネルに入ったことを隠すために予め準備していた動画を警察に押収されたことになる。動画にはTさんも映っているから、きっとドッキリのためなどというもっともらしい嘘で協力させたのだろう。

この点についても、鰐口さんに映像を見て貰った上で検討して貰った。

「呻木さんの仮説は無理っすね。だって、Wさんの撮った映像の最初に、呻木さんも映ってるじゃないっすか」

「え？　何処、何処？」

「Wさんが自撮りして、それからカメラを外向きに変えたところっすね。一瞬、呻木さんの顔が見切れてるっす。カメラは止まらずに、そのまま二人がトンネルに入る映像になって、それ以降、一度も止まってない。呻木さんがフェイク動画の撮影に加担していないなら、そんな映像は撮れないっす」

半笑いの鰐口さんには少なからずイラっとしたが、彼女の指摘は全く正しい。従って、Tさんがトンネルに入ってから、Wさんが屍体を発見するまでの映像は、確かにあの夜、あの場所で撮影されたものであることは確かだ。

これで事件当夜のOトンネルが密室状況だったことはわかった。そして、恐らくこうした不可解な状況下でTさんが生命を落としたのは、彼の死をOトンネルの首なし幽霊の仕業に見せ掛けようとしたからだろう。少なくとも怪奇性のある事件として演出がされている。

ところで、どうやって犯人が密室状況のトンネルから出入りしたのかという点は、既に解決している。せっかく、密室の謎が深まったことを確認して、読者に状況の不可解さを強調しておきながら、拍子抜けする展開で申し訳ない。但《ただ》し、謎を解いたのは私ではなく、鰐口さんだ。撮影された動画について相談を持ち掛けた折に、事件についての詳細も聞かせた。話を聞き終えた彼女は、あっさりと密室状況の謎を解いてしまった。そして、鰐口さんの推理のおかげで、何故Tさんの頭部が現場から持ち去られたのか、何となくわかった気がした。

*

高田雄一の死から三日後、脇坂公平は再び現場である朧トンネルを訪れていた。

自分の意思ではない。今朝早くに警察から呼び出しがあって、用意された車に乗って、ここまで連れて来られたのだ。

沼尾警部からは「もう一度現場の確認をしていただきたいのです。なにぶん不可解な状況ですから」と説明された。現場に到着すると、そこには既に沼尾警部、宇賀神警部補、樋口刑事など警察関係者の他に、枝野優愛と呻木叫子、それに藤野猛までがいた。

「あれ？　お前も警察に呼ばれたの？」

脇坂が眼鏡を上げながら藤野に尋ねる。

「いや、俺は枝野に呼ばれたんだ」

枝野が藤野を呼んだ？　何のために？

何となく脇坂は厭な予感がした。

トンネルの周囲では作業服を着た捜査員たちがちらほら見える。その多くがトンネルの上の杉林にいて、何か――恐らく高田の頭部――を捜しているようだった。

「これで全員揃いましたな。周りの道路は交通規制をかけておりますから、部外者が来ることはありません」

沼尾警部はそういってから、何故か呻木に「それでは先生お願いします」と主導権を渡した。

トンネルを背にした呻木は一歩前に出ると、集まった面々に向かって軽く一礼した。

「さて、本日、沼尾警部に頼んで皆さんを集めていただいたのは、この朧トンネルで続けて起こった不可解な事件についてご説明するためです」

脇坂たちは自然と呻木の周りに集まっていく。

「三月の終わりに、この場所から辺見沙彩さんが失踪し、そのまま行方不明となりました。そして、三日前にはトンネルの中で高田雄一さんの首なし屍体が発見されました。この二つの事件の真相について、私からお話しいたします」

枝野が「え？」といってぴょこんと飛び上がる。

「じゃあ、先生はトンネルの密室の謎を解いたんですか？　凄い！　凄い！」

「せっかく褒めて貰ってるのに悪いんだけど、実は密室状況の謎を解いたのは、私じゃないの。真相に気付いたのは、私の友人で映像関係の仕事をしている鰐口さんって人です」

「へぇ、凄いお友達がいるんですねぇ」

枝野は素直に感心している。

「これから、鰐口さんが考えた推理をお話しします。その前に、高田さんが亡くなった時のことを確認しておきましょう。あの日、私と枝野さんは、ずっとトンネルのこちら側にいました。私も、枝野さんも、それぞれが映像を記録し、こちら側からトンネルに誰も侵入していないことが証明されました。一方、トンネルの向こう側では、脇坂さんが同じようにトンネルに向かってスマホで録画をしていました。その映像はこちら側からトンネルに入って向こう側に抜け、屍体が発見されるまで一度も止められた形跡はありません。脇坂さんが撮った映像を確認しても、高田さん以外の人物がトンネルから出入りした様子は映っていません。しかし、高田さんのスマホには、高田さん以外の人物がトンネル内に存在していた様子が映っていました。つまり、誰も出入りできない密室状況のはずのトンネルに、何者かがいたわけです」

「それが犯人なんですか？」

枝野が尋ねると、呻木は「ある意味ではそうですね」と微妙な返答をした。

「ある意味っていうのはどういうことです？」

「まあ、勿体《もったい》ぶっても仕方ありませんから単刀直入にいいますと、高田さんは自殺だと思います。状況から見て、持ち込んだ刃物で自分の頸動脈を切りつけたんだと思います」

「自殺？」

枝野は目を丸くして驚いていたが、警察関係者は共に鹿爪《しかつめ》らしい表情のままだ。恐らく事前に話の内容を聞かされていたのだろう。

「馬鹿馬鹿しい。高田が自殺だったとしたら、あいつの頭は何処に行ったんです？」

藤野が腕組みをしたまま尋ねる。呻木を見据える視線は鋭い。

「あの場所にいたもう一人によって、別の場所に運ばれたのです。それこそが高田さんのスマホに映っていた人物ですよ。高田さんの自殺は、その協力者によって、他殺に偽装されたのです」

呻木がそういった直後、一陣の風がトンネルから吹く。

脇坂は何故かそれが高田雄一の溜息のように思えた。

「では、順を追って説明しましょう。トンネルの向こう側には、予め脇坂さんたちの知り合いが待機していたのです。そこへトンネルのこちら側から入った脇坂さんと高田さんが合流します。その人はずっとカメラの死角になる位置、恐らくトンネルを出てすぐの林の中にでも身を潜めていたのでしょう。脇坂さんたちの持つスマホがトンネルの先の道路を撮影している間に、その人はカメラを避けるようにしてトンネルの中へ入りました」

「確かにそれならカメラには映りませんね」

枝野はふむふむと頷いている。

呻木叫子の推理は続く。

「きっと事前にこの場所を訪れて、何度もリハーサルを行ったのだと思います。鰐口さんの話だと、このトリックを実行するには、それぞれの立ち位置やカメラの方向、トンネルに入るタイミングなど、かなり綿密な打ち合わせが必要だそうです」

呻木がちらりとこちらを見る。脇坂は黙ってその視線を見返した。

「協力者が無事にトンネルに入って、フレームから外れる位置に移動したことを確認すると、高田さんもトンネルの中へ入ります。そして、中程まで進んだ所で、襲われた振りをして携帯電話を落としました。この時、僅かに協力者が映っていたのも、高田さんが自殺であることを誤魔化すためです。その後、高田さんは持っていた刃物で自殺し、協力者が首を切断しました。高田さんの屍体が発見されるまではだいぶ時間がありましたからね、そのくらいのことは十分できたと思います」

「その……協力者ですか、その人が高田を殺した可能性はないんですか？」

枝野の質問に、呻木は「その可能性は低いと思います」と答えた。

「少なくとも、高田さんが自ら死を選んだことは確かです。そうでなかったら、現場にもっと抵抗した痕跡が残っているはずですし、殺した方も相当の返り血を浴びてしまいます。高田さんの撮影した映像にも、助けを呼ぶような音声は入っていません」

「そっかぁ……」

枝野は寂しそうな表情を浮かべる。

「さて、他殺の偽装を行った後、協力者は高田さんの頭部と凶器をビニール袋にでも入れて、一旦屍体から離れます。このトンネルは緩やかにカーブしていますから、その辺りまで下がったんだと思います」

「どうしてですか?」

枝野が尋ねる。

「脇坂さんがスマホで撮影しながら中に入ってくるからです。そのまま屍体の近くにいるとフレームに入ってしまう可能性がありますからね。さて、打ち合わせた時間がきて、脇坂さんはトンネルに入り、予定通り屍体を発見します。そして、脇坂さんが枝野さんに連絡して、私たちが合流する間に、共犯者は高田さんの頭部と凶器を持って、急いでその場から離れてしまいます。自転車、しかもロードバイクのようなものですと、音もしないし、かなり速いスピードで現場から逃走することができるでしょう」

「ちょっ、ちょっと待ってください!」

脇坂が声を上げた。

「呻木先生の推理だと……」

「私の推理ではありません。鰐口さんの推理です」

そんなものどっちでも構わない! 脇坂は言葉を続けた。

「その推理だと、俺が犯人みたいじゃないっすか!」

「自殺ですから、犯人という表現が的確なのかどうかはわかりませんが、あなたとそこにいる藤野さんが今回の事件に関わっていることは確かだと思います」

脇坂は藤野を見る。藤野はこちらの視線には応えずに、ただ、呻木を睨んでいる。

呻木は説明を続ける。

「ここからは私の考えですが、高田さんの頭部が持ち去られた理由は、自殺であることを隠すためだけではなく、もう一つ非常に重要な理由があったんだと思います」

「重要な理由?」

沼尾警部が興味を示す。

「はい。そして、その理由こそが、今回の事件を引き起こした動機でもあるのです」

ああ、この怪談作家はすべてを見抜いている。

脇坂はそれを悟って、体から力が抜けていくのを感じる。

「彼らの目的は、失踪した辺見沙彩さんを捜し出すことだったのではないかと思います。高田さんたちは辺見さん本人か、あるいは失踪に関わる何らかの手掛かりが、朧トンネル付近の杉林の中にあるのではないかと考えたのでしょう。一度は警察が捜索していますが、それ程長時間行われたわけではありません。何か見落としがあるかもしれない。だから、もう一度かなり大規模な捜索を行わせるために、今回の事件を計画したのだと思います。高田さんの頭部が現場から消えれば、警察はどうしたってそれを捜さないわけにはいきませんからね」

「そんな理由で高田雄一は自殺したのか?」

宇賀神警部補は信じられないものを見るように、脇坂と藤野を見る。

脇坂は何もいえなかった。

そんな理由……。

そういわれれば、確かにそうだ。辺見沙彩を捜すために、自分が自殺して、その頭部を仲間に持ち去って貰う。他人に指摘されてみると、なるほどかなり異常な、というか馬鹿馬鹿しい動機である。しかし、今の今まで、脇坂は高田の自殺の理由について、疑問に思ったことはなかった。

高田本人がいったのだ。自分は辺見を捜すためなら何でもする、と。そして、この計画を脇坂と藤野に打ち明けた。高田の思い詰めた表情を見た脇坂は、何故かそうすることが自然だと思ってしまった。藤野だって、止めなかったのだから、脇坂と同じような心情だったのではないだろうか。

しかし、改めて考えてみると、どうしてあの時あんな気持ちになったのか、全くわからない。どうして何の疑問も持たずに、高田の立てた計画を手伝ったのか、自分で自分のことがわからなくなる。

脇坂は不安になった。自分の中に、自分が知らないもう一人の自分がいるような、そんな違和感がある。

藤野を見ると、彼も青い顔をしてこちらを見ていた。きっと藤野もわからないのだ。自分が何故あんなことをしたのか。

そんな藤野に向かって、沼尾警部がいう。

「藤野さん、あなたロードバイクをお持ちですよね？」

藤野は答えない。

「もしも呻木先生のお話通りのことが起こったのだとすれば、あなたのロードバイクに高田さんの血液が付着している可能性があります。鑑識が血液反応を調べればすぐにわかることです。それからアパートの部屋も調べさせて貰います」

藤野はまるで沼尾警部の話を聞いていないようだった。口を真一文字に結んで、僅かに震えている。

「脇坂さん、あなたの部屋もですよ」

どうせ部屋には何も証拠はない。しかし、沼尾警部の言葉に、脇坂はもう自分が逃げられないことを悟った。

その時だ。

トンネルの上の方で、「ありました！」という大声が聞こえた。

何があったのだ？

高田雄一の使ったナイフも、あいつの首を切った糸鋸も、あいつの頭も、もうここにはない。

藤野が高田から指定された場所に隠したはずだ。あんな林の中に何かあるはずはない。

沼尾警部が指示を出すと、樋口刑事がすぐに斜面を登って、トンネルの上の方へ走っていく。

「あったようですよ」

沼尾警部の言葉に、呻木が頷く。

「では、次に辺見沙彩さんの失踪についてお話しします。それには何故私がこのトンネルの怪談に興味を持ったかを簡単に説明しておく必要があります」

呻木は、四人もの首なし幽霊が現れるにも拘わらず、朧トンネルには過去に死者が出る事故も事件も起こっていないことに不自然さを感じたという。そして、実際にこの場所で怪異を体験している人間がいる以上は、首なし幽霊が出る何らかの事情があるに違いないと考えたのだそうだ。かなり非現実的な話題であったが、沼尾警部をはじめ、警察関係者も真面目な顔で話を聞いている。

「幽霊が固定化する場所には、三つの条件があるといわれています。①屍体が存在した場所、②自らが生命を落とした場所、③生前、関わりが深かった場所、この三つです。そして、最も典型的なものは、墓地に代表されるように①の屍体が存在した場所なのです。私は事故や事件が起こっていないことから、この条件が合わないと思っていましたが、もしもまだ誰も知らない屍体がこの付近にあったとしたら、話は変わってくると思いました。まあ、逆の発想というわけですね。それで沼尾警部に頼んで、高田さんの頭部を捜索している方々に、並行して別の屍体が埋まっていないか捜して貰ったのです」

「それが見つかったんですか？」

枝野が尋ねる。

「そう」

その時、沼尾警部の携帯電話に連絡が入った。どうやら相手は樋口刑事らしい。電話を切った沼尾は全員に向かって、「発見されたのは、首のない白骨屍体です。死後かなりの年数が経過していると思われますが」と報告した。

「でも、それと辺見の失踪とどう関係しているんですか？」

そう訊いた藤野は、まだ顔色が悪い。

「このトンネルには、首のない少女の幽霊が一体と女の幽霊が三体出るといわれています。つまり、地縛霊の条件に鑑みれば、あと三体の屍体が見つかるはずです。これは断続的にこの場所に首のない屍体が遺棄されていることを示しています」

脇坂は朧トンネルの姿に禍々しさを感じた。

この何処にでもあるような古いトンネルの近くに、四体もの首のない白骨屍体があるとは、夢にも思わなかった。

「肝試しが行われた夜、偶然にもこの場所に屍体遺棄犯がやって来たのでしょう。もちろん、ここに来るということは、車で新たな屍体を運んで来たわけです。五人目の被害者ということですね。そんな時、辺見さんは犯人と遭遇してしまった。犯人としては、屍体を運んでいるわけですから、他人に姿も、車も、見られるわけにはいかない。もう何年、下手をすると数十年も事件が露見しなかったのに、辺見さんに見られたことで、過去の犯行も露見するかもしれない。だから、犯人は五人目の屍体の遺棄を諦め、咄嗟《とっさ》の判断で辺見さんを連れ去ったのだと思います」

「そんなぁ」

枝野が泣きそうな声を出す。

「犯人はこの辺りの地理に詳しい人物ですかね」

宇賀神警部補がそういうと、呻木は「どうでしょうか」と首を傾げる。

「私の実家の近くもそうですけど、栃木の県北って県内よりも首都圏の人間が屍体を遺棄しに来る場所のように思うんですけど」

その言葉に沼尾警部が同意した。

「まあ、そうした傾向はありますね。でも、そうなると捜査の範囲がかなり広がりますな」

沼尾警部も宇賀神警部補も途方に暮れているようだ。

脇坂公平は、余りにも大きくなってしまった事件の様相に大いに戸惑いながら、全身に鳥肌が立つのを感じた。

呻木叫子の原稿5

Oトンネルの付近からは、私の予測通り、頭部のない白骨化した屍体が全部で四つ発見された。最も古いものは、まだ幼い少女のもので、死後かなりの年月が経過しているらしい。その他の三体は、どれも若い女性のものだという。

栃木県警では遺体遺棄事件として捜査本部が設置され、失踪したHさんの行方についても以前より捜査員を増やして、捜索を開始したと聞く。ただ、トンネルで初めて幽霊が目撃されてから、既に二十年程度が過ぎていることを考えると、事件の解決はなかなか難しいのではないかと思ってしまう。

Oトンネルでの T さんの死の真相が明らかになってから、事件に関わった F さんが詳しく事情を訊かれた。その結果、F さんの供述通り、T さんの頭部は、県内にあるダムの底から見つかった。錘《おもり》を入れた箱に入れ、沈められていたという。同じ場所からは T さんが自殺に使用したナイフと首の切断に使った糸鋸も見つかっている。これらの処分場所に関しては、生前に T さんから指示があったそうだ。

F さんと W さんは素直に事情聴取に応じているらしい。しかし、奇妙なことに、事件に関わった二人とも、どうして自分が T さんの自殺計画に反対もしないで、積極的に加わったのか、よくわからないのだという。いや、そもそも T さんが何故そんな突飛なことをいい出したのかも、きちんとはわかっていないのだ。

ただ、取り調べの中で、F さんも、W さんも、同じ夢を見ていたことを供述している。そして、二人は亡くなった T さんまでもが、やはり同じ夢を見ていたと主張しているのだ。警察では然程重要視していないが、私はこの夢が T さんを含めた三人を異常な事件へと駆り立てた原因ではなかったかと思っている。というのも、二人が供述している夢と全く同じ夢を E さんも見ていたからだ。

それはトンネルの中で何かを捜す夢だったという。しかし、具体的に夢の中で何を捜していたのかは覚醒すると忘れてしまうのだそうだ。四人の大学生は共に、消えた H さんの姿を捜しているのではないかと考えていたようだ。

しかし、私は違うのではないかと思う。

夢の中で彼らが捜していたのは、Oトンネルの付近で発見された白骨屍体だったのではないだろうか。Hさんがいなくなったことで、彼らはあの周辺を何度も何度も捜索した。その繰り返し捜索をするという行為と屍体を発見してほしいという死者の霊が感応して、そんな不可思議な夢を見せていたのではないかと思うのだ。だとすると、Tさんが事件を計画したのは、あのトンネルの霊たちの意思だったのかもしれない。

さて、そのOトンネルであるが、Hさんの失踪、Tさんの事件、そして、白骨屍体の発見によって、今では全国的に有名な心霊スポットになってしまった。首なし幽霊の目撃報告が増えているわけではないが、Oトンネルを訪れた動画がネット上に幾つもアップされるようになった。

「何か凄いことになってるみたいですよ。実家の近くの道も、夜中に車が通ってうるさいみたいですし」

電話でEさんはそんなことをいっていた。

私自身、あれから何度かOトンネルを訪れている。私の訪問は昼間だったから、肝試しをしている様な輩《やから》はいなかったが、トンネルの入口やトンネルの中に、花や飲み物が供《そな》えられていたのを目にした。今までは知る人ぞ知る心霊スポットであったが、明らかに曰《いわ》く付きの場所へと変貌してしまったようだ。

そして、少ないながらも、新たな怪異も発生している。

日光市に住むAさんが、車でOトンネルを通った時のことだ。

その日、Aさんは恋人を助手席に乗せて、宇都宮方面にドライブデートに出ていた。一日遊んだ帰り、Aさんは軽い気持ちから、回り道をしてOトンネルを通ることにしたのである。

「Oトンネルって、この前、屍体が見つかったとこでしょ？　ヤバくない？」

恋人は口ではそういっているものの、全然怖がっている様子はない。むしろ興味があるようで、「動画撮っちゃおうかな～」とスマホを操作していた。

Aさんは0トンネルの前に着くと、肝試し気分を盛り上げるために、かなりスピードを落として、トンネルの中へ入って行った。恋人は窓を開けて、動画を撮影している。

車がトンネルの中程まで来た時だ。

突然、車のオーディオの電源が入った。

Aさんは驚いて、ブレーキを踏んだ。

恋人も「何？　何？」と慌てている。

次の瞬間、車のすぐ側に、首のない人物が現れた。

Aさんは絶叫しながらアクセルを踏んで、その場から逃げたという。

「スタジャンを着た男で、首から血が流れてるとこまで、はっきり見えました」

それ以降、AさんはOトンネルに近付いていない。

どうやらTさんは、まだあのトンネルで彷徨っているらしい。
一方で、トンネルの外で新たな女の幽霊を目撃したという話は、まだ聞いていない。
改めてHさんの無事を祈るばかりである。

ドロドロ坂の怪談

十三年振りに目にするドロドロ坂を前に、私は途轍《とてつ》もなく厭《いや》な予感を覚えた。

水田に囲まれた風景も、その向こうに鎮座する小高い山も、ぽつぽつと点在する民家も、何もかもが変わっていない。この澱《よど》んだような深く重い空気さえも。東日本大震災の折には、この近隣でも家屋に被害が出たり、一部道路が寸断されたりしたと聞く。しかし、今、眼前にあるドロドロ坂には、そうした爪痕は全く窺《うかが》えない。時間に置き去りにされてしまった場所にいるようで、妙に落ち着かない気持ちになる。

思えば、かつてここを訪れた私は、怪談作家の呻木叫子《うめききょうこ》ではなく、民俗学を専攻する大学生・梅木杏子《うめききょうこ》であった。あの頃の私は、大学院へ進学して、研究者になることを本気で目指していた。それが、まさか物書きになるとは夢にも思っていなかった。

時刻は既に黄昏時《たそがれ》で、坂の端々から薄く滲《にじ》んだ闇が湧き出ている。六月下旬の梅雨《つゆ》の晴れ間の夕日は存外に眩《まぶ》しく、緑色の稲が整然と並んだ田圃《たんぼ》の水面に反射している。鴉《からす》の声、蛙《かえる》の声、そして遠くで防災スピーカーから時報の音楽が流れていた。

ドロドロ坂という名は、地図に記されるような正式なものではない。ここ福島県黒河《くろかわ》町の淵《ふち》窪《くぼ》という地区で、住民たちが代々使ってきた俗称である。

その由来は二つあるといわれている。一つはこの坂に〝お化け〟が出ると伝えられているからだ。幽霊が登場する時の定番である「ヒュードロドロ」の「ドロドロ」である。ドロドロ坂の伝承は、ほとんどが口承であるものの、お化けが出るということは、既に明治期の文献にも断片的にではあるが記されている。

もう一つの由来も、そのお化けに起因しているのだが、坂に出現するとされるお化け（住民の多くは単に「お化け」と呼んでいるが、死者が顕現《けんげん》した姿であるので、正確には幽霊の一種と思われる）は、全身がまるで泥に塗《まみ》れたように真っ黒なのだそうだ。泥で汚れたお化けが出るから、ドロドロ坂というわけだ。どちらにしても、住民に忌避される場所ではあるのだ。

そして、この坂の上には、友人の望月法子《もちづきほうこ》が生まれ育ち、今も暮らす家がある。

私と望月法子は茨城県にある大学の人文学部の同期生だった。私が民俗学、彼女が言語学と専攻こそ違ったものの、非常に親しい間柄だった。それこそ「梅ちゃん」「もっちー」と呼び合う仲で、大学院の修士課程を終えるまでたいてい一緒に行動していた。そもそもドロドロ坂の怪談も、法子から最初に教えて貰ったのだ。

私は大学三年の夏休み期間中に、ドロドロ坂にまつわる怪談の聞き書き調査を行った。それは大学四年の夏休みまで断続的に続き、その現地調査によって、私は無事に卒業論文を書き上げることができた。しかも調査の間、私は法子の両親の厚意で、望月家に泊めて貰っていた。貧乏学生だった私は、おかげで随分と助けられたものだ。

ちなみに、実話怪談文学賞の短編部門を受賞して、私のデビュー作となった「D坂の怪談」も、このドロドロ坂の聞き書き調査の成果を基にした作品である。だから、ここが私にとって特別な場所であることは間違いない。

法子が結婚し、私が上京してからは、物理的な距離のせいで、会う機会は随分と減った。メールも月に何度かで、それも近況報告のような内容のないものだった。

久々に望月法子から電話があったのは、つい今朝方《けさがた》のことだ。

先日まで愛媛県で取材をしていた私は、疲労が抜けきれず、着信のあった時もまだ横になっていた。半分寝ぼけ眼《まなこ》で「もしもし」と応じると、法子の声は震えていた。

息子が神隠しに遭ったから、助けてほしい。

普通なら一笑に付すような言葉かもしれない。しかし、ドロドロ坂の特殊性を知っていた私は、「すぐに行く」と返事をすると、急いで旅支度を整え、自宅のマンションを飛び出した。それから私鉄、ＪＲ、新幹線、再び私鉄を乗り継いで、ようやく黒河町までやって来た。

真実、神隠しが起こったのか、現段階ではまだ判断できない。しかし、ドロドロ坂にはそんな不可解な現象が発生しても不思議ではないと思わせる魔力がある。

望月家へ向かって坂を上りながら、私は初めてこの場所を訪れた時のことを思い出した。

呻木叫子「D坂の怪談」1

それは五月初旬のある蒸し暑い昼のことであった。私は、D坂の通りの中程に立ち、正面のこんもりと茂る山を見上げた。

福島県南部にFという地区がある。D坂はF地区の北側に位置する、両脇を水田に挟まれた細い農道である。道幅は車がようやく擦れ違えるか否かといったところだろうか。罅《ひび》割れたアスファルトの上では、ミミズの死骸が干涸《ひか》らびていた。

既に田植えが終わった水田には、若葉色の背の低い稲が揺れていた。うっすらと黄緑色が見える水田に、微風でできた波が鱗のような紋様を描いている。うるさい程の蛙の鳴き声が響いていた。

F地区は四方を山に囲まれており閉塞感のある土地だ。D坂は眼前に緑色の小高い山が迫っていることもあり、殊更《ことさら》に空が小さく感じられた。

山に向かって歩くと、道沿いには互いに十分な距離を保って、三軒ばかり家が建っている（それぞれ百メートル近くは離れていると思う）。坂の勾配は緩やかで、山の裾野に至るところで、急に斜面がきつくなる。そのあたりになると未舗装の砂利道で、車が通ったと思《おぼ》しき轍《わだち》が残っていた。

鬱蒼と木々が茂る小道を登り切ると、少しだけ開けた場所に出る。そこは集落の共同墓地だった。墓地は全部で八つの区画に分かれていて、半分の墓石は存外に新しく、区画を大谷石で囲っている墓がほとんどである。学生時代から民俗調査で墓地を訪れることは珍しくなかったが、ここに着いた途端、急に鴉の鳴き声がして、うんざりしたものだ。

町役場に勤務するMさんは、昭和三十二年生まれである。

小学生の頃、Mさんは友達と連れ立って、D坂に肝試《きもだめ》しに出かけたという。

「あれは夏休みだったと思うけどね、川で遊んでいたら、誰かがD坂の上の墓場にお化けが出るっていう話をしてね。それじゃ見に行くべってことになって」

そこでMさんを入れて五名の少年たちは、D坂へ向かった。正確な時刻は覚えていないが、ひとしきり川泳ぎを楽しんだ後だったそうで、「たぶん夕方の四時から五時くらいだったのではないだろうか」とMさんは語る。

Mさんたちは D坂の上の共同墓地まで登って、そこでお化けが出て来るのを待った。と、いっても、Mさんも友人たちもそこに何が出るのか知らないし、単に墓地で肝試しをするといった程度の気持ちだった。

「祖父《じい》さんから墓場で人魂《ひとだま》を見たなんて話を聞いてたからね」

お盆の前だったから、墓地は雑草が伸び放題で、荒涼とした雰囲気を醸し出していた。卒塔婆《そとば》は黒ずんでいたし、供《そな》えられた花も枯れている。当時は古い墓石ばかりだったから、一層荒《すさ》んだ風景に見えたという。

夕方といってもまだ夏の盛りである。日は高く、茹《う》だるような熱気の中で、蝉時雨《せみしぐれ》が頭上から降り注いでいた。Mさんは「夕立が来なければいいなぁ」とぼんやりと考えていた。その前日に激しい夕立と落雷があったからだ。

どれくらい墓地にいただろうか。当然、何も起こらない。

そろそろ飽きてきたので、「もう帰ろう」と友達の一人がいった。

その時、墓地の向こうの林の奥から、がさがさと何かが動く音がした。

「あ……」

一人がそちらを見て、硬直していた。

Mさんもつられて友達の視線の先を見る。

そこには真っ黒な人物が立っていた。

全身が泥のようなもので汚れているようだ。ただ、目だけは妙に白くて、Mさんは背筋が寒くなった。

自分が上げた悲鳴だったのか、それとも友達が上げたものだったのか、とにかくMさんたちはその悲鳴を合図に、D坂から逃げるように帰ったのだそうだ。

翌日、Mさんは高熱を出して寝込んだ。

「祟《たた》りだと思ったね」

Mさんは苦笑しながらそういった。

「今思えば、川遊びした後に、体をよく拭かないまま墓場に行ったから、体が冷えて風邪をひいたんじゃないかな。でも、あの時は本当に怖かった」

子供だったMさんは、本気で祟りだと信じた。墓地で見たお化けが自分に祟っているのだと思うと、いてもたってもいられなくなった。「ひょっとしたら俺は死ぬんじゃねぇか」とすら考えたという。

そうはいっても、墓地で肝試しなどしたといったら、両親に激しく叱責されるような気がして、結局、Mさんは祖父にそれとなくD坂に出るお化けについて尋ねてみた。

Mさんの祖父は、目をぱちくりさせてから、次のように語ったという。

「あの墓場にはな、昔、投げ込み井戸があったんだ。死んだ馬や行き倒れた旅の人なんかは、みーんな投げ込み井戸に放り込んでたみてぇだなぁ。祖父ちゃんが小さい頃はまだ井戸があったぞ」

つまり、D坂に出るのは、その投げ込み井戸に葬られた旅人などの無縁仏なのだそうだ。投げ込み井戸はそのままにしておくと危険だということで、後《のち》に埋め立てられたという。Mさんの祖父によると、実際に墓地の除草作業中に投げ込み井戸に落ちて、怪我やら祟りやらを受けた人がいたそうだ。

その話を聞いて、Mさんは戦々恐々と残りの夏休みを過ごしたが、結局は現在に至るまで無事に生存している。

Eさんの家の墓も、D坂の上の墓地にある。

Eさんは昭和十年生まれ。Eさんの生家は集落の中の商店が並ぶ通りで、代々魚屋を営んでいたが、Eさんの代から飲食店を経営するようになった。現在は息子夫婦が店を切り盛りし、孫も結婚して店を手伝っている。Eさんは隠居同然の暮らしで、曾孫《ひまご》の遊び相手を務める毎日だ。

そんな矍鑠《かくしゃく》としたEさんだが、墓地へ行くのがとにかく厭なのだそうだ。

「昔からあそこは投げ込み井戸があったっつって、お化けが出るから一人で行くなといわれてた」

まだEさんが現役だった頃の話である。正確な年代は不明であるが、息子が生まれる前くらいだそうだから、およそ五十年前の話になる。

Eさんは彼岸《ひがん》の前に墓地の草刈りをするため、妻と早朝に墓地を訪れた。飲食店を営んでいるから、仕込みの時間があるため、どうしても早い時刻に墓地に行かなければならなかった。

春の彼岸だったから、まだ辺りは薄暗い。

Eさんは「今だからいうけど……」と前置きしてから、とても怖がりなのだと打ち明けてくれた。しかし、妻の手前、そんなことは口にできないので、自分を誤魔化しつつ、軽トラックで墓地へ向かった。

家の墓石を新しくしたのは、二十五年前のことだそうで、当時はEさんの家のものも含めて、苔生《こけむ》した古い墓石ばかりが並んでいたそうだ。周囲の様子も不明瞭で、何かが出るような陰気な気配がしていたという。

Eさん夫婦が自分の家の墓の区画の草を毟《むし》っていると、林の中から声が聞こえた。最初は鳥の鳴く声かと思ったという。しかし、こんな暗い中で鳥が鳴くのも妙だ。それに断続的に聞こえてくるのは、どうやら女の声である。Eさんには「……かぁ、……かぁ」という何かを尋ねているように聞こえたそうだ。

妻も蒼白な顔で、「聞こえた？」と訊いてくる。Eさんは余りのことにただ頷くことしかできなかった。

二人が体を硬直させて様子を窺っていると、林の中から若い女が現れたのだそうだ。Eさんたちとの距離は、五メートルくらいだった。女は着物というか、裾の長い粗末な衣服を着て、長い髪を振り乱していた。その顔貌は白く、恐ろしい程に整っていたという。

「婆さんの顔だって近くに寄らなきゃわかんねぇのに、女の顔はやけにはっきり見えた」

つまり、妻の顔を判別するにも近距離でなければならなかったのに、その女の顔は距離があるにも拘《かか》わらず、明瞭に見えたということだ。

女は「いるかぁ、いるかぁ」と、か細いのによく通る声で繰り返していた。

Eさんには生きている人間とは思えなかったという。

別に足がなかったとか、女が透き通っていたとか、そうしたことはないのだけれど、しかし、ソレが生きているとはどうしても思えなかったそうだ。

女はしばらく墓地の敷地をうろついていた。女が枯れ草を踏むごそがそごそがそという音が、静寂の墓地に聞こえた。Eさんも妻も逃げ出したい気持ちはあったが、どうにも金縛りに遭ったように体が動かない。

そうこうする内に、女は不意にすぅっと消えてしまった。消えてしまっても、「いるかぁ、いるかぁ」という声だけはまだ残っていた。

余りの異常な出来事に動転したEさん夫婦は、作業を中断して、慌てて車に乗り込むと、すぐに家に戻ってしまった。

それ以来、店の仕込みを遅らせることになったとしても、絶対に暗い内は墓地には行かないようにしているそうだ。

「アレは誰かを捜してるんじゃねぇかなぁ」

Eさんはそういう。

「捜してる?」

「『いるかぁ』っつうのは、『誰々はいるか?』って意味なんじゃねぇかと思う」

私は続けて「何か心当たりがありますか?」「何かそれに関して話を聞いたことはありませんか?」と質問したが、生憎《あいにく》、Eさんは何も知らないとのことだった。

Eさんの考えでは、その女の幽霊は投げ込み井戸に捨てられた誰かを捜しに来たのではないかとのことだった。

＊

「あれ？　呻木さんじゃありませんか」

不意に坂の上から声をかけられた。

見上げると、グレーのジャケットを着た男性が立っている。硬い髪と顎髭が獅子を思わせる風貌で、その特徴から相手がライターの陣野真葛《じんのまくず》だと気付いた。最近では主にオカルト雑誌や怪談雑誌に現地ルポを書いている人物である。広い意味では同業者だ。

陣野の隣には、若い女性がいた。切れ長の瞳の持ち主で、黒のブルゾンに黒のジーンズを穿《は》いた様は、黒猫とか黒豹《ひょう》を思わせる。十和田《とわだ》いろはという写真家だそうだ。名前だけなら何度か見たことがある。廃墟や事件現場、心霊スポットなどの風景写真を主に撮影しているらしい。

「呻木さんも取材ですか？」

「いえ。陣野さんはお仕事で？」

「ええ。今、ＳＮＳでこの坂がちょっとした話題になっていましてね。『モー』の編集部から原稿の依頼があって、先月からちょいちょい来てるんですよ。今日は彼女にこの辺りの写真を撮って貰ってます。そうだ。呻木さんの作品も結構騒がれてますけど、ご存じないですか？」

「知りませんでした」

機械音痴且《か》つネット音痴の私は、ＳＮＳもブログも一切やっていない。携帯電話だって未《いま》だに旧式のガラケーで、スマートフォンですらない。というか、スマホに換えるくらいなら、携帯電話そのものを持つこともやめる可能性がある。そのくらい機械が苦手というか、拒否感があるのだ。

陣野真葛の話では、地元に住む中高生がドロドロ坂の怪談をSNSにアップしたことが契機となり、それが拡散されたことで、様々な世代の怪談マニアに注目されているのだそうだ。「D坂の怪談」を書くに当たって、私は実際の場所は暈《ぼか》したのだが、現地を知っている人間が読めば、ドロドロ坂のことを書いているのは一目瞭然だろう。それで私の作品までも改めて読まれているらしい。

「私、今は下の公民館に泊まらせて貰ってますんで、何かありましたらいつでも」

陣野はそういって、十和田と共に坂を下って行った。

望月家はドロドロ坂に建つ三軒の中で、最も上に位置している。木造二階建てで、敷地には二階建ての石蔵と納屋《なや》、それに車庫がある。この近隣の典型的な兼業農家の住宅である。小さな門から敷地に入ると、庭を白猫が横切った。

私が玄関チャイムを押すよりも早く引き戸が開いて、懐かしい望月法子が出迎えてくれた。やつれた顔をしている。最愛の息子がいなくなったのだから、無理もないだろう。

法子は私を見て、「来てくれてありがとう」といって、無理矢理な微笑《ほほえ》みを浮かべた。私はそれが余りにも切なくて、荷物を背負ったまま、法子をぎゅっと抱き締めた。法子は声もなく泣き、私もつられて泣いた。

見るに見かねたのか、玄関の奥から現れた法子の両親に、「ほらほら、とにかく中に入って」と促《うなが》されて、私は十三年振りの望月家に足を踏み入れた。

自分の家の匂いには鈍感で、他人の家の香りには敏感になるものだが、望月家に漂う匂いは実家のそれに近い。ここへ来て初めて、私は懐かしいという思いが湧いてくるのを感じる。

法子は両親、夫、そして失踪した息子の五人家族だ。法子には四つ年下の妹がいるのだが、彼女はいわき市で就職して、今は一人暮らしをしているそうだ。

私はリビングに通され、L字に置かれたアイボリーのソファに座った。リビングはダイニングとキッチンに繋がっているので、開放的な印象である。法子が紅茶を運んでソファに座るのを待って、すぐに詳しい状況を問い質した。

「先週の話なんだけど……」

法子は紅茶を一口飲んでから話し出した。

法子の息子の光輝《こうき》は、小学校一年生である。法子の母親の話では、一週間前の金曜日、宿題を終えた光輝は庭で猫と遊んでいたらしい。先程私が見かけた白い猫のことで、元々は野良猫だったのが、いつの間にか望月家に住み着いてしまったのだそうだ。今では毎日エサを与えているし、それなりに懐《なつ》っこいので、家族からも可愛がられている。

当日、パートから帰った法子自身も、庭で猫と戯《たわむ》れる光輝の姿を目撃している。法子はひと声かけると、夕食の準備に取り掛かった。

午後六時になって、法子は小さな異変に気付いた。毎週金曜日、この時間に光輝は必ずアニメを見る。しかし、既にアニメは始まっているというのに、リビングのテレビの前に息子の姿はない。

「こーちゃーん！　アニメ始まってるよ！」

家の中に向かって声をかけたが、返事もなければ、光輝がやって来る気配もない。もしやまだ庭で猫と遊んでいるのかと思って、リビングの窓から覗いてみたが、生憎、我が子の姿はなかった。

胸騒ぎがした法子は、サンダルを突っかけて、ドロドロ坂へ出た。息子の名前を呼びながら坂の上下を見てみたが、それらしい子供の影はない。

「それから父さんと母さんと手分けして近所を捜したんだけど、全然見つからなくって」

念のために坂の上の共同墓地まで捜しに行ったが、やはり光輝はいなかった。そもそも怖がりな光輝は、薄暗くなった墓地になど絶対に近寄らなかったという。

普段から親しくしているドロドロ坂の他の二軒、若田《わかた》家と矢吹《やぶき》家にも事情を説明したが、どちらの家でも光輝の姿は見ていないという返答だった。二軒とも光輝のことを可愛がってくれていたから、随分心配していたという。

「大樹《だいき》さんも早めに仕事から帰ってくれて、それからすぐに警察に連絡をしたの」

大樹というのは、法子の夫である。現在は黒河町のＪＡ職員で、法子より二つ年上だ。私も何度か会ったことがあるが、線の細い人で、眼鏡の奥で目を細めて静かに微笑む表情が印象に残っている。

「警察と消防でこの辺りを捜索してくれたんだけど、やっぱり駄目で。警察は何か事件に巻き込まれたかもしれないっていうんだけど」

事件といわれると、すぐさま誘拐を想像してしまう。一週間が経過しても身代金の要求はないから営利誘拐ではない。それなら変質者の犯行か？　しかし、自宅の庭で遊んでいた子供を都合よく見つけて、痕跡も残さず連れ去ることなどあるのだろうか？　法子は神隠しという言葉を使ったが、確かに光輝の失踪には不可解な点が多い。

私は今年の春に遭遇した奇妙な失踪事件を思い出していた。あの時は峠にあるトンネルの前から女子大生が忽然と姿を消した。心霊スポットというロケーションは今回の光輝の事件と似ているものの、あの事件ではまだ自発的な失踪を疑う余地があった。

しかし、光輝の失踪に関しては、余りにも現実感が薄く、本当に生身の人間の仕業なのかどうか疑わしく思えてしまう。

「光輝を攫《さら》ったのが人間だったら、警察に任せるしかない。でも、あの日、近所の人たちは怪しい人物なんて見ていないっていうし、あたしだって光輝から目を離していたのはほんの少しだった。庭先でおかしなことがあったら、台所にいても気付いたと思う。だからね、光輝は坂に出るモノに攫われちゃったんじゃないかって思って……」

それで私が呼ばれたのだ。思うに、法子は光輝が事件に巻き込まれたということを信じたくないのだろう。最愛の息子が悪意のある人間の手によって連れ去られてしまったという事実を受け容れるのは、並大抵のことではない。だからこそ、ドロドロ坂に出現するお化けという超常的な存在に、その原因を求めることで、精神的な逃避を図《はか》っているのだと思う。友人としての私にできることは、気休めでもいいからできるだけ法子の思いに応えることだけだ。

「話はわかった。私なりに調べてみる」

「お願い。ウチには何日だって泊まってくれていいから」

法子はぎゅっと私の手を握った。私もその手を握り返しながら、「うん」と頷く。

「ところでさ、さっき知り合いのライターさんに会ったんだけど」

「ああ。陣野さんのこと？」

「うん」

「何度かウチにも来たみたい。母さんが対応したみたいだけど、光輝のことがあるから取材はお断りしたの」

「陣野さん、下の公民館に泊まってるって」

「そう。今ね、隣の若田さんが区長をやってて、で、前に陣野さんが来た時に、若田さんとだいぶ親しくなったらしくて、今回は特別に公民館の鍵を貸してあげたんだって」

若田のことはよく知っている。私も大学生の頃に話を聞かせて貰った。妻の幸世《ゆきよ》にも随分と良くして貰った記憶がある。

公民館には風呂はないものの、トイレとキッチンはあるし、エアコン、冷蔵庫、電子レンジ、テレビなどひと通り家電も置いてある。坂区の住民たちが集まって寄合を行ったり、祭りの準備をしたり、育成会主催で子供たちにイベントを開いたり、新年会や忘年会が行われたりと、年間で通して見ると存外に使用されている場所だ。しかし、現在は何のイベントもないので、陣野が寝泊まりしても殊更に問題はないらしい。ちなみに、一人暮らしの高齢者が相次いで亡くなっているため、坂区の世帯数も年々減少しており、公民館の使用頻度も以前よりは減っているようだ。

「今回、陣野さんが来たのっていつ？」

「えっと、三日前くらいだったかな。あたしも光輝のことでいっぱいいっぱいだったから、あんまり覚えてない」

陣野が渕窪にやって来たのが三日前だとしたら、一週間前の光輝の失踪とは関係がなさそうだ。

「陣野さんは仕事だけどさ、最近、肝試しとかいって、夜中にドロドロ坂に来る若い子たちが増えてて、週末には騒がしい日もあるんだ。前にすっごくうるさくて、父さんが駐在さん呼んだこともあったの」

「昼間はどう？　そういう人たちの姿を見かけることある？」

「あたしは、昼間はパートだから」

「そっか」

それなら法子にはわからないか。

「でもね、母さんの話だと、時々知らない人が坂を上って行くのを見るんだって。首からおっきいカメラ下げて、あちこち写真撮ってたみたいよ。光輝がいなくなった時、そのことは警察にも話した」

心霊スポットを訪れる人間は、地元住民からすればかなり不審に見えるだろう。しかも坂の上の共同墓地は私有地である。関係者以外の立ち入りは禁止のはずなのに、余所者《よそもの》にはそうしたルールは通用しないらしい。

ただ、そうした輩《やから》が光輝を連れ去るというのは、ちょっと考え難《にく》いのではないだろうか。仮に都合よく連れ去りに成功したとしても、土地勘のない場所で誰にも目撃されずに子供を伴って移動するのはかなり難しいと思う。

時計を見ると、間もなく午後六時になろうとしていた。私は久々にドロドロ坂の様子を見ておこうと、法子に断って外に出ることにした。

既に辺りは暗い。空には月も星もなく、どんよりとした雲が広がっている。

「これ使って」

法子がLEDの懐中電灯を貸してくれた。

一度ドロドロ坂の上を見たが、さすがにこの時間に一人で墓地に行くのは躊躇《ためら》われた。そこで坂を下ることにした。ついさっき上ってきたばかりだというのに、暗くなっただけでかなり雰囲気が変わる。日のある時よりも、蛙の合唱がやけに大きく聞こえる。

望月家の隣の若田家までは百メートル近く離れている。その間に街灯の類《たぐい》は一切ない。そのせいか若田家と更に向こうにある矢吹家の灯りが、とても明るく感じられる。

丁度《ちょうど》若田家の前を通りかかった時、向こうから白い犬を連れた男性が歩いてきた。

「こんばんは」

と私から声をかけると、相手も訝《いぶか》しげに「こんばんは」と応じる。その声で、相手が若田家の現当主である洋司《ようじ》だと気付いた。

「お久し振りです」

「あれ？　もしかして梅ちゃん？」

「はい」

法子の影響で、若田を含めてこの近所では、私のことを「梅ちゃん」と呼ぶ人が多い。

「いやぁホントに久し振りだね。あの時はまだ学生さんだったもんなぁ。また取材か何かかね？」

「いえ、望月さんのところに呼ばれまして」

その一言で、ある程度の事情を察してくれたようで、若田は「ああ」と顔を曇らせた。

「光ちゃんのことは、俺も心配してるんだ」

「光輝くんがいなくなった日も、この時分にワンちゃんの散歩をしていたんですか？」

「ああ、うん。そう。だいたい毎日このくらいの時間に散歩してるんだ」

そこで若田の飼い犬が我慢できなくなったようで、ぐいぐいとリードを引っ張って、庭に入ろうとする。

「おいおい。シロ、ちょっと待てよ」

「あ、お引き止めしてすみません」

「いやいや、いいんだ。そうだ。時間が大丈夫なら、上がって行かないかね？　家内も喜ぶと思うから」

せっかくの誘いを断るのも悪いので、私はその申し出を受けることにした。

若田は母屋《おもや》の隣にある納屋兼車庫の方へシロを連れて行く。センサーが反応して、不意に明るい照明が灯った。納屋兼車庫には古惚《ふるぼ》けた軽トラックとシルバーの乗用車が停まっている。犬小屋はその納屋の脇にあるようだ。

現在、若田洋司は妻の幸世と二人暮らしだそうだ。若田の母親は認知症を患い、昨年から施設で生活している。二人の息子は既に家を出て、それぞれ家庭を持っているという。

若田幸世は不意の私の訪問に大歓迎で、「ああ、もうびっくりだわ！」と満面の笑みを浮かべてくれた。

馴染《なじ》みのある茶の間に通され、卓袱台《ちゃぶだい》を挟んで若田夫婦と改めて向き合うと、十三年という歳月の流れを感じた。初めて会った時には、二人は五十代だったから、今ではどちらも還暦を過ぎている。幸世は髪を染めているので、余り印象は変わらないが、洋司は随分と白髪が増えて、かなり老け込んで見えた。

元々兼業農家だった若田家は、洋司の定年後に夫婦で農業に専念しているという。稲作を中心に、畑とビニールハウスで野菜も栽培し、近隣にある道の駅に商品を卸《おろ》しているそうだ。休日には軽トラックで何往復もすることがあるという。

「梅ちゃんの本はいつも読んでるよ」

若田洋司はそういった。

若田家にも「D坂の怪談」が収録されている単行本『呻木叫子は叫ばない！』を謹呈していたが、どうやらその後に刊行された作品は、自腹で買ってくれているようだ。幸世が「後でサイン貰わなきゃ」とやけにはしゃいでいるので、こちらは却って恐縮してしまった。

ひと頻《しき》り近況を語り合ったところで、私は光輝がいなくなった当日のことを尋ねた。

「お二人はその日、不審者っていうか、普段見慣れない人を見かけませんでしたか？」

「警察にも同じこと訊かれたけど、これといって思い当たることはないんだよなぁ」

「あたしもその時間は晩御飯の準備してるからね。外の様子はちょっとわからないのよ」

「望月さんちで聞いたんですけど、最近、この坂で肝試しをする若者が増えているんですってね」

「そうそう。困ったもんだよ。だいたいは近くに住んでる高校生なんだが、中には車で来る奴らもいてね。上の墓地に行って騒いでることが多い。墓地を所有している地主さんたちも、柵みたいなものを付けようかって相談してるみたいなんだ。それで、最近は俺がなるべく見回りするようにしてるんだよ。おかしな奴らがいたら、すぐに駐在に連絡するようにしてる」

「大変ですね」といったものの、その責任の一端は私にもあるのかもしれない。ドロドロ坂の怪談をSNSにアップしたのは地元の中高生のようだが、「D坂の怪談」もそこで紹介されているなら、無関係とはいえないだろう。若田は相当腹に据えかねているらしく、若者たちの迷惑行為に悪態を吐《つ》いていた。

私は話題を変えようと、陣野真葛の名前を出した。

「ああ、陣野くんね。梅ちゃんも知り合いらしいね」

どうやら陣野から私の話も聞いているらしい。

「彼ね、出身が郡山《こおりやま》なんだよ。それで親近感が湧いて、しばらく話してたんだけど、どうも陣野くんの実家はウチの遠縁に当たることがわかって」

「正確にはね、あたしの実家の親戚なの」

幸世が補足する。

「今は全然付き合いはないんだけど、この家のお爺さんのお葬式には出てくれたのよ」

陣野と若田が親しくしているのは、そういう理由だったのか。さすがに仲良くなったからといって、公民館の使用を許可するのはおかしいと思っていたが、相手が親類縁者という間柄ならわからないでもない。

「今日はカメラマンさんも一緒でしたよ」

「あの女の子は初めて見たね。陣野くんの話だと、彼女の方は今夜もう帰るってさ」

いつも夫婦二人きりで寂しいせいか、洋司も幸世も話に花を咲かせて、大いに盛り上がっていた。気が付けば七時過ぎである。幸世の「晩御飯、一緒に食べていったら」という誘いを丁重に断って、私は望月家へ戻った。

呻木叫子「D坂の怪談」2

Aさんは、D坂の道沿いの家に住んでいる。坂の下から数えて最初の家である。Aさんは、昭和五十三年に白河市《しらかわし》で生まれて、六年前にこの家に嫁いできた。夫とは職場で知り合ったのだそうだ。

まだ嫁入りする前の冬、Aさんは後に夫となる彼の家に遊びに来た。

「その日は朝から雪が降って、あたしがこの家に着く頃には、もう辺りが真っ白で。運転が下手なんで結構怖かったです」

既に結婚の挨拶は済んでいたから、彼の両親とは初対面でこそなかったものの、やはり長時間一緒に過ごすのは初めてだったので、Aさんは随分と緊張していたそうだ。

彼の両親はAさんを歓迎してくれて、夕食もすき焼きと豪華だった。

「後から聞いたら、結構お肉も高いのを用意してくれたみたいなんですけど、味とか全然思い出せないです。お酒も飲みましたし」

夜になると、一気に疲れが出て、すぐに眠くなってしまった。

二階の道沿いの和室が、彼の部屋である。Aさんたち二人は、そこに蒲団を並べて寝たのだそうだ。

真夜中、Aさんは何か呻《うめ》き声のようなものを聞いて目覚めた。

「ぅおぉぉぅおぉぉ……」というような、獣のような低い声が、外から聞こえてくる。

枕元の目覚まし時計を確認すると、三時少し前だった。Aさんは不安に思いながらも、野良犬か何かかと思って、そのまま蒲団の中で聞き耳をたてていた。

すると呻き声に混じって、雪を踏む足音が続いた。明らかに動物ではない。人間の足音である。

　Aさんは隣で寝息をたてている彼を起こした。

「ねえ、変な声がするんだけど……」

　彼は眠そうな表情のまま、「大丈夫。よくあることだから」といって、さっさと眠ってしまった。Aさんは何が「よくあること」なのかわからず、しばらく呻き声と足音を聞いていたが、そのうち眠ってしまった。

　翌朝、Aさんは彼に昨夜の不気味な呻き声と足音について問い質した。

　すると、彼は苦笑しながら、自分も幼い頃から、夜中に妙な声や足音などを聞いているのだと話してくれた。

「D坂を何かが上ったり下りたりしてるんだ」

「何かって何？」

　当然ながら、Aさんはそう尋ねた。

　すると、彼は次のような話をしてくれた。

　小学生くらいの時分、思い切って父親に、「あの夜中に家の前をうろうろしているのは誰なの？」と訊いたのだそうだ。父親は「知らん！」と妙に不機嫌な態度だった。子供ながらに釈然としないでいると、祖母がこっそりと次のような謂《い》われを教えてくれた。

　現在D坂を上ったところは墓場になっており、行き止まりになっているが、ずっと昔はその先まで道が続いていて、更に奥にAという集落があったのだそうだ。集落の中心には小さな沼があって、七世帯くらいが暮らしていたらしい。

それが豪雨のせいで山が崩れて、一夜のうちにすべて埋まってしまったのだという。D坂を上り下りしているのは、その時に滅んだ集落の住民なのだそうだ。今でもA集落にあったと思われる沼は存在しているらしいが、決して近寄ってはならないという。

「沼に行ったら祟られるんだとさ」

Aさんは不気味な話だとは思ったが、結婚に差し障《さわ》りがあるとまでは思わなかったので、翌年、予定通り彼と結婚した。

「今でもその声とか足音が聞こえることはありますか？」

私がそう訊くと、Aさんは少し困ったように眉を寄せ、「ええ。たまに」と答えてくれた。

「怖くはないですか？」

「う〜ん、もう六年ですからね。私は慣れました。でも、息子が怖がってるみたい」

Aさんの息子は五歳だが、既に自分の部屋で寝起きしている。しかし、時折夜中に「誰かが外にいる」といっては、Aさん夫婦の寝室に避難して来るのだそうだ。

そこでAさんの許可を得て、息子のYくんにも話を聞いてみた。Aさんが同席すると話し難いこともあるかと思い、私とYくんの二人だけにして貰った。

「真っ黒けなユーレイが、山から下りてくるんだ」

Yくんは真剣な表情でそういった。

「Yくんは見たことあるの？」

「うん」

「いつ見たの？」

「遊びに行った帰り。山から黒いユーレイが三人歩いてきた」

Yくんの話では、公民館で遊んだ帰りの夕方に、D坂の上から三人の黒い人物がこちらに向かって歩いて来たのだという。二人は大人で、一人は子供のようだった。Yくんは直感的に「ユーレイ」だと思った。根拠は不明だが、そう思ったのだそうだ。

Yくんは怖くなって、咄嗟《とっさ》に道端の電柱の陰に隠れて、しゃがみ込んだ。黒い人物たちが電柱の側を通る時、「ぐじゅぐぢゃ」という泥を踏むような音がしたという。Yくんは怖くて目を瞑《つむ》っていたが、三人が通り過ぎる足音を確認してから、走って家まで帰った。

「走りながら、後ろを見た。でも、もうユーレイはいなかった」

Yくんがはっきりと「ユーレイ」を見たのは、その一度きりだという。

＊

私が望月家へ戻っても、法子の夫の大樹はまだ帰宅していなかった。息子が失踪してしまっても、職場の人員が少ない上に仕事の量が多いので、残業を余儀なくされるのだそうだ。だいたい午後八時前後にならないと帰ってこられないのだという。

私は法子とその両親の四人で夕食をとった。望月家の三人は表面上動揺を見せないように振る舞っていたが、やはり何処《どこ》かぎこちない。それぞれが憔悴《しょうすい》しているにも拘わらず、気を遣ってくれているのがわかったので、私もできるだけその状態を維持しようと努めた。

陣野真葛から着信があったのは、間もなく九時になろうとした時だった。

その時、私はようやく帰宅した大樹の晩酌に付き合って、法子と一緒に缶ビールを飲んでいた。

「……もしもし」

「あ、呻木さんですか？　陣野です。夜分にすいません。今、お電話大丈夫ですか？」

「ええ。どうしました？」

「ちょっとご相談がありまして。あの、十和田を見かけませんでしたか？」

「いいえ。夕方に会って以来、見てませんよ」

「そうですか。いえね、彼女、夜の撮影に行ったきり戻ってこないんですよ。スマホに連絡しても出ないし。八時半に待ち合わせて、それから駅まで送っていく約束だったんですけど……。それで、申し訳ないんですけど、今から十和田を捜すのを手伝って貰えませんか？」

「それは、ええ、構いませんけど」

「良かった。場所に心当たりはあるんです。多分、坂の上の墓地だと思います」

こうして私は、陣野と共に十和田いろはを捜すことになった。しかし、話を聞いた大樹が心配そうにこういった。

「梅木さんは、陣野さんとは親しいんですか？」

「う〜ん、一応、何回か顔を合わせたことはあって、時々メールで情報交換するくらいですかねぇ」

陣野とは互いの連絡先を交換するくらいの知り合いではあるが、プライベートで会ったことは一度もない。

「それなら、僕も行きましょう。何かあったら大変だから」

いわれてみれば、夜間によく知らない相手と墓地に行くのは確かに不安だ。大樹が一緒に来てくれるなら、かなり心強い。

私は水を飲んで酔いを醒ますと、懐中電灯を持って外に出る。暗闇の中で、しとしとと雨が降り出していた。後ろから出てきた大樹は二人分の傘を持っていた。

「使ってください」

「ありがとうございます」

陣野に連絡すると、もう近くまで上がってきているという。二、三分待っていると、望月家の門の前に陣野が現れた。三人でドロドロ坂の上の共同墓地を目指す。陣野と大樹は初対面だったので、道々簡単な自己紹介を交わしていた。

時刻は九時十分になろうとしている。闇に包まれた共同墓地は、それだけで不気味な雰囲気だが、ここは「出る」場所だとわかっているだけに、さすがに私も動悸が速くなった。雨に濡れた墓石は、ＬＥＤ懐中電灯の明る過ぎる光を反射して、不自然に眩しく見えた。

「おーい！　十和田ぁ！」

陣野が唐突に大声を出したので、私はびくりと身を震わせる。次いで、私と大樹も十和田の名前を呼びながら墓地を見回ってみたが、返事も人影も全くない。

「ここじゃないいんじゃないですか？」

大樹がそういうと、陣野は首を傾げる。

「おかしいな。他に撮影する場所なんてないいんですけど……。あ！　もしかして！」

そういうが早いか、陣野は墓地の向こうの林の中へ向かって行く。その奥には、かつて小さな集落があったと伝わっている。しかし、江戸時代に起こった山崩れが原因で、人も家屋も土砂に埋まってしまったのである。

「おーい！　十和田ぁ！」

陣野は深い闇を湛えた林へ向かって再び叫んだ。そこは下へ向かう斜面になっていた。私が以前訪れた時は辛うじて獣道があったが、今は繁茂した雑草に隠れて確認できない。この下には土に埋まった十数体の地蔵がある。

私も大樹も下に向かって懐中電灯を向けたが、十和田らしき人影はなかった。

「誰もいませんよ」

私がそういうと、陣野は「そんなはずはないんですけど」と、一人で斜面を下り始める。

「滑るから気を付けて」

上から声をかけたが、陣野に届いているのかどうかはわからない。私と大樹は彼が怪我をしないように、灯りを進行方向へ向けて、視界を確保しようとした。下まで辿り着いた陣野は、周囲を懐中電灯で照らして、十和田を捜している。しかし、その姿を見つけることはできなかった。

斜面を上って墓地へ戻ってきた陣野は、真っ青な顔をしていた。

望月光輝の失踪から一週間、まさか二人目の失踪者が出たということだろうか。

「もしかしたら別の場所を撮影しているのかもしれませんよ」

気休めにそういうと、陣野は「そ、そうですね」と頷く。

「待ち合わせは公民館なんですよね?」

「はい。そうです」

「じゃあ、取り敢えず一度戻ってみましょうよ」

私が提案すると、陣野は素直に応じた。

私、望月大樹、陣野真葛の三人は、今度はドロドロ坂を下って、公民館へ向かった。途中で、若田家とその先の矢吹家へ寄って、十和田いろはを見ていないか尋ねたが、どちらの家族からも芳《かんば》しい回答は得られなかった。

坂の下にある公民館は、青い屋根の木造平屋で、随分と古びている。法子の話では、生まれる前から建っているということだから、築三十年は過ぎている。田圃の中にぽつんと建っているせいで、実際よりも大きく感じる。私は十三年前に一度だけ中に入った経験があった。

公民館の砂利敷きの駐車場には、陣野の車らしき黒いRV車が停まっている。

「いませんね」

大樹がいう。

公民館は玄関の外灯はついているものの、中は真っ暗である。

「とにかく中へどうぞ」

陣野はまるで自分の家のようにそういうと、ポケットから鍵を出す。鍵を開けて、立て付けの悪い玄関の引き戸を開けると、陣野は中に入った。私と大樹も傘を畳んで、その後に続く。

陣野は慣れた手つきで玄関の照明をつけると、正面の磨《す》りガラスの嵌まった格子戸を左右に開き、そして硬直した。

私も陣野越しに中の様子を覗いてみると、真っ暗な二十畳程の広間の中央、フローリングの床の上に、何かが横たわっていた。

玄関の光を受けたそれは、全身が泥に覆われた人間のように見えた。

こちらに頭を向けて、俯せているようだ。咄嗟に持っていた懐中電灯の光をそれに向けた。微動だにしない陣野の傍《かたわ》らには、大きめの石が転がっている。

全く動こうとしない陣野を押しのけ、大樹が広間に上がり、電気のスイッチを押した。明るくなった広間は、あちこちが泥で汚され、酷い有様だった。

大樹は声をかけながら横たわる泥人間へ近寄る。しかし、反応はまったくない。まるで前衛芸術のオブジェのようだ。

「死んでいるようです」

恐る恐る脈を確認した大樹がいう。

そこでようやく陣野も室内に上がって、泥人間の傍らへ向かった。上半身を屈めて、恐る恐る泥人間の顔の辺りを覗き込む。

「十和田です。たぶん」

陣野は信じられないものを見たといった感じで、その両目を見開いていった。

呻木叫子「D坂の怪談」3

大学一年生のKさんが、だいたい一年前に体験した話だ。

Kさんの実家はD坂の最も墓地に近い場所に建っている。現在はモダンな二階建ての家になっているが、Kさんが生まれる前は黒々とした大黒柱のある古民家だったという。聞けば、江戸時代の終わりには、Kさんの一族はこの場所に住んでいたのだそうだ。そういう記録が檀那《だんな》寺《でら》に残されているらしい。

Kさんは隣の市の進学校に通っていた。大学受験を控えた三年になるとすぐに、高校の近くの学習塾に通い始めた。塾が終わるのは夜の九時で、いつも塾まで母親が車で迎えに来てくれたという。

塾の駐車場に出たKさんは、その夜、「まあるい月」がやけに大きく見えたことを今も覚えている。

カーラジオを聴きながら、母親が運転する車でいつもの帰路を走っていた。Kさんの高校がている。

ある市から黒河町までは、道幅の広い県道が通っている。途中で「幽霊カーブ」という地点があるそうだが、そこは昔（といっても三十年程前のことだそうだが）白い服を着た女の幽霊が夜中に現れた場所なのだそうだ。結局は近隣に住む女性が悪戯《いたずら》をしていただけだったそうだが、その当時は大いに噂になったらしい。

D坂に差しかかった時、ラジオの電波が乱れた。その夜は月がはっきり見えるくらいの晴天であったから、天気が原因ではない。Kさんはラジオが故障したのかと思ったそうだ。

そして、車の前方に人影が見えた。時刻は九時半近くである。

「こんな時間に変だなぁと思ったんです」

D坂には街灯がない。灯りの類は、D坂に建っている三つの住宅から漏れる光しかないのだ。そこを懐中電灯も持たずに、誰かが坂の上へ向かっている。

「誰だろ？」

母親も不審に思ってそういった。

その人物はどうやら女のようだった。Kさんがいうには、「長い髪で、昔風の白っぽい着物」を着ていたという。D坂に向かって全力で走っているようだった。それが道の真ん中だったから、母親の運転する車がすぐに追いついてしまいそうになる。

その時、ラジオから雑音と共に「……かぁいるかぁ」という女の声が聞こえてきた。

「何？」

母親は慌ててブレーキを踏んで、車を停めた。

Kさんも怪訝に思いながら、ラジオの声に耳を澄ます。

やはり「いるかぁいるかぁ……」という女の声が断続的に聞こえてくる。

「ホントに怖い時って、何もいえなくなるんですね」

Kさんは真剣な面持ちで、私にそういった。

フロントガラスの先では、やはり女が走っているのだが、気が付くと既に遙か先を小さく動く姿がヘッドライトに照らされている。ついさっきまで目の前にいたはずなのに、有り得ない速度である。

Kさんも幼い頃からD坂に現れるモノのことは聞いていたから、「ああ、これがお化けか」と妙に納得したという。母親もそれがお化けだとわかった途端に、すぐに平静に戻った様子だった。

女の姿が完全に見えなくなってから、母親は車を発進させて、無事に家に辿り着いたという。

「お化けだってわかってからの方が冷静だったんですね?」

私が苦笑しながら尋ねると、Kさんは「そうですね」と微笑んだ。

「母はあたしなんかよりD坂のことを知っていたし、自分もそういう体験をしたんじゃないかと思います。自分からは全然話してくれないけど。あたしも姉が変なモノを見たことあるとか聞いてたので、ああ、そういうモノもいるのかぁって……」

Kさんがいうには、本当に怖いのはお化けなんかではなくて、変質者や泥棒なのだそうだ。

さて、Kさんの姉のHさんは、実は私の大学時代の友人である。

そもそもD坂の怪談について最初に私に話してくれたのが、Hさんなのだ。思えば大学時代にその話を聞き、是非とも現地調査したいと思い立ったのが、すべての始まりだった。

それはこんな話だ。

Hさんが、まだ小学生の頃のことである。

Hさんの部屋は二階にあって、ベランダからD坂を眺めることができる。

その日は晴れた日曜日で、Hさんは母親から蒲団を干すようにいわれた。渋々自室のベッドの蒲団をベランダに運んでいた。同じ時、妹のKさんも隣で同じ作業をしていた。正確な時刻は不明だったが、午前十時くらいだったそうだ。

Hさんが蒲団を干していると、飼い犬のコロが突然吠えた。

来客だろうかとHさんがベランダから様子を窺うと、坂の上から黒いモノが下へ向かって動いている。

「猪《いのしし》かと思った」

この近隣では猪や鹿が出ることは珍しいことではない。十五年前には庭先で大きな狐が死んでいたこともあった。

コロが吠え続けているために、その黒いモノは動きを止めて、こちらの庭先の方を向いた。

その時点で、Hさんもソレが猪ではないことがわかった。

Hさんがいうには、ソレは真っ黒な四つん這いになった人間だったそうだ。手足が妙に長くて、蜘蛛のようだったという。

ソレはコロに向かって威嚇するように口を開けて、何かいっているようだったが、「しゅうしゅう」という空気が擦れるような音にしか聞こえなかった。ただ、口を開ける度に、そこに生え揃った歯がやけに白く見えて、その生々しさが怖かった。

「お姉ちゃん、どうしたの？」

と呑気に尋ねるKさんに向かって、Hさんは「しっ！」と指を口許に当てて黙っているように指示した。それから、無言で坂の方角を指差す。Kさんもそちらを見たが、首を傾げて
「え？　何？」と訊いてくる。

Hさんが D坂に視線を戻すと、いつの間にかソレの姿は消えていた。

「あれは絶対幻覚じゃなかった。その証拠にアイツが這ってた場所に、黒い泥みたいな跡が残ってたもん。田圃から出たトラクターが通った跡みたいだった」

その泥のような痕跡は、数日の間、自宅の前の道に残っていて、Hさんは登下校の際に毎日それを確認したそうだ。

一応、Kさんにもその痕跡について確認してみたが、「覚えていない」とのことである。

＊

十和田いろはの屍体発見から、一夜が明けた。

警察の事情聴取は深夜にまで及んだが、私はいつもの習慣で午前六時には起床した。私に与

えられた部屋は、かつて法子が学生時代に使用していた部屋で、今でも彼女の私物がそのまま置いてある。勉強机も、ベッドも、あの頃のままだ。本棚には私の著作が並んでいて、くすぐったい心地になる。

土曜日なので、望月家の朝食は少しだけ遅い。大樹も法子も、今日は勤めが休みなので、全員が揃って食卓を囲んだ。法子の両親からは、屍体の発見者になったことについて同情が寄せられたが、現在の望月家の状況の方が遙かに深刻なのだから、私は「大丈夫です」と微笑むしかない。まあ実際、屍体を発見するのは今回が初めてではないから、精神的な衝撃はほとんどない。

家の中は重い空気が滞っていていづらいので、午前十時になったのを確認して、出かけることにした。行先は事件現場の公民館である。十和田の死が光輝の失踪と関係しているのか、現段階ではわからない。だからこそ、少しでも情報が欲しいと思ったのだ。

雨のドロドロ坂を下って行くと、昨日見た白い猫と擦れ違った。私には目もくれず、足早に坂を上って行く。

坂区公民館の敷地には、立入禁止のテープが張られ、駐車場では作業服姿の鑑識課らしき捜査員が、忙しそうに動き回っている。ぼんやりとそれを眺めていると、背後から声をかけられた。

「おはようございます」

振り返ると、ビニール傘を差したスーツ姿の二人の刑事が立っていた。昨夜、現場にやって来て事情聴取をした福島県警の結城《ゆうき》警部と黒河署の磯《いそ》警部補である。結城は四十代半ばくらいの男性で、長身で胸板が厚い。警察官というより自衛官といった雰囲気だ。四角いフレームの眼鏡と相俟《あいま》って、そこはかとなくロボットっぽい。対して、磯は浅黒く健康そうな肌をしているものの、一見すると華奢《きゃしゃ》で撫肩だ。上背も余りなく、坊主頭なのもあって、小坊主のように見える。年齢もわかり難《づら》い。落ち着いた物腰から判断すると、あるいは結城よりも年上なのかもしれない。

私が挨拶を返すと、結城はにっと真っ白な歯を見せて笑う。

「丁度お話を伺いに行こうと思っていたのですよ。今、お時間宜しいでしょうか?」

「はい。大丈夫です」

「呻木先生はここ最近、色々な事件に関わっているみたいですな」

昨夜は「梅木さん」だったのに、いつの間にか呼称が「呻木先生」になっている。その変化に、私は少しだけ警戒しながら、「ええ、まあ」と曖昧《あいまい》に頷く。

確かに、ここ数年私は幾《いく》つかの刑事事件に巻き込まれている。それは、私自身が警察の捜査対象となったり、弟が殺人事件に遭遇したり、愛媛県の山間部で連続殺人事件に首を突っ込む羽目に陥《おちい》ったり、栃木の田舎町で首なし屍体を発見したり、通常ではあり得ない頻度である。私の友人に何故《なぜ》かやたらと飛び降り自殺を目撃してしまう女性がいるが、私も同じように、殺人事件に遭遇し易い体質になってしまったのだろうか。

「どの事件も解決に貢献なさっているそうじゃありませんか。栃木県警の沼尾《ぬまお》警部と愛媛県警の渡部《わたなべ》警部から、先生に宜しく伝えてほしいといわれました」

沼尾も渡部も、私が以前巻き込まれた事件の担当刑事である。彼らが結城にどのような話をしたのかは不明だが、余り買い被られても困る。

「私はちょっとお手伝いしただけですから」

やんわりとそういったが、結城と磯は「またまた」といって笑う。綺麗にユニゾンになっていたので、背筋が寒くなった。ただ、これなら事件に関する情報を聞き出せるかもしれない。試しに質問してみることにする。

「十和田さんっていつ頃亡くなられたんですか？」

結城警部は一瞬磯警部補と目配せしてから、次のように答えてくれた。

「司法解剖の結果、死亡推定時刻は昨日午後六時から午後七時の間と判明しました。死因は後頭部を殴られたことによる脳挫傷《のうざしょう》。つまりは撲殺ですな。凶器は現場に落ちていた石だと思われます。ただ、遺体には動かした痕跡がありまして、殺害現場はここではなく別の場所である可能性も浮上しました。ちなみに、念のために伺いますが、先生はそのお時間はどちらに？」

「六時から七時頃でしたら、若田さんのお宅にお邪魔していました。洋司さんと幸世さんと一緒にお喋りをして、七時過ぎに若田さんの家を出て、望月さんの家に戻りました」

結城は「なるほど」と鹿爪《しかつめ》らしく頷く。

今度は磯が口を開いた。

「私は親戚が淵窪におりましたので、ドロドロ坂の話は小さい頃から聞いていたんです。実は以前先生の作品も拝読しておりまして。それで今回の遺体を見た時は、すぐに泥で汚れたお化けのことを思い起こしたんですが、先生はどうお考えです？」

「あの、その前に、あの泥って何処のものなんです？」

「ああ、あれは、ほら、すぐそこ、そこの田圃の泥ですよ」

磯警部補は公民館の隣の田圃を示した。

田圃の泥に覆われた屍体……私はドロドロ坂の怪談より先に、泥田坊《どろたぼう》という妖怪を連想してしまった。泥田坊は江戸時代の絵師・鳥山石燕《とりやませきえん》の『今昔百鬼拾遺《こんじやくひやっきしゅうい》』に記載された妖怪である。石燕は田圃の中から上半身だけを出した一つ目の妖怪として描いている。田を残して死んだ老人が化けたもので、酒浸りになって田圃を売ってしまった子とその田圃を買った者に対して「田を返せ」と恨み言をいうとされる。しかし、これは知的遊戯として描かれた石燕の創作で、江戸の遊郭である新吉原《しんよしわら》そのものを表現しているとか、狂歌師の泥田坊夢成《ゆめなり》がモデルだとかいわれたりしている。

ただ、ここで刑事二人に泥田坊云々と講釈しても仕方ないし、きっと伝わらない。だから、当たり障りのないことをいっておく。

「あの十和田さんの様子から怪談とは無関係と考える方が難しいですね。犯人が意図して怪談めいた演出をしたのではないでしょうか」

結城警部は「そうでしょうね」と同意を示した。

「我々もそのように考えているのですが、更に不可解な点がありまして。まあ、これも一種怪談めいた話なのですが、陣野さんのお話では、遺体発見時に公民館の出入口、裏口、そして窓の鍵は、すべて締まっていたというのです。しかも陣野さんが留守にしていた一時間半程度の間に、遺体が室内に現れたというのですよ」

結城は更に詳しく陣野真葛の証言を教えてくれた。

陣野は十和田いろはと六時過ぎに別行動になった。八時半に待ち合わせる約束をすると、一旦公民館に戻り、近くの日帰り温泉施設を訪れた。公民館から温泉施設まで、車で十分弱の距離で、陣野は毎日そこを利用している。

温泉施設に到着したのが午後七時少し過ぎで、それから八時十五分まで滞在、八時二十五分には公民館の駐車場に戻っていた。八時半になっても十和田が戻らないので、スマートフォンに連絡を入れたが、相手が応じることはなかった。

九時近くなってさすがに心配になって、十和田を捜しに行こうと思い立ったという。呻木叫子に同行を頼んだのは、一人で心霊スポットに行くのが怖かったからだそうだ。

「先生と望月大樹さんは、陣野さんが自分で鍵を開けるのをご覧になってるんですよね？」

「はい。でも、本当に入口に鍵が掛かっていたのかどうかは確認していません」

陣野の証言が本当ならば、密室と化した公民館に、泥に塗れた屍体が出現したことになる。

「公民館の鍵って、幾つあるんですか？」

「区長の若田さんが保管されているものと、陣野さんが借りているものの二つです」

十和田殺害に関しては、私にアリバイがあるのと同時に、若田夫婦にもアリバイがある。

「あの、公民館の中を見せて貰うことってできますか？」

駄目もとで頼んでみると、結城は「ええ、ええ。構いませんよ」とあっさりと許可を出してくれた。私は思った以上の待遇に、沼尾と渡部がどんなことを吹き込んだのか再度不安になる。

二人の刑事に促され、立入禁止のテープの内側に入った。

公民館は、出入口の引き戸を開けると、横長の玄関で、右手にはトイレがある。正面は磨りガラスの嵌まった格子戸で仕切られ、その先に集会などを行う二十畳くらいのフローリングの広間がある。更にその奥は、向かって左手に四畳半の和室、右手にキッチン。畳敷きの和室には、卓袱台やテレビが置かれ、押し入れにはたくさんの座布団が収納されている。

広間は昨夜同様に泥で汚されたままだった。昼間に見た方が、その光景の異様さが際立っている。出入口の鍵は上下にスライドさせるタイプのもので、古いせいかかなり力を籠めないと、鍵を開け閉めすることができない。見たところ、傷などもなかった。

私は磯から渡されたビニールの靴カバーを両足に履いて、室内へ入った。広間の左右に並んだ窓を調べてみる。左右にそれぞれ二つずつの窓があり、向かって右の窓は外の縁側に出ることができるため、かなり大きなサッシである。鍵はどれも同じクレセント錠で、一つ一つ観察したが、不自然な痕跡はない。糸やテープを使用したトリックは使われなかったと思われる。

奥の和室にも小さな窓がある。こちらは木製で、スクリュー錠が締まっていた。とても外部から細工できるような造りではない。キッチンの窓には格子が嵌まっていて、たとえ窓が開いていても、人間が通るのは不可能だ。しかも屍体発見時はこの窓のクレセント錠も締まっていた。念のために錠自体も観察するが、やはり異状はない。

裏口は木製のドアで内側から閂《かんぬき》をスライドさせて施錠する。外からかける鍵は存在しないという。ドアは古びていたが、閂は比較的新しく、これにも目立った傷などはなかった。ただ、古いドアなので、密閉具合は完璧ではなく、ドアの下部にはほんの僅かに隙間があった。細い糸や針金なら十分に通るだろう。

最後にトイレも調べたが、正面に小さい窓があったものの、こちらも格子が嵌まっている。鍵は広間やキッチン同様にクレセント錠で、昨夜も締まっていたという。もちろん、このクレセント錠にも異状はない。そもそも私程度の調査は、既に警察で入念にやっているわけで、手掛かりが発見できる方が奇跡に近い。

公民館自体は簡素な造りであるが、簡素なだけに余計な出入口はなく、抜け道のようなものの存在を疑うことがそもそもナンセンスに思えた。

常識的に考えて、屍体を遺棄した犯人は、正面の出入口を使ったのだと思う。そして、それが可能だったのは、鍵を持っている陣野真葛か若田夫妻の三人だけだ。しかし、若田洋司と幸世は十和田が亡くなった時、私と一緒にいた。従って、最も疑わしいのは陣野である。ただ、ここで陣野が犯人だと決めつけるのには、若干の疑問が残った。もしも陣野が犯人ならば、どうして公民館のすべての窓と出入口に鍵を掛けたのだろうか？

公民館が密室状況でなかったならば、陣野の嫌疑はもう少し薄まるはずだ。それに陣野が犯人だとして、何故十和田の屍体と公民館を泥で汚す必要があったのだろうか？

密室と泥だらけの屍体という装飾で、確かに怪奇色は強まった。しかし、そんな小細工を弄したところで、警察相手にこれが怪異だと思わせることなどできないのは、子供にだってわかるだろう。

一方で、淵窪の住民たちの中には、今回のような事件が起きたのはドロドロ坂の祟りや呪いのせいだと考えるものがいるかもしれない。少なくともSNSでは更なる話題を呼ぶことは間違いない。犯人がそういった話題性を狙って作り上げた不可解な状況という説であれば受け容れられなくはない。しかし、陣野が犯人ならば話題性を優先する余り、結果としてほぼ唯一の容疑者となってしまっている。それは本末転倒ではないのか？

それに昨夜、十和田の屍体を発見した時の陣野の唖然とした表情は、とても演技には見えなかった。

私が悩んでいると、結城警部が声を潜《ひそ》めて話しかけてきた。

「ここだけの話ですが、我々は陣野真葛を第一容疑者と考えています。生前の被害者と密接な関係があったのは陣野だけですから、動機の面から考えても彼が最も怪しいのです」

「陣野さんには十和田さんを殺害する動機があったのですか？」

「陣野と被害者は交際していたようです」

「え？　でも、陣野さんって奥様がいらっしゃいますよね？」

「ええ。ですから、陣野と被害者は不倫関係にあったわけです。二人の間に何らかのトラブルがあっても不思議ではない。おまけに陣野には被害者の死亡推定時刻のアリバイもありません。

ただ……」

そこで結城警部は角張った顔を強張《こわば》らせる。

「一点だけ動かしようのない事実があって、陣野が犯人であると断定することができないのです」

そこからは磯警部補が説明してくれた。

「さっき被害者の体を覆っていた泥が、すぐそこの田圃のものだとお話ししましたね」

「はい」

「実は昨夜七時十五分に、持ち主が田圃を訪れているんです。なんでも残業で帰宅が遅くなったので、いつもより田圃の水の様子を見に行くのが遅くなったそうで」

水田は時期や天候にもよるが、昼間と夜間で用水路から入れる水の量を変える。米農家にとっては朝と夕方の水の調整は、極めて重要な作業である。

「持ち主の話では、その時、田圃には何の異状もなかったっていうんです。つまり、十和田さんの遺体があの状態になったのは、七時十五分以降ということになる。更に、別の住民の証言ですが、午後八時には田圃は荒らされていたっていうんです。証言してくれたのは近所の高校生で、その時は塾からの帰りだったそうです。田圃に差し掛かった時に、スマートフォンにメッセージが届いて、一旦自転車を止めて時間を確認した。それで田圃の異状にも気付いたそうです。まあ、当人は人か車が誤って落ちた跡かと思ったらしいんですけど。でね、これらの証言を踏まえると、田圃から泥が持ち出されたのは、七時十五分から八時前の間となる。つまり陣野さんには不可能なんです」

警察の捜査で、陣野真葛は午後七時から八時十五分まで確実に日帰り温泉施設にいたことが証明されている。これは従業員や地元客からの証言だけではなく、防犯カメラの映像からも確認されている。温泉施設から現場までは車で十分もかからないが、駐車場の防犯カメラからはその車も動かされた形跡はないし、施設から陣野が出た様子も映っていない。

結城警部は眼鏡の奥の瞳に闘志を燃やしつつ、こういった。

「陣野の容疑は濃厚です。しかし、奴には被害者の遺体を泥で汚すことはできない。しかも、陣野のアリバイが成立したのは計画によるものではなく、偶発的なものです。田圃の持ち主がたまたま遅くに水の様子を見に来たり、たまたま塾帰りの高校生が田圃の前で自転車を止めたりしたことで、陣野のアリバイは証明されました。これは事前に計画しようと思ってもできることじゃない」

密室の謎は、陣野が犯人ならば鍵を使用できるので、謎ですらない。しかし、その内部の屍体装飾（屍体汚染？）は、陣野には不可能だ。

例えば、公民館の鍵を持っている若田洋司や幸世なら、陣野に代わって十和田の屍体に細工することはできる。しかし、その目的とは何だろうか。若田が親しい仲の陣野の犯行を庇《かば》うとしたら、屍体を公民館に置いたり、鍵を掛けたりするのは逆効果で、はっきりいって屍体を屋外に放置しておく方がまだマシだ。更に屍体や公民館を泥で汚して怪奇性を演出する意図も不明である。

或いは他に、私が知らない容疑者がいるのだろうか？　そして、私たちが思いもつかない方法で、公民館を密室にしたのだろうか？

「我々も行き詰っているのです。もしも何か気付かれたら、いつでもご連絡ください」

ロボットのような結城と小坊主のような磯の二人の刑事は、揃って頭を下げた。その慇懃《いんぎん》な態度に私は辟易《へきえき》しながら「あんまり期待しないでください」とだけ伝えた。

刑事たちと別れ、公民館の脇にある田圃を見に行った。ここの泥が現場を汚すのに使用されたのだ。降り続く雨で、荒らされた痕跡はだいぶ目立たなくなっていたが、それでも不自然な窪みがあるのは確認できた。また土手にも泥が零れていて、何者かがそこから泥を掬《すく》い取ったことがわかる。

それから、ドロドロ坂に並ぶ三軒の内、一番下にある矢吹家へ向かった。

現地調査をした十三年前、私は矢吹家の人々にも大変世話になった。殊《こと》に嫁の矢吹明子《あきこ》には貴重な話を聞かせて貰った。明子から聞いた話がなければ、ドロドロ坂の怪談の調査はもっと遅れていたと思う。また当時五歳だった息子の悠馬《ゆうま》も、自分の言葉で体験談を語ってくれた。昨日は色々あってきちんと挨拶ができなかったので、今日の内に声をかけておこうと思ったのだ。

矢吹家には明子が在宅していた。夫の史雄《ふみお》は土曜日も出勤で、受験生の悠馬は高校で模試とのことで不在だった。明子の義父と義母は、母屋の裏手にあるビニールハウスで農作業とのことで、家の中には明子だけだった。

「土曜日でも、意外とせわしないのよ」

そういって苦笑する明子は、ほとんど変わっていなかった。もうすぐ四十歳になるはずだが、ぱっと見では以前との違いはない。元々童顔だし、肌も綺麗な人なのだ。

「なんかさ、大変なことになっちゃったね」

ダイニングで向かい合いながら、明子はそういった。香りのよい紅茶と貰い物だというクッキーを出してくれた。

「ええ、もうわけわかりませんよ。光輝くんのことだけでも大変なのに」

私は素直に愚痴をいう。

「そうよね。ホント何かの呪いなのかも」

私はそれとなく昨夜午後六時から七時までの矢吹家の人々の様子を訊いてみた。明子は高校から帰ってくる悠馬を駅まで迎えに行き、史雄は車で会社から帰宅している途中、その間、矢吹家には義父と義母が留守番をしていたという。

「殺された人には悪いと思うけどさ、何か迷惑っていうか、厄介事って感じよね」

「昨日こっちに到着して、昨日の内に帰る予定だったみたいですよ」

「そう。う〜ん、やっぱり他人事っていったら申し訳ないけど、現実感がないわ。あたしんち、誰も死んじゃったその女性と会ってないから。それよりも光輝くんよ。あの子の方が心配」

その気持ちはよくわかる。私だって正直十和田の事件の捜査なんかよりも、警察には一刻も早く光輝を見つけ出してほしいと思っている。とはいえ、十和田の死と光輝の失踪が関係しているのではないかという僅かな疑念もある。それが十和田の事件を無視できない所以である。

「光輝くん、あの女に攫われちゃったのかもね」

「え?」

「ほら、あの『いるかぁ、いるかぁ』って誰か捜してる女」

それはドロドロ坂に出現する幽霊のことだ。

「そういえば、光輝くんがいなくなっちゃってから、『いるかぁ』って声、聞かなくなったのよね」

明子は大真面目にそういって、私を見つめた。

呻木叫子「D坂の怪談」4

D坂沿いに建つ三軒の住宅の内、真ん中に当たる家に住んでいるWさんは幼い頃から何度も不思議な体験をしているという。Wさんは昭和二十九年生まれで、町内の銀行に勤務している。Wさんが今でも印象に残っている体験は、子供の頃、回覧板を回すために隣の家に向かった時のことだった。Wさんの隣の家というのは、先に紹介したHさん姉妹の実家のことで、D坂の最も上に位置する家である。

黄昏時のD坂をWさんは一人で隣家へ向かった。歩いて五分もかからない距離だったし、まだ辺りは明るかったから、別に「怖い」とは思わなかった。Wさんはいつものように回覧板を届け、それから自宅に戻ろうとした。その時、若い女と擦れ違ったのだそうだ。

見覚えのない女だったが、Wさんは殊更に不審を抱くこともなく、隣家への来客だと思った。しかし、女と擦れ違う瞬間、突然、腕を摑まれた。Wさんが驚いていると、女はWさんの顔を繁々と見つめ、「違う」といったのだそうだ。

「その女の顔は、今でも覚えてますよ。肌が、こう、蠟人形みたいに真っ白で、虚《うつ》ろな目をしてて……」

それでも、Wさんはそれを幽霊だとは思わなかったそうだ。むしろ変質者か精神に異常をきたした人かと思った。怖くなったので、女の手を振りほどこうとすると、Wさんの腕は空を切った。

いつの間にか、女は消えていたのである。そこで初めてWさんは女がこの世の存在でないことを悟った。

何故この体験がWさんにとって印象に残っているかといえば、それまで目撃した幽霊らしきモノのほとんどが、坂の上から下りてくる黒いモノばかりだったからだそうだ。明瞭に女だと識別できる程の幽霊は、この体験が後にも先にも唯一のモノだった。

亡くなったWさんの祖父は、「D坂に幽霊が出るのは、ずっと昔に坂の向こうにあった集落が山崩れで滅んだからだ」と教えてくれたという。黒い幽霊は、その時に土砂に埋まった住民たちで、今でも時折坂を下りて助けを求めているというのだ。

　山崩れで滅んだ集落の話はAさんからも聞いていた。しかし、D坂の上に墓地を持っている住民たちの話では、D坂に出現するのは、昔あった投げ込み井戸に捨てられた無縁仏の霊であるという。つまり、D坂に住んでいる住民とそれ以外の住民では、怪異の原因の伝承が異なっているのである。この違いが気になったので、Wさんに投げ込み井戸について尋ねてみた。

「井戸があったって話は、祖父から聞いています。山菜を採りに行った時に、落ちそうになったって聞きました。ずっと昔はこの坂の上は峠になっていて、結構行き来もあったようです。っていっても、江戸時代とかそのくらい昔の話ですよ」

　以前紹介した飲食店のEさんの住んでいる辺りは、近世には宿場だったようだ。その頃にはD坂を上ったその先の集落を抜けると、会津《あいづ》方面へ至るような道があったのではないかとWさんは語る。ただ、Wさんの口からは投げ込み井戸が幽霊の出る原因だという話を聞くことはできなかった。

「山には滅多に登りませんからね。この近所にある家の墓場は——ほら、坂が始まる少し前の辺りの、田圃の中に墓場があるでしょ？　あそこにありますから」

　そうはいっても、実はWさんは子供の頃に、「探検」と称してD坂の上の墓地付近にたまに遊びに行っていたという。

「祖父さんも祖母《ばあ》さんも絶対に行くなっていってましたけどね……」

　大人に「行くな」といわれれば、ついつい行ってみたくなるのが子供の心理である。

Wさんは二つ年下の弟と一緒に、D坂の上に探検に出掛けた。「お化けを見つけよう」というのが探検の目的だった。

二人は墓地ではなく、更にその奥の林の中に分け入った。地面は軟らかく、土の臭いが鼻腔を刺激する。昼間でも薄暗い林の中は、足を踏み入れるだけでもスリルがあった。

林はある程度までは緩やかに下っているが、少し進むと斜面がきつくなる。辛うじて存在する獣道を足下に注意しながら進むと、半分土に埋まって傾いた石の地蔵を見つけた。

それも一つや二つではない。辺りには十数体の地蔵らしきものが、傾いていたり、倒れていたり、顔だけ出ていたりした。

Wさんは弟を呼んで、二人で手近な木の枝を使って、地蔵の周囲を掘ってみた。

「何となくそのお地蔵様たちが可哀そうになったんですよ」

二人でその作業に熱中していると、突然、「音が消えた」のだそうだ。

「それまでは蟬とか、鳥とか、そういう鳴き声がしていたわけです。別に意識するようなものでもないから、それまでは気にならなかったのに、それが急に聞こえなくなって、とても静かになった途端に気付きました」

Wさんは違和感を覚えながらも、地蔵を掘り起こそうとしていたが、弟が突然「帰ろう」といい出した。それはとても小さな声だった。見ると、かなり顔色が悪い。

「具合悪いんか？」

Wさんが尋ねると、弟は「気持ち悪い」という。それから「吐く」といって、本当にその場で嘔吐した。Wさんは弟の体調が心配になった。そして、弟を支えて斜面を上った。

帰宅すると、弟はすぐに縁側に横になった。井戸で手を洗ったWさんが、弟の額に手を当ててみると、どうも熱があるらしい。その時のWさんは、山の中の探検と弟の体調について因果関係を考えることはなかったという。「元々風邪でもひいていたのかな」と思ったそうだ。

その内、畑に出ていた祖母が戻ってきて、弟の姿を見て、すぐに蒲団を敷いてくれた。

弟の熱は次の日には下がった。しかし、回復した弟はWさんに次のようなことをいった。

「兄ちゃんとお地蔵さんを掘ってた時、急に気分が悪くなって、したら、俺らの周りに真っ黒い人たちがいた。ちょっと離れた木の陰から見てた」

それ以来、Wさんも弟もD坂の向こうに探検に行くことはやめたという。

＊

傘を叩く雨脚が強くなった。

昼食後、私はドロドロ坂上の共同墓地にいた。濡れた墓石からは苔の臭いが立ち込め、それが周りを囲繞《いにょう》する樹木の放つ香りと渾然一体となり、辺りにはむっとするような青い臭気が満ちている。

かつてこの墓地には投げ込み井戸があったという。今では考えられないことだが、行き倒れた旅人や牛馬をそこへ葬っていた。坂に現れる幽霊は、そんな無縁仏たちだと話す住民がいる。この場所で泥に塗れた人物を見たという話もあるし、自分の家の墓地がある人ですら、この場所を恐れている。

十三年前の私は、ここを怖いと思ったことはなかった。私自身が幽霊を見たことがなかったので、まるで実感がなかったのだ。信じていなかったわけではない。ただ、それは自分とは無関係な異界での出来事のように錯覚していた。

でも今は、少しだけ、怖い。

怪異がどうのではない。ここには、この土の下には、幾人もの人々の屍体が埋まっているのだ。投げ込み井戸云々の前に、ここは墓地である。昔は土葬の風習があったから、現在墓石が置かれている裏手にも、死者が埋葬されているという。大抵の家がそこにも竹筒を刺して、花を供えている。この場所は長い長い年月をかけて、死が堆積されている。骨が堆積されている。その重さが少しだけ怖いのだ。

私は並んだ墓石の前を通って、更に先へ進む。この向こうにかつてあった青沼《あおぬま》という集落は、寛政《かんせい》八年（一七九六年）になって土砂崩れが発生し、一夜にして滅んだという。これは口承による伝説ではなく、きちんと文献資料が残っているのだから間違いなく事実なのだろう。そして、坂区に住む住民だけが、その災害で死んだ人間の霊がドロドロ坂に現れると考えている。

斜面から身を乗り出して、下を覗き込む。連日の雨と気温の高さのせいか、青々とした羊歯《しだ》の葉が勢いよく茂っている。昨夜陣野が踏み込んだ場所も、今となってはわからない。もう少し雑草が短ければ、ここからでも幼い頃に若田が見た半ば埋もれた地蔵たちが見えるはずだった。十三年前、私自身もそれを確認したが、十数体もの石地蔵があちこちに投げ出され、欠け、埋もれている様は、何処か禍々《まがまが》しさを感じさせた。そもそも何のためにそんなにたくさんの地蔵が祀《まつ》られていたのだろうか？

調査していた頃は、現場の放つ異様な光景の衝撃が強くて、それ以上踏み込んで考えなかったが、今になって無性に気になる。それに、集落が滅んだ原因が何らかの祟りではないかと示す文献も残っている。少なくとも当時の住民には、単なる災害ではなく祟りの結果だと考えられていたのだ。それでは、一体何が祟っていたのだろうか？　それと地蔵たちは関係しているのだろうか？　あの時、図書館、郷土資料館、近隣の寺社など徹底的に資料を探したものの、祟りの具体的な主体を示すものを発見することはできなかった。

ただ、気になることはある。

地蔵たちが埋もれている場所から十メートル程度行ったところに、小さな沼があるらしい。「らしい」というのは、私は実際に目にしたことがないためである。何故なら、望月家、若田家、矢吹家、それぞれの家族から「絶対に行くな」と強くいわれたからだ。話によれば、黒く濁《にご》った水で、魚も、蛙も、虫すらもいない、寂寞《せきばく》とした沼だそうだ。沼を訪れた者は病に冒されたり、精神に異常をきたしたりしたという。その沼こそ、青沼集落の中心にあったと思われる沼である。

如何《いか》にもなエピソードだが、これは単なる噂ではない。むしろ軽々しく口にすることも禁じられているようだ。沼を訪れ、災厄に見舞われた人間は、それぞれ明瞭に名前も住所もわかっている。即《すなわ》ち、個人情報が特定できるのだ。その子孫たちは現在も淵窪に住んでいるので、非常に信憑性の高い事実だと思われる。

私は「D坂の怪談」を書くに当たって、沼に関する怪異は敢《あ》えて書かなかった。私が書くことで興味を持った人間が沼を訪れることを危惧したからだ。

本当に怖い話というのは、滅多に公《おおやけ》には語られないものだ。

それにしても、光輝の失踪は、坂や墓地で起こる怪異と関係があるのだろうか？

ドロドロ坂に現れるモノたちは決して友好的ではない。しかし、子供を攫うという話は、これまで一度も聞いたことがない。唯一気がかりなのは、矢吹明子もいっていた誰かを捜し続ける女の霊である。あの霊が捜しているのは、恐らく子供だと思う（それは「D坂の怪談」にも書いた）。しかし、私はあの霊が捜している人物を知っている。それは光輝ではない。

十和田いろはの事件はどうだろう。あの事件はどう見ても人間の起こしたもので、怪異とは思えない。ただ、幾つか不可解な点がある。まずは現場が密室だったことだ。公民館を密室にしたところで、得をする人間がいるとは思えない。むしろ容疑者の幅を狭めることにしかならないのではないか。

それから被害者が泥に塗れていたことだ。その上、公民館の広間も執拗に泥で汚されていた。あそこまで手間をかけて、犯人が現場を汚した理由は何だろう？　ドロドロ坂の怪談に関係があるよう見せるにしては、泥の調達は近くの田圃で済ませているし、その痕跡すら隠そうとしていない。まるで最初から「泥はここから取りました」といっているようなものだ。

結城警部たちのいうように、動機の面から考えるなら陣野真葛が最も怪しい。しかし、陣野にはアリバイがあって、十和田の屍体を加工することができない。

その時、私の右足がずるりと滑った。危うく前方に転びそうになったが、咄嗟に踏ん張って堪える。焦った。もう少しで下まで転落するところだった。

逃げるように斜面から離れて踵《きびす》を返す。

鴉がひと声、鳴いた。

その途端、まるで地虫が這うように、私の足下から一連の事件の真相が立ち上ってきた。

遠くで子供が泣く声が聞こえた気がした。

呻木叫子「D坂の怪談」5

F地区ではD坂という呼称は有名であるものの、実際に怪異を体験した住民はそう多くはない(本稿はその稀少な方々から伺った話に基づいている)。ほとんどの住民はそこに何かが出ることを知らないし、若い世代ではD坂という呼称すら知らない住民も多い。更に怪談が存在すると知っていても、「女の幽霊が走りながら坂を上る」とか、「黒い幽霊が集団で山から下りて来る」とか、「幽霊馬が走る」とか、非常に断片的な話が多く、その起源について、知っている住民となると更に少ない。

ただ、話者の方々の話を総合すると、次のような傾向が窺えた。D坂の上の共同墓地を利用している住民は、怪異の原因は投げ込み井戸に捨てられた死者だと解釈している。一方、D坂の並びに住んでいる三軒の家では、怪異の原因はかつて坂の向こうに存在し、災害で滅んだA集落だと伝承されている。

そこで私は黒河町の歴史について、町史や古文書を当たってみた。投げ込み井戸についての史料は残っていなかったものの、D坂の共同墓地に墓を持っている家々の中から、そこに存在した投げ込み井戸を実際に見たという人物に複数出会うことができた。

加えて、近世の史料の中にAという集落名を見つけることもできた。これは山から伐り出された材木を出荷する際の記録で、「宝暦《ほうれき》三年五月」という年代が記載されていた。

更にF地区（当時はF村であった）の村役人を務めていた人物の日記にも、Aという記述がしばしばあり、どうもそこには今でいう占い師か拝み屋のような存在がいたらしい。村で変事が起こった場合、A集落の「カミサマ」にお伺いを立てたと記されている。

寛政八年の庄屋の日記には、八月に山崩れが起こり、A集落が埋まってしまったことも記されていた。ただ、興味深いのは、この記述の脇に「祟りなり」と書かれていることだ。これらの史料だけでは断定はできないが、少なくとも日記の筆者はA集落で起こった災害を祟りによるものと認識していたのだ。それが何の祟りなのかは不明だが。

このように祟りが原因で集落が滅んでしまったという事例は、近世の随筆にも見受けられる。例えば、『諸国里人談《しょこくりじんだん》』には若狭国《わかさのくに》（現在の福井県西部）の話として、御浅明神《おせんみようじん》の使者である人魚を漁師が殺してしまい、大風と大地震が発生した挙句、地面が裂けて村ごとなくなってしまったというものが載っている。結びには「是明神の祟といへり」と書かれている。

さて、D坂で起こる怪異の原因を、投げ込み井戸の死者だと考えたり、かつて存在したA集落の死者に求めたりと、話者によって話が異なっている点について私見を述べておこう。私はそもそも怪異の原因として語られていたのは、A集落が災害で滅んだ話だったのではないかと思う。しかし、時が進む内に、A集落の存在そのものが多くの住民たちに忘れ去られてしまった。A集落のことを辛うじて語り伝えるのは、D坂の三軒の家々くらいである。その結果、実際住民たちが目にすることが多かった投げ込み井戸こそが、怪異の原因だと考えられるようになったのではないだろうか。

不思議な体験をした話者の目撃事例を参照すると、「黒いモノ」「黒っぽい幽霊」については山崩れの犠牲者を思わせる。

ただ、気になるのは、女の幽霊の存在である。本稿でもEさん、Kさん、Wさんが、女の幽霊を目撃していた。これらがすべて同一の幽霊なのかは判然としないが、その姿に幾つか共通点があるのは興味深い。

女の幽霊は他の幽霊と違って、泥のようなもので汚れていない。また現代的な衣服ではなく、着物に近い衣服を纏《まと》っている。そして、Eさん、Kさんが聞いた「いるかぁいるかぁ」という言葉やWさんが体験した「違う」という女の言葉から、女の幽霊は誰かを捜している可能性が高い。

これは私の解釈でしかないが、女の幽霊がわざわざWさんの腕を掴んで確認していることから、幽霊が捜しているのは自分の子供なのではないだろうか。そして、その子供はA集落で起きた山崩れに巻き込まれてしまったのではないだろうか。

＊

私が望月家へ戻ると、丁度結城警部と磯警部補が門から出てくるところだった。恐らく望月家での事情聴取が終わったのだろう。私はこれ幸いとばかりに、二人に話があると伝えた。

「何かわかりましたか?」

結城警部は相変わらず感情の読めない人工的な表情だ。ただ、口許には笑みらしきものを作ってはいる。

「はい。多分、全部」

私がそういうと、少しだけ眉を動かす。

「全部?　全部というのは?」

「望月光輝くんの失踪、そして、十和田いろはさんが誰に殺害され、どうして泥塗れになっていたのか」

「二つの事件は関連しているとおっしゃるんですか?」

「はい」

「密室の方も解けたのですか?」

磯警部補が茶化《ちゃか》すように訊いてくる。

「それは考えなくてもいい問題です」

「では、陣野さんのアリバイについては？」

「それも、考えなくてもいい問題です」

私がきっぱりそういうと、結城が「詳しく伺いましょうか」と身を乗り出した。

「その前に、大至急調べてほしいことがあります」

「何です？」

「上の墓地の先に、小さい沼があるはずです」

「話に聞いたことはあります」

と磯がいう。

「その沼を浚《さら》っていただきたいんです」

「それは構いませんが、一体何を捜すのです？」

「光輝くんです」


それから数時間後、沼の底から変わり果てた光輝が発見された。光輝の遺体は重しの入ったスーツケースに入れられ、沼に沈められていたのである。遺体は沼から上げられると、両親が確認するため共同墓地まで運ばれた。

我が子の遺体を前にしても、望月法子は取り乱すことはなかった。隣の大樹もぐっと唇を噛み締めて、ただ悲しみに耐えているようだった。支え合って立っている夫婦の姿は気丈でありながら、哀れだった。

遺体が搬出されたのを見届けて、法子は私の手を握った。

「見つけてくれて、ありがとう」

その手の冷たさと、か細い法子の声に、私は黙って頷くことしかできなかった。

望月家の人々が去ると、私は共同墓地の真ん中で、ロボット刑事と小坊主刑事から詳しい説明を求められた。

「どうしてあの子の遺体のある場所がわかったのです？」

磯警部補が尋ねる。

「それは、十和田さんの屍体が全身泥で汚されていたからです」

「まるで禅問答《ぜんもんどう》のようですね」

磯は苦笑した。

「失礼しました。それでは、順を追ってお話しします」

私は姿勢を正すと、二人の刑事に対峙した。

「先週の金曜日、自宅の庭で遊んでいたはずの望月光輝くんが忽然と姿を消しました。近所では特に不審者の目撃情報もなく、まるで神隠しのような状況でした。それもそのはずで、光輝くんは自宅の近所で事故に遭ったんだと思われます。恐らくは野良猫を追って道路に出た光輝くんは、そのまま近くにある民家の庭に入った。そして、誤って車に轢《ひ》かれて死亡してしまったのです。坂にある三軒の家は、昔から懇意《こんい》にしていましたから、光輝くんも普段から若田家や矢吹家へ出入りしていたものと思われます」

望月家に出入りする白い猫。あの猫こそ、光輝失踪の重要なポイントだった。

「確かに遺体の状態からは、自動車事故の痕跡が窺えましたね」

磯が同意する。

「犯人の所有する車に目立った凹《へこ》みなどがあれば、警察もすぐに気付いたかもしれません。しかし、犯人が光輝くんを轢いたのは、古い軽トラックでした。元々汚れや凹みがあったので、事故の痕跡は目立たなかった。その後、犯人は事故が明るみに出るのを恐れて、光輝くんの屍体を別の自家用車のトランクにでも隠したのでしょう。そして、警察や消防の捜索が終わったのを確認してから、あの沼に沈めたのです」

私はそこで一旦言葉を切った。

二人の刑事はメモを取りながら、熱心に頷いている。

「さて、その一週間後の夜、そこの斜面を下りたところで、陣野さんによって十和田さんが殺害されます。状況から考えると、突発的な犯行だったのではないかと思います。幸い周囲は暗く、人けもない。そこで陣野さんは、十和田さんが撮影中に誤って転倒し、頭を打ったように偽装したんだと思います」

「この下が殺害現場？」

結城警部が斜面の方を窺う。

「はい。陣野さんはその後、体の汚れや証拠を洗い落とすために、日帰り温泉を訪れます。そして、公民館に戻り、頃合いを見て私に連絡を寄越しました。これは一緒に斜面の下で十和田さんが亡くなっているのを発見させるためでした。しかし、実際に現場に行ってみると、十和田さんの屍体はない。陣野さんは相当焦ったと思います」

「では、被害者の遺体を公民館へ運んだのは誰です？」

結城警部が質問した。

「光輝くんを死なせてしまった犯人です。その人物は陣野さんが墓地やその奥を取材していた時点で、かなりびくびくしていたと思います。すぐ近くに光輝くんの屍体が遺棄してあるわけだし、もしかしたら自分が何か痕跡を残してしまっていて、陣野さんに気付かれてしまわないとも限らない」

「まあ、それはそうでしょうな」

「恐らくは時々こっそりと取材の様子を見に行っていたと思います。昨夜は特に写真撮影もありましたからね、心配になってここへやって来た。そして、十和田さんの屍体を見つけたのです。時間でいうと、陣野さんが温泉へ行っている間ですね。その人物はその場所で屍体が発見されるのは避けたかった。自分が光輝くんの屍体を遺棄した現場のすぐ近くですから、警察が捜査するような事態はどうしても回避したい。それで屍体と凶器である石を公民館へ移動させたのです」

「それは犯人の心理としては理解できます。しかし、あの泥は一体どういう意味が？」

「十和田さんの衣服についた土などを誤魔化すためです。もしも屍体が綺麗な状態だったなら、毛髪や衣服についた土壌サンプルが採取され、殺害現場がわかってしまいます。そうなればせっかく屍体を移動した意味がなくなってしまう。だから、十和田さんを泥で汚したのです。しかもその泥は現場が特定し易いように、わざと近隣の田圃の目立つ場所から取ってきた。そして、十和田さんだけが泥で覆われていると本来の目的が露見する可能性があるので、公民館の内部も泥で汚したのでしょう」

犯人が本当に汚したかったのは、十和田の屍体だけだった。公民館の床まで泥塗れにしたのは、あくまでカモフラージュのためだったのだ。

「もしかしたら、一度屍体を水洗いしている可能性もあります。濡れていても、あの泥ならわかりませんし。犯人はすべての処理を終えると、鍵を掛けてその場から立ち去りました。鍵を掛けることで、陣野さんが犯人だということを決定的なものにしたかったのだと思います」

「つまり、若田洋司が犯人だという結論で宜しいのですね？」

結城警部の言葉に、私は「はい」と頷いた。

自分から若田の名前を出すのは、どうしても憚《はばか》られた。何といっても若田洋司は私にとって恩人なのだ。たとえ友人の最愛の息子の生命を奪った人物だとしても、やはり犯人だと名指しするには抵抗がある。

「あの人が自分の犯罪を隠蔽するために行った工作が、結果的に陣野さんのアリバイを証明してしまったのです」

私の言葉に、磯警部補が「悪いことはできませんなぁ」と嘆息した。

その後、若田洋司と陣野真葛はそれぞれ犯行を認めたという。若田も陣野も元々は小心な性格だったのか、人を殺した罪悪感に耐え切れなかったようで、堰《せき》を切ったように供述を始めたらしい。

若田の軽トラックの後部には、目立たないものの事故の痕跡が発見された。また、シルバーの自家用車のトランクからも、微量ではあるものの、光輝の血液が採取された。

若田は光輝を死なせてしまったことを酷く後悔しているようだ。あの日、納屋から軽トラックをバックで出した時、庭で猫を捜していた光輝に気付かずに、轢いてしまったという。

「動かなくなった光ちゃんを見て、怖くなったんです」

若田は鼻を啜《すす》り上げながらそう供述したそうだ。

一方の陣野は、十和田から別れ話を切り出されて、かっとなって近くにあった石で殴ってしまったと供述している。二人は三年前から不倫関係にあったが、単にプライベートな関係だけではなく、陣野が十和田に仕事を紹介していたらしい。

「あいつが個展まで開けるようになったのは、俺のお陰なんですよ。それなのに……。あいつはね、恩知らずなんです」

十和田に対して、吐き捨てるようにそういう陣野に、取り調べをしていた結城警部は呆れたそうだ。ただ、十和田の屍体が公民館に移動していた件については、「本気でドロドロ坂の呪いかと思った」と述べているから、あの夜、陣野が相当怖い思いをしたことは想像できる。

それから、これは事件とは直接関係ないのだが、警察が沼を浚って光輝の屍体を捜索している最中、あるものが発見された。人骨である。沼の底から何点か、子供の骨と思われるものが回収されたのだ。但《ただ》し、どれもかなり古いものなので、事件性はないと判断されたらしく、それ以上調べられることはなかった。

こうしてドロドロ坂を舞台にした悲劇は、冷たい雨に洗われるように、静かに幕を下ろしたのである。

呻木叫子の公表されなかった原稿

最後に、私が現地調査中に体験した話を記しておこうと思う。

私がHさんの家に泊めて貰った時のことである。

その日はHさんの部屋で、日付が変わるまで酒を飲みながら話をしていた（この日は缶ビール三本だけだったので、それ程の酒量ではないと思う）。この時の話はD坂とは全く関係がないもので、怪談でもない。お互い恋愛や将来についてなど若者らしい他愛のない会話をだらだらと続けていた。

午前一時を回った頃、どちらからともなく「そろそろ寝ようか」ということになり、Hさんは自分のベッド、私はその横に蒲団を敷いて眠ることにした。その日の昼間は集落のあちこちを歩き回っていたので、随分疲れていたし、多少アルコールも入ったので、猛烈な睡魔に襲われてすぐに眠ってしまった。

ふっと目が覚めて、枕元の携帯電話で時間を確認すると午前三時だった。尿意を覚えてHさんの部屋のすぐ前にあるトイレで用を足して、再び蒲団に戻った時、外から声がした。

「いるかぁいるかぁ……」

か細い声であったが、確かに女の声だった。

私は「ああ、これがそうなのか」と妙に納得した。

その時、唐突にHさんが、がばっと起き上がった。私は自分が起こしてしまったのかと思って、そちらを見て謝ろうと思ったのだが、Hさんは目を閉じたままで、一言「いるよ」といって、またすぐに横になってしまった。

その「いるよ」というHさんの声が、いつもの彼女の声ではなく、幼い子供のような声だったのだ。

私は驚いたが、Hさんが寝惚けているのかと思い、またわざわざ彼女を起こすのも悪いと思って、そのまま寝ることにした。

耳を澄ましても、もう「いるかぁ」の声は聞こえなかった。

翌朝、Hさんに夜中のことを尋ねてみたが、「何も覚えてない」とのことだった。「え、あたし、そんなこといったの?」と逆にこちらに質問してくる始末である。

大学院を修了してから、私は実家のある栃木に戻り、Hさんも実家の周辺で就職した。直接会うことはなくなったものの、現在でもメールや電話でのやりとりは続いている。

先日、Hさんから「もうすぐ結婚するの」という連絡があった。

私はD坂にあの「いるかぁいるかぁ」という声が谺《こだま》するのを想像する。

今もHさんは「いるよ」と返事をするのだろうか。

Hさんの今後がとても心配だ。

*

再度私が福島県警の結城警部から連絡を貰ったのは、七月に入ってからのことだった。

その日、私はテレビ番組の撮影のために、埼玉県久喜《くき》市にある廃工場に来ていた。ここは地元でも有名な心霊スポットで、今日は夜中までロケを行うことになっている。

「若田洋司が死にました」

電話口の結城の声は重々しく響いた。

「え?」

「若田は送検後に体調を崩しまして、しばらく入院していたのですが、結局、今日の未明に息を引き取りました」

「何の病気だったんですか?」

「それが……よくわからんのです。直接の死因は心不全なのですが、それ以前から高熱を出しておりまして、医者には感染症の疑いもあるといわれていたのですが。ただ、死ぬ間際に、『子供が来る』と騒いでいたようです。何というか、被害者の祟りとでも考えるしかない状態で……」

否、それは光輝の祟りではない。

きっと、あの沼の祟りだ。

私はそれとなく次の質問をしてみた。

「光輝くんの捜索で沼に入られた捜査員の方たちの間で、何か妙なことって起こっていませんか？」

すると、結城警部は明らかに狼狽していった。

「ど、どうしてそれを……？」

責任を感じた私は、早めにお祓《はら》いをすることを勧めた。

祟りで滅んだ青沼という集落。その元凶は、もしかしたらあの沼にあるのかもしれない。その真相は、沼の底で発見されたという古い骨だけが知っているのだろうか。

冷凍メロンの怪談

わたしの友人に、呻木叫子《うめききょうこ》という怪談作家がいる。

もちろん、そんな珍妙な名が本名であるはずはなく、筆名なのだが、本名も梅木杏子《うめききょうこ》というので、響きは全く同じである。化粧も薄いし、服装も至って地味なので、見た目だけ取ればかなり凡庸な女性といえる。いや、もしかしたら、凡庸な女性よりも目立たないかもしれない。物腰も静かだし、奇矯《ききょう》な振る舞いをするわけでもない。しかし、自分のペンネームに呻木叫子なんてつけてしまうセンスの持ち主だ。尋常な精神構造をしているわけがない。

呻木叫子という作家の最大の特徴は、不可思議な現象に対する執念深さである。これはもう本当に病気みたいなもので、寝ても覚めても超常現象だの、幽霊だの、妖怪だののことばかり考えている。日常的な会話の八割はオカルトめいていて、だから、一緒に食事をしたり、飲みに行ったりすると、周囲からは奇異の視線を送られることになる。

同席したわたしは、彼女とは同類ではないというオーラを必死に出そうとするのだが、会話の流れからわたし自身も怪談染《じ》みたものを語る羽目に陥《おちい》ることもある。元より怖い話や不思議な話は嫌いではないから、やはり同じ穴の狢《むじな》だと思われても仕方がないかもしれない。

呻木にとって、怪談作家はきっと天職なのだろうと思う。自分の気の向くままに怪談を蒐集し、時には何度も現場に足を運び、関係者へインタビューを行う。その仕事振りは、しばしば警察官であるわたしよりも警察官のような時があって、「現場百遍」なんて言葉がさらりと出てしまうのだから、その点は見習うべきかもしれない。

そんな呻木の身に災いが降りかかったのは、七月の初めのことだった。

埼玉県にある廃工場で、深夜放送の心霊番組のロケをしていた時に、頭部に怪我を負って意識不明の重体となったのである。一応、事故と事件の両面から捜査されているという。

ネットニュースでそのことを知ったわたしは、慌てて埼玉県警の知り合いに連絡をした。

「ああ、あの事件か……」

知人によれば、担当ではないものの、被害者がそこそこ有名な作家だったため、事件の大まかな様相については耳に入っているという。わたしは被害者と友人関係であることを明かした上で、呻木が怪我をしたおおよその状況と彼女の入院先の病院を聞き出した。

呻木が怪我をした現場は、久喜《くき》市にある廃工場である。元々は玩具工場だったのだが、十年程前に閉鎖されたという。工場の経営者だった男性が、今でもその土地は所有している。

「近所じゃ有名な心霊スポットらしいぞ。不法侵入しようとした中学生や高校生が、よく補導されるらしい」

知人は鼻で笑いながらそういった。

呻木が参加した番組の制作会社は、土地の所有者に許可を貰って、まだ明るい時刻から撮影を開始し、日没後までの長い時間ロケをしていた。スタッフは少人数で、ディレクター兼カメラマンの女性が一人、ADの男性が二人だった。出演者は呻木叫子と女性アイドルが一人、そして、そのアイドルのマネージャーが現場に居合わせたそうだ。つまり、事件の関係者は被害者を含めて六人ということになる。

呻木が怪我をしたのは、深夜の撮影の時であった。暗視カメラの設置された場所で、呻木は心霊現象が起こるのを待っていた。すると、頭上から何かが落下した。呻木は不幸にもその落下物に当たって、負傷したわけである。

古い建物だから、二階の天井には穴が開いていたり、柱を固定するボルトが緩んでいたりしている。白鼻心《はくびしん》やら狸《たぬき》やらの野生動物も出入りしているらしいし、それこそ不法に侵入する若者もいるわけだから、二階からゴミの類《たぐい》が落下しても、不自然ではない。しかし、呻木の脳天を直撃したものは、意外なものだった。

「被害者の頭に落ちてきたのは、冷凍されたメロンだったそうだ」

それを聞いた刹那《せつな》、わたしは胃の底に厭《いや》なものが湧き上がるのを感じた。嘔吐感とも膨満感とも違う、甚《はなは》だ不快な感覚である。

知人は落ちてきたものがものだけに、単なる事故とは思えないというようなことを話している。そうか。こいつは埼玉県警だから知らないのか。

——都内で見つかった複数の変屍体の傍《かたわ》らに、冷凍メロンが置かれている。

——何処《どこ》からともなく冷凍メロンが降ってきて、不特定多数の人間を死に至らしめている。

荒唐無稽な話だが、警視庁の内部では、大変有名な都市伝説の一つだった。

しかも呻木叫子はその噂を調べている最中、奇禍《きか》に遭遇したのである。

「おい、高梨《たかなし》。高梨！　聞いてるのか？」

すぅっと現実感が希薄になって、電話の向こうでわたしの名を呼ぶ知人の声が、やけに遠くに感じられた。

呻木叫子の原稿1

伝染《うつ》る怪談というものがある。

その怪談を聞いた人間の身に、実際に怪異や災いが引き起こされるというもので、代表的な話に「カシマさん」がある。様々なバリエーションがあるので、詳述は控えるが、このカシマさんの話を聞くと、その後、話を聞いた本人の前にカシマさんなる霊的存在が実際に出現すると語られている。要は怪談が現実に浸蝕してくるわけだ。

これから紹介する話も、そんな伝染る怪談の一種かもしれない。

現役警察官のTは、私の学生時代からの友人で、現在でも時折飲みに行く仲だ。昔からやたらと不思議な現象に遭遇する質《たち》で、警察官になってからも、殺人現場や事故現場で怪異に襲われることがあるという。私はそれが聞きたくてしばしば彼を飲みに誘う。

Tとしてはプライベートなのだろうが、私としては取材も兼ねているので、半分以上は仕事モードであり、正直、リラックスして一緒の時間を過ごした記憶はない。といっても、オカルトに塗《まみ》れた会話は大いに盛り上がるので、私としては満足している。

これまでTから聞いた話は、私の著作の幾《いく》つかに掲載されているが、今回は少し毛色の違う話を聞いた。

それは警察内部に伝わる奇妙な噂である。

「二十年くらい前かららしいんだけど、時々、変な屍体が発見されるっていうんだ」

その屍体は殊更《ことさら》に変わったところもなく、損傷が激しいわけでもない。単に頭部に傷があったり、頭蓋骨が陥没していて、それが直接の死因だという。ただ、その傍らには、必ず被害者の血液が付着したメロンが落ちている。メロンは割れていることが多く、中から果肉も流れ出て、虫にたかられた様は屍体以上にグロテスクで、臭いも酷い。そのメロンを鑑識で調べてみると、中心部分が凍っている。更に詳しく調査していると、メロンは丸ごと一度冷凍されたことが判明するのだそうだ。

「見ようによっては、冷凍されたメロンが空から降ってきて、被害者に当たったとしか思えない現場なわけだよ」

屍体は人けのない河川敷で見つかることもあれば、オフィス街や住宅街で発見されることもある。ほとんどが都内であるが、稀に関東近郊の他県でも発見されたと噂され、その犠牲者の数は二十人とも三十人ともいわれている。

冷凍メロンが降ってきて、不特定多数の人間を死に至らしめている。かなり馬鹿馬鹿しい話だが、世界にはファフロツキーズ（Fafrotskies：Falls from the skies）と呼ばれる現象が存在し、代表的な事例としては、空から大量の魚や蛙《かえる》が降るというものがある。これらは、アメリカの作家で超常現象研究の先駆者であるチャールズ・フォートが紹介しており、一般にも広く知られている。魚や蛙の他にも、これまでに石、氷塊、血のような液体、食肉の細切れ、鳥など多様な事例が確認され、日本でも幕末の民衆運動「ええじゃないか」の契機となった神社の神符等が降ったというのが、これに含まれる。

従って、冷凍メロンが空から降ってくるという話自体は、世界的に見ればあながち突飛とはいえない。この話の不可解さは別のところにある。

警察では当初、事件性を疑って捜査が行われた。当たり前といえば当たり前だが、捜査本部は同一犯による連続殺人事件の可能性を考えたのだ。捜査上重要な証拠となるので、現場にメロンが残されていたことは秘密にされた。マスコミ関係者にも、事件関係者にも、厳重に箝口《かんこう》令《れい》を敷いたらしい。というのも、捜査本部は模倣犯が現れるのを危惧したからだ。

「事件が他殺だとしたら、一刻も早く被疑者を確保しなくちゃならない。でも、これだけふざけた手口だと情報が漏れたらマネする奴やら、自分が犯人だと名乗り出てくる奴やら、わけのわからない奴らがたくさん出てくるかもしれない。現場が混乱しないよう、メロンのことを秘密にするのはどうしても必要な措置なわけだ」

しかし、人の口に戸は立てられない。事件の関係者の中には、うっかり他人にメロンのことを漏らしてしまう者が出ることがある。すると……。

「今度はそいつが犠牲者になる。つまりは、現場にメロンが落ちていたって話を他人に漏らした人物が、遺体となって見つかるんだ」

昨今はSNSの普及で、個人が軽率に情報を発信し、それが瞬《また》く間に拡散する環境にある。だから冷凍メロンについても軽い気持ちで偶然撮影した写真などをネット上にアップしてしまう人がいる。

「だからさ、ここ数年で被害者の数がぐっと増えているみたいなんだ。前はそれこそ一年に一人いるかいないかだったのに、今は年間で五、六人死んでるって噂もある」

「でも、噂でしょ?」

私がそういうと、Tは「まあな」といって苦笑した。

「噂じゃなかったら、大事件じゃんか」

翌日、私はインターネットで「冷凍メロン」を検索してみた。ほとんどは「メロンは冷凍できる」というお役立ち情報的な内容で、メロンをカットして冷凍庫で保存する方法を指南するものであった。画像や動画で検索してもジューシーで美味しそうなメロンを映したものしか見当たらず、結局、Tが話してくれた変死事件に関する投稿や書き込みを見つけることはできなかった。

そこで、今度はTとは別の警察関係の友人知人にも連絡をとってみた。

かつて私は警察関係者から怪談を蒐集するために、Tから現職の警察官を何人か紹介して貰ったことがある。それ以降も数人とは付き合いが続いており、今も時折取材させて貰っている。Tの性格からして作り話をするとは思えなかったが、念のため他の警察関係者の話も聞いておきたかった。冷凍メロンについて尋ねると、皆、その噂については知っていた。

「都市伝説の類だよ」

そういって一笑に付したのは、Aさんである。

彼女はTの同僚で、多少霊感めいたものがあるらしく、殺人現場で妙なものを目撃したり、事件の渦中で被害者の霊に遭遇したりした経験の持ち主だ。普段は神妙な顔で怪談を語るのだが、こと冷凍メロンに関しては、完全に信じていないようだった。

「空からメロンが降ってくるなんて、ファンタジーじゃあるまいし」

私がファフロツキーズについて教えると、逆に興味深そうに話を聞いていたのが印象的だった。

対して、鑑識課に所属するRさんは、冷凍メロンの件を信じているだけではなく、極秘の捜査本部まで存在すると主張する。

「捜査本部っていっても大きなものじゃなくて、今でも未解決事件としてある班が担当してるって話だよ」

Rさんが先輩から聞いた話では、先輩の上司が現場から見つかったメロンを回収して、報告書を提出したことがあるという。先輩のそのまた上司という、都市伝説で有り勝ちな友達の友達みたいに面識がない繋がりなので、客観的な信憑性は疑わしいものの、Rさん自身は冷凍メロンの存在を現実のものと考えているようだ。

このように、人によって温度差はあるものの、結局、冷凍メロンの噂自体は存在していることは確認できた。


私が再びTと会ったのは、冷凍メロンの話を聞いてからおよそ三か月が経過した日曜日のことだった。

Tから「ちょっと相談がある」といわれ、「何処かいい場所はないか?」と問われた。

その日、私は神保町《じんぼうちょう》の古書店街で資料を物色する予定だったので、大型書店の地下にある洋食屋で待ち合わせることにした。

普段は無駄に声がでかいTが、会って早々「ここだけの話だけどな……」と声を潜《ひそ》めたので、これは只事《ただごと》ではないと直感的に悟った。

Tの話は次のようなものだった。

四日前、Tは上司のN警部と一緒に現場を訪れた。捜査の関係上詳しい場所は書けないが、私鉄沿線のマンションが立ち並ぶ一角だった。時刻は午前五時を過ぎたところで、既に所轄の捜査員たちが現場で作業を行っていたという。

高層マンションに面した路上に、若い女性の屍体が横たわっていた。頭部から夥《おびただ》しい量の血が流れ出し、アスファルトの上を濡らしている。ぱっと見では所轄だけで対応できそうな現場だった。だが……。

「その側にな……あったんだ、メロンが」

冷凍メロンの噂を知っていたTは、信じられない面持ちで路上の割れたメロンを眺めた。

思わずN警部に、「これってあのメロンですか？」と尋ねてみたが、あっさり無視されたらしい。

「他の刑事たちも、鑑識の連中も、誰もメロンについては触れないんだ。もちろん、ちゃんと遺留品として調べてはいる。でも、明らかにその場所にあるのが異質なのに、誰もそこには突っ込まないんだな。多分、俺が知らなかっただけで、現場ではメロンについて軽々しく話さないのが、暗黙のルールになってるみたいだった」

所持品から女性の身許はすぐにわかった。近くに住む会社員で、現場となった道は被害者の通勤ルートであった。そして、後で判明したことだが、被害者は友人との飲み会の席で、かつて自分が変屍体を発見した時に、側にメロンが落ちていたという話をしていたというのだ。

「俺はあくまで噂だって思ってたから、ホントびっくりしちゃってよ」

私も矢庭《やにわ》には信じられなかった。しかし、明らかにTの様子は平素のそれとは違っているし、状況の説明にしてもかなり微に入り細を穿《うが》つもので、嘘を吐《つ》いているとは思えなかった。

「あのさ、冷凍メロンの話が噂じゃなくって本当のことだったら、過去にも同じような事件が実際に起こっているわけだよね？」

私が確認するとTは頷く。

「まあ、そうなるわな」

「だとしたら、捜査本部が立っていうか、少なくとも担当の捜査員がいるわけでしょ？」

鑑識のRさんの話が俄然《がぜん》真実味を帯びてくる。

「そのはずだ」

「それって、わかる？」

すると、Tは腕を組んで、背もたれに寄りかかった。

「わかる……んじゃないかな。別に秘密ってことはないだろうし」

「あのさ、それとなく探ってみてよ」

「探るって、俺が？」

「そう。だって気になるでしょ？」

「そりゃあ、まあ」

「まずはさ、一番古い事件の記録を調べて。本当はいつから冷凍メロンの事件は始まっているのか、それが知りたい」

「わかった。まあ、やれるだけのことはやってみる」

Tは余り乗り気ではない様子だったが、私は大いにこの事件について興味を持ち始めていた。

＊

呻木叫子は埼玉県内の病院に入院して、家族以外は面会ができないとのことだった。一応、病院を訪れたわたしは、呻木の家族に見舞いの品だけ渡した。家族の話では、脳に損傷はなかったようで、じきに意識を取り戻すだろうと医者にいわれたそうだ。それを聞いて、わたしも安堵した。

次に、呻木が怪我を負った際の具体的な状況が知りたくて、事件当日に番組を収録していた神田の映像制作会社に赴《おもむ》いた。

古い雑居ビルの二階に入っている「白骨庵《しらほねあん》」という有限会社で、想像していたよりもずっと小さいものだった。事務所にいる人間は少ないのだが、機材やら資料やらが所狭しと並べられていて、静寂なのに賑やかな印象を受ける。目立つ場所に映画やテレビ番組のポスターが貼られているが、どれもわたしの知らないものばかりだった。

わたしはパーティションで仕切られた応接スペースに通された。幸いこの空間だけは整理整頓されていて、安堵の息を吐いた。ソファの傍らには観葉植物も置かれている。

番組の担当ディレクターの女性は、鰐口《わにぐち》と名乗った。二十代後半から三十代前半だろうか。不自然なくらいの厚化粧なので、年齢が摑み難《にく》い。薄手の赤いパーカーにジーンズ、NASAのロゴが入ったピンクのキャップという夏を全く感じさせないファッションである。キャップから僅かに覗く頭髪は、金髪であった。

わたしは捜査員ではなく、呻木叫子の友人として当日の状況が知りたい旨を伝えた。すると、鰐口も「呻木さんは大学時代の先輩なんすよ」と軽い口調で応じた。そういえば以前呻木が、知り合いに映像関係の仕事をしている人間がいるというようなことをいっていたのを思い出す。

あれが鰐口のことだったらしい。更に話を聞くと、先月呻木が愛媛で殺人事件に巻き込まれた際も同行していたという。

「なんか最近、呻木さん踏んだり蹴ったりな目に遭ってますよねぇ」

呻木叫子が共通の友人であると知ると、鰐口は砕けた口調で事件の経緯を説明してくれた。

「そもそもあの番組は、アイドルグループのプロモーション企画の一環だったんす。高梨さんはギャラクシー・ファントムって五人組知ってますか？」

「いいえ」

「でしょうねぇ。まあ、知る人ぞ知るオカルト系アイドルグループっす」

「オカルト系？」

「そう。メンバーの一人一人がUFOだの、UMAだの、心霊だのに特化した知識を持っていて、歌う曲もそういうオカルトっぽい要素がてんこ盛りのグループなんす。オカルト雑誌の『モー』にも連載してて、その方面では知られてるんすけど、一般の知名度は極端に低い。それで、BSの深夜放送の枠で、彼女たちのプロモ企画として始まったのが、『ギャラクシー・ファントムのギャラギャラ・ファンファン』っていう無駄に長い名前の番組なんす。ちなみに題名考えたのはあたしじゃないっすからね」

事件が起こった当日、最初に現場を訪れたのは、鰐口と男性ADの鮫島《さめじま》と辰野《たつの》の二人であった。三人は午後三時に廃工場へ到着し、工場の外観や内部の撮影をひと通り行った。

「現場に行ったのは、それが最初なんですか？」

わたしが尋ねると、鰐口は「いえいえ」と首を振る。

「事前にロケハンはしてます。一週間前に、あたしと呻木さんの二人で現場に行きました。あと土地の所有者の浅野《あさの》さんっておじいちゃんも同行してくれました」

「呻木も一緒だった？」

「あい。元々今回のロケに関しては、あたしがいい場所ないかなぁって呻木さんに相談したんす。そしたら、久喜の元おもちゃ工場はどうだろうって。呻木さん、自分の本であそこを舞台にした怪談を書いてるんすけど、その時、浅野さんと親しくなったみたいで。呻木さんの紹介だったら、撮影許可が下りるって話だったんす」

「具体的には、その工場ってどんな怪談があるんです？」

「まだ工場が潰れちゃう前から、死んだ従業員の幽霊が出るって話があったんす。あと、その従業員が死んだ場所で、突然悲鳴が谺《こだま》するとか。廃工場になってからは、子供の霊らしきものが出るって話もありますね」

思ったよりも色々な現象が起こる心霊スポットのようだ。

「呻木って前にも撮影に参加したことあるんですか？」

「あい。今回で三回目っすかね。ギャラファンの心霊担当の牛腸夏鈴《ごちょうかりん》ちゃんが出演する回は、だいたい呻木さんも出てるっす。まあ、これは呻木さんだけが特別ってわけじゃなくて、他のメンバーの撮影の時も、ＵＦＯの専門家とか、超古代文明の専門家とか呼んでますから」

そういって、鰐口は事件当日の出来事に話を戻した。

旧浅野玩具工場の敷地には、元来は事務所も併設されていたが、現在は解体されていて、工場だった建物しか残っていない。実は五年前に、事務所跡にホームレスが忍び込んで寝泊まりし、ボヤを出す騒ぎがあった。事務所自体は一部が焼けた程度だったが、安全面を考慮して、解体したという。

工場跡に残っているのは、東西に細長い長方形の建築物だ。入口は南西側にあるスライド式の二枚扉と裏口と呼ばれる北側のドアの二か所である。ただ、裏口は現在、鍵を掛けた上で、外側から板を打ち付けてあるので、全く使用できない。通常は二枚扉の方にも大きな南京錠《なんきんじょう》が掛けられているが、撮影当日は鍔口が浅野から鍵を借りていた（ちなみに、裏口の鍵は浅野から借りていない）。

大きな窓が南側と北側に並んでいるが、廃墟にしては珍しく、二枚を除いて窓ガラスは無事である。これは工場が住宅街に近いため、操業していた頃から防音効果の高い分厚いガラスを使用していたからだ。それでも南側の二枚は不届き者によって損傷を受けてしまったので、現在はベニヤ板で塞いでいる。すべての窓には防犯のために内側から鍵が掛かっているのはいうまでもない。

内部は既に機械を搬出してしまって、空《から》っぽに近い状態であった。不法侵入した若者が書いたらしき落書きや不法投棄されたゴミも僅かに見られたが、全体としては然程《さほど》荒れてはいない。浅野の話では、廃工場の扉やサッシが存外に堅牢なのに加えて、すぐ前の道が交番のパトロールルートになっているため、侵入したり、中で騒いだりしたりするのは、至難の業なのだという。

「あたしとしてはもっと廃墟感があった方が雰囲気出ると思ったんすけど、割と綺麗な場所なんすよねぇ」

工場の一部には二階があり、金属製の階段で上階に行ける。全体から見て東側の三分の一程度のスペースで、こちらも荷物は出してしまっているから、基本的に何もない。ただ、金属製の床は老朽化していて、所々《ところどころ》穴が開いている。

今回の撮影は、夜中の廃工場で怪談作家の呻木叫子とアイドルの牛腸夏鈴がロケを行うというもので、最初は二人一緒に行動して全体を見回るが、途中から「出る」といわれている場所にそれぞれがスタンバイし、暗視カメラの中で心霊現象が起こるのを待つという段取りだった。

呻木は二階へ至る階段の近くに陣取った。かつて従業員が二階から転落して亡くなった場所で、今でも悲鳴が聞こえることがあるという。

一方の牛腸は子供の霊がよく目撃されている入口に近い場所にスタンバイした。その周辺には何故か外部から幾つもの玩具が持ち込まれ、まるで子供の霊を供養しているかのような奇妙な光景を作り出していた。

「別にね、工場で子供が死んだ事実なんかないんすよ。近隣でも特に死んでないし。でも、廃工場に入ったことがある多くの人が、子供を見たっていうんすよね。実際、浅野さんも前に知らない子供を見かけて注意したら、目の前で消えたって体験してるらしいし。ネットでは『座敷わらしか？』なんて書かれてますけど、呻木さんは人形の霊じゃないかっていってましたね」

人形の霊というのは、一体どのような霊なのか気になったが、取り敢えず、事件当日の状況を聞こうと話を先に促《うなが》した。

午後五時半になって、呻木叫子から最寄り駅に到着したという連絡が入り、ADの鮫島が迎えに行っている。その三十分後、牛腸夏鈴がマネージャーの深見紳吾《ふかみしんご》の運転する車で現場に到着した。

一時間程度簡単な打ち合わせと段取りの確認を行い、呻木、牛腸、深見は待機、鰐口たちスタッフは機材の最終チェックを行った。

「工場の中には、全部で三つの暗視カメラをセットしました。呻木さん、夏鈴ちゃんがそれぞれスタンバイする場所に一つずつと、工場の中央辺り――丁度《ちょうど》裏口がある辺りっすね――そこに一つっす。この映像は工場の外に設置したモニターに映るようになっていました」

そして、周囲が暗闇に包まれた午後八時に撮影が開始された。

基本的に鰐口はディレクター兼カメラマンで、呻木と牛腸を撮影する。二人のADは傍らにいて、その補助を行う。深見紳吾は撮影の様子を確認しながらも、野次馬などが来ないように見張る役目をしていた。

「廃工場の前でオープニングを撮影して、次に中に入って撮影して、九時半くらいっすかね、一旦休憩にしました」

現場にADの辰野を残し、他のメンバーは歩いて十分程の場所にあるコンビニへ行った。ここでトイレを借りたり、飲み物や軽食を買って、現場に戻ったのが午後十時を少し過ぎた頃。

今度は特に「出る」という二か所に呻木叫子と牛腸夏鈴が陣取って、およそ三時間の撮影を行う予定だった。この時、入口の二枚扉は閉められ、中は完全な暗闇になる。一応、演者の二人にはLEDの懐中電灯は渡してあるものの、極力使用しないように伝えてある。

この間、鰐口たち三人のスタッフと深見は工場から出て、入口近くに設置したモニターの前で常時中を確認していた。

「具体的にはどのくらい入口から離れていたんですか？」

わたしが尋ねると、鰐口は「ほとんど入口の前っすよ」といった。

「部外者が中に入っちゃまずいっすからね、入口から二メートルくらい離れた場所にモニターを置いて、モニター越しに入口も見張れるようにしたんす」

撮影が開始され機材がきちんと動いているのを確認すると、鰐口は辰野に休憩を取るよう指示した。辰野は「コンビニに行く」といって、その場から離れる。

事件が起こったのは、そのおよそ二十分後、午後十時三十五分のことだ。

呻木叫子を捉えていたカメラの映像に、その瞬間が残っているというので、わたしは実際の映像を見せて貰った。

暗視カメラの映像ではあるが、かなり鮮明に周囲の様子は判別できた。

呻木は最初、パイプ椅子に座っていた。その内、立ち上がって、階段の周りを探ったり、上を見上げたり、うろうろと動き始めた。そして、唐突に、辺りにけたたましい悲鳴が響き渡った。

「え？」

それに驚いた呻木が足を止めた刹那、上から何かが落ちてくる。

丸いそれは呻木の頭部を直撃した。

呻木はその場でくずおれる。

友人が悲劇に見舞われる瞬間が、こうもはっきり残っているのは、かなり衝撃的だ。

「大丈夫っすか？」

映像を見ていたわたしに、鰐口が心配そうに声をかける。

「ええ、まあ。この悲鳴って呻木の声じゃないですよね？」

「あい。それ、モノホンの心霊現象っす」

鰐口は真顔でそういったが、わたしとしては半信半疑だった。こうした番組ではヤラセがつきものではないかと思ったからだ。ただ、その点についてはまた後で考えることにしよう。

「それで、映像を見ていた鰐口さんたちが、すぐに中に向かったんですよね？」

「あい。念のために鮫島をその場に残して、まだコンビニから戻ってない辰野に連絡させて、あたしと深見さんが中に入りました。中では夏鈴ちゃんが『さっきの悲鳴って何？』って青ざめた顔してて、あたしは呻木さんが事故に遭ったってだけ伝えて、三人一緒に工場の奥へ向かいました。呻木さんは仰向けに倒れていて、そのすぐ側には冷凍されて、かっちかちのメロンが落ちてたんす」

そして、鰐口は呻木が意識を失っているのを確認し、消防と警察に通報した。

「その時点で警察にも通報したんですね」

「だって、冷凍されたメロンが頭の上から降ってきたんすよ。これって事故って考えるよりも、誰かの仕業って考えるのが自然じゃないっすか？」

「まあ、そうでしょうね」

確かに、夏の廃墟の中に、冷凍メロンは自然には存在しないだろう。

「二階に誰かが隠れてるんじゃないかって思ったんで、すぐ調べたんすけど、誰もいませんでした」

口惜《くちお》しそうに鰐口はいう。

警察の調べでも、呻木の負傷の原因は紛《まぎ》れもなく冷凍メロンであり、廃工場の二階くらいの高さから落とされたものが直撃したためと証明されている。

撮影中、鎖《とざ》された廃工場の中で、何者かが呻木叫子の頭上に冷凍メロンを落とした。同じ空間にいる牛腸夏鈴はずっと暗視カメラで捉えられ、不審な行動はとっていない。入口には鰐口たちが見張っていたため、侵入者がいたはずもない。実際、廃工場内に設置されたカメラには、不審な人物は映っていない。更に、呻木が倒れて、鰐口たちが中に入ってから、救急車が到着するまで、廃工場から出た人物もいない。これは外で見張っていたADたちが証言している。

つまり、密室の中で、誰かが呻木叫子の頭上に冷凍メロンを落としたのだ。

密室と冷凍メロン……。

これではまるで、〝あの事件〟の再来ではないか。

わたしは肌が粟立《あわだ》つのを感じた。

呻木叫子の原稿2

Tが冷凍メロンに関する最初の事件を探り当てたのは、それから一週間もしない木曜日のことだった。存外に早かったので、私はTの調査能力を見直した。しかし、実際にTから事件について報告を受けると、肩透かしを食らったような心地になった。

その事件は、私も知っている比較的有名な未解決事件だったのである。

私とTは、私の自宅に近い焼き鳥屋で向かい合っていた。

炭火で肉が焦げる匂いと酔客たちの会話で騒然とした空間の中で、互いに生ビールのジョッキを傾けている。話の性質上、余り周囲には聞かれたくない。そこで静かな喫茶店よりも、騒騒しい焼き鳥屋を選んだのだ。

「九〇年代の終わりに、夏目龍子《なつめたつこ》って占い師が殺された事件があっただろ?」

「え? あの事件が冷凍メロンが出てくる最初の事件なの?」

「どうやらそうらしい」

それは、折しも時期が世紀末だったこと、加えて事件現場に悪魔の足跡と呼ばれる謎の痕跡が残っていたことから、随分とマスコミが騒ぎ立てた事件であった。

かつてイギリスでは〝悪魔の足跡〟と呼称される正体不明の足跡が発見される事例が複数あった。取り分け有名なのは一八五五年二月九日の朝、デボンシャーの南部の各町に現れたもので、この時はロバの蹄鉄《ていてつ》に似た二足歩行の足跡が雪の上に一列に続いていたという。この足跡は野原だけではなく、屋根の上に残っていたり、高い壁などを飛び越えたりしていて、悪魔のものだと騒がれたのだ。

Tが話に挙げた占い師殺人事件でも、現場の雪の上に奇妙な足跡らしきものが残っており、それが悪魔の足跡だとか、妖怪の足跡だとか、随分と騒がれた。世紀が変わってもちょいちょいオカルト雑誌などで取り扱われるので、私も事件の概要は知っていた。

事件が起こったのは、今からおよそ二十年前の一九九八年のことだ。場所は八王子市《はちおうじ》にある邸宅で、被害者はその家の住人の夏目龍子、四十二歳だった。夏目家の敷地には、母屋《おもや》と呼ばれる平屋の日本家屋と別館と呼ばれる二階建ての洋風建築が建っていた。そして、被害者の夏目龍子は個人を顧客とする占いを生業《なりわい》としていた。

「夏目龍子の遺体は、母屋にある書斎で発見された。死因は脳挫傷《のうざしょう》。後頭部を鈍器《どんき》のようなもので殴られていた。机に突っ伏すように倒れていて、その側の畳の上に被害者の血の付着したメロンが置かれていた。で、鑑識が調べると、そのメロンは凍っていたことが判明したらしい」

「え、でも、まさか凶器がメロンってことはないよね?」

夏目龍子の事件については幾つか記事を読んだが、そんな事実は目にしたことがない。

「凍っているとはいえ、さすがにメロンじゃ殴り殺せないだろう。凶器は金属製の花瓶で、これは書斎から見つかっている。その花瓶は母屋の奥の部屋にある祭壇に置かれていたもので、普段から花を飾るのに使っていたようだ。犯人は祭壇の前で花と中の水を捨てて、空になった花瓶を手に被害者を襲ったと思われる。現場にはこれといって争った形跡がないこと、被害者の持ち物になくなっているものがないことから、物盗りの犯行ではなくて、顔見知りの犯行だと考えられる。取り敢えず、事件の経緯をきちんと説明するぞ。知っていることもあるだろうが、なるべく端折らずに話すからな」

そういって、Tは夏目龍子殺害事件の詳細を話し始めた。

夏目龍子は一つ年上の夫である光彦《みつひこ》の他、三人の義理の娘、二人の弟子の七人で暮らしていた。三人の義理の娘は上から二十歳の瑞穂《みずほ》、十七歳の絵里奈《えりな》、十歳の愛《あい》で、全員両親を失って施設に預けられていたのを龍子が引き取ったという。但《ただ》し、この事件よりも前に長女の瑞穂は行方不明となっていて、捜索願も出されている。私は過去の週刊誌の記事で、龍子と三人の義理の娘たちが写った写真を見たことがある。わざとらしい笑顔で写った龍子を囲むように、長身で理知的な眼差しをした瑞穂、曲線的なフォルムでおっとりとした雰囲気の絵里奈、そして、実際の年齢よりも小柄で幼い顔立ちの愛が写っていた。

弟子は、一人が滑川《なめかわ》雨月《うげつ》という女性で、もう一人が螺良《つぶら》海人《かいと》という男性である。事件当時、滑川が三十二歳、螺良が二十八歳だった。

龍子自身は主に母屋で寝起きをし、残りの六人（瑞穂が行方不明となってからは五人）が別館で暮らしていたという。普通の感覚では大きい別館の方が母屋で、小さい母屋の方が離れのような気がするが、元々夏目家の敷地には母屋が先に建っていたらしい。後になって別館を建てたので、そのような呼称に落ち着いたという。

光彦は会社員で、自宅から職場まで自家用車で通勤していた。絵里奈と愛も近くの公立の学校に通学していた。行方不明になる前は、瑞穂も自宅から都内の私立大学に通っていたらしい。そして、龍子が母屋で占い業を行うのを、二人の弟子がサポートしていた。

龍子の顧客は有名人や政治家のような人物から、近所の主婦まで多岐に渡り、鑑定料も二十分で三千円と一般的なものであった。ただ、とにかく的中率が凄まじく、遠方からも客が訪れ、夏目家の敷地には常に何台もの車が停まり、待合室に使っていた座敷も、大いに賑わっていた。

「事件が起こったのは、一月の半ばの夜のことだ。その日は前の日から大雪が降って、気象台によれば八王子じゃ積雪三十センチにもなったって話だ」

その夜、別館ではちょっとした騒ぎが起こっていた。

時刻は夜の十一時半のことである。三女の愛が「怖い夢を見た」と騒ぎ出したのだ。まあ、十歳の少女ならよくあるような出来事だと思うが、夏目家では特別な意味を持っていたらしい。

「真偽の程はわからんけど、その愛って子、霊感があったらしい。これまでにも事故を予知したり、幽霊を見たり、色々と不思議なことがあったようなんだ」

その日、愛が見た夢には悪魔が出た。一口に悪魔といっても、サタンとか、ベルゼブブとか、ベリアルとか、ブエルとか、色々な姿かたちがあるわけだが、警察の調書にはそこまで細かい記述はなかったようだ。

一人部屋で寝ていた愛は、恐怖の余り義姉の絵里奈を起こした。騒ぎを聞いて、まだ寝ていなかった光彦と二人の弟子も集まって、皆で一緒に愛の夢について議論したのである。その悪夢は単なる悪夢なのか、それとも何かの災厄が起こる前兆なのか、それを探ろうとしたわけだ。

そうこうするうち、午前零時になった。

毎晩、龍子は午前零時に軽い夜食を食べる習慣があった。二人の弟子のどちらかが、当番を決めて、毎日別館から母屋へ夜食を運んでいた。その夜は、本来ならば滑川の担当だったが、庭の雪が深いので、螺良が代わりに夜食を運ぶことになった。ちなみに、その申し出は螺良からのものだった。

螺良が夜食のサンドイッチを持って玄関を出ると、既に雪は止《や》んでいた。

母屋と別館の位置関係は、敷地の南側に母屋、西側に別館が建っている。螺良は玄関の灯りに照らされた積雪の上に、奇妙なものを発見した。

「降り積もった新雪の上に、丸い跡が点々とついていて、それが別館の玄関から母屋の玄関まで続いていたんだ」

どうやら実際に現場に残っていたのは、悪魔の足跡のような蹄鉄に似たものではないらしい。オカルト雑誌では、あたかもイギリスの悪魔の足跡の事例と類似しているかの如く書かれていたが、それはいい加減な情報だったようだ。

「まるでボールが跳ねたような跡でした」

螺良は警察の取り調べに対して、そう答えている。

疑問に思いつつも、螺良は母屋へ急いだ。この時、螺良は長靴を履いていたのだが、その丸い痕跡はできるだけ消さないように移動したという。愛の悪夢のことがあったので、何となくその痕跡が気になったのだそうだ。

足下の悪い中を母屋へ行くと、どうやら内側から鍵が掛かっているようで、玄関の戸が開かない。ただ、こうしたことはこれまでにもあったらしい。

夏目龍子は夜間、遠方からの手紙や電話での依頼に対応するため、遅くまで通信鑑定をしている。しかし、時には疲れて仮眠をとることがある。その場合は、当然、玄関に鍵を掛けてしまう。室内の様子を窺《うかが》うと、どうも電気は消えているようだから、その夜も螺良はもう龍子は眠ったのだと思ったそうだ。

「ねえ、母屋の玄関の戸ってどんな感じなの？」

「磨《す》りガラスが嵌まった引き戸で、枠は木製。鍵は内側からスクリュー錠を締めるタイプだな」

「えっと、じゃあ、外側からは鍵を掛けることはできない？」

「そういうこと」

「それって出掛ける時、不便じゃない？　誰か絶対に留守番してなきゃいけないってこと？」

「いや、母屋には裏口というか、勝手口があって、そっちは金属製の一般的なドアなんだ。ノブにサムターン錠がついているから、鍵も外から掛けられる。留守にする時はそっちを利用していたようだ」

玄関が開かないことを確認した螺良は、別館に戻ると、龍子がもう眠っていることを光彦と滑川に伝えた。その時もまだ家族は居間に集まって、愛の悪夢について話し合っていたらしい。結局、光彦が「絵里奈と愛は明日も学校だろう。早く寝なさい」といったのが、午前一時を少し回った頃で、一同はそれぞれ解散となった。

夏目龍子の屍体が発見されたのは、午前七時のことである。

六時半の朝食の時間になっても龍子が別館に現れない。七時になって、心配した光彦と螺良が母屋へ様子を見に行った。この時、庭に降り積もった雪は朝日に輝いていたが、別館と母屋の間には例の奇妙な丸い跡と夜の間に往復した螺良の足跡だけが残されていた。

「光彦と螺良が母屋へ行くと、玄関の鍵は開いていた。それで龍子が起きていると思って声をかけたが、返事がない。怪訝に思った二人は書斎で変わり果てた龍子を発見したってわけだ」

ここで母屋の間取りを簡単に説明しておこう。母屋は木造の平屋で、横に長い長方形をしている。正面から向かって左手が占いの鑑定などを行うスペース、右手がプライベートなスペースになっていた。

各々《おのおの》の空間をもう少し細かく見てみる。玄関を入って正面に、二間ぶち抜きの仏間がある。この部屋が占いに訪れた客の待合室として使われていた。向かって左手に縁側が続き、そちらには八畳の座敷がある。これが占いの鑑定に使われていた部屋だ。更にその奥には六畳の祭壇の間がある。一方、右手には短い廊下があって、突き当たりがトイレである。廊下を挟んだ仏間の隣が龍子の書斎で、ここが屍体の発見現場だった。書斎の右隣は、ダイニングキッチン、洗面所、風呂場がある。勝手口は家の裏手で、位置としては洗面所の脇になる。

「夏目光彦と螺良海人は、一緒に龍子の屍体を見つけたの？」
「二人はそう証言している。『もしかすると、通信鑑定の見直しをしているのかもしれないと思って、書斎に向かった』と調書に書いてあった」

　発見後、光彦と螺良は念のために、母屋に誰か潜んでいないか見回った。この時も万が一不審者が現れた時に対応するため、二人一緒に行動している。その結果、怪しい人物は発見できず、母屋のすべての窓のスクリュー錠は締まっていて、勝手口のサムターンも締まった状態だったらしい。

　警察への通報は光彦が行い、これが七時十八分と記録されている。

　現場からは、家族の指紋や顧客の指紋など多数の指紋が出たものの、肝心の凶器である花瓶からは指紋が拭われていた。書斎からは家族以外の指紋は検出されていないが、所々に指紋を拭き取ったような痕跡が発見されている。従って、現場の状況だけでは家族が犯人なのか、外部の人間が犯人なのか、断定することはできない。

　司法解剖の結果、龍子の死亡推定時刻は、午後八時から十時の二時間の間だと判明した。

　この時間、夏目光彦は居間でテレビを見ていたと証言している。滑川雨月と螺良海人は食堂で占いに関する勉強会を行っていた。居間と食堂は隣り合っており、光彦は弟子二人の声が漏れ聞こえてくるのを耳にしているし、滑川と螺良もテレビの音を聞いている。

　丁度九時になった時、滑川が珈琲を淹《い》れた。この時、光彦にも声をかけると、飲みたいというので、居間まで滑川が珈琲を運んだ。滑川が九時に珈琲を淹れたのは全くの偶然で、殊更に習慣になっていたわけではない。

絵里奈は八時から九時少し前まで一人で風呂に入り、その後は自室で連続ドラマを見ていたといっている。ドラマが終わった十時に一度トイレに行って、愛が騒ぎ出すまで眠っていたらしい。

愛は八時少し前に風呂から上がって、少しだけ読書をした後、眠ってしまったと証言している。そして、悪夢を見て目が覚め、隣の絵里奈の部屋に飛び込んだ。

「証言を鵜《う》呑《の》みにするなら、犯行時刻に完璧にアリバイがあるのは二人の弟子だけってことになる。八時から九時までの間、居間からはテレビの音がしていたが、その間、本当に居間に光彦がいたかどうかは、確認されていない。それから九時に滑川が珈琲を運んで以降も同様で、テレビの音で光彦の存在は確認されているが、実際に姿を見た者がいるわけじゃない。二人の義理の娘たちはずっと一人で行動していたから、当然アリバイはない」

つまり、犯行時刻に実際に龍子を殺害することができたのは、二人の弟子以外の光彦、絵里奈、愛の三人になる。ただ、二人の弟子が共犯で口裏を合わせている可能性もあるから、捜査本部は結局、この時間のアリバイには余り意味がないと判断したようだ。小学生の愛はともかく、他の四人については誰が犯人でもおかしくはない。捜査本部はそう考えた。

「けど、問題があったんだ」

龍子が亡くなった当日、降り続いていた雪は、午後九時の段階で止んでいる。現場には例の点々と続く丸い痕跡以外に、足跡らしきものはない。だとすると、犯行は午後八時から九時の間の一時間に行われたと考えるのが自然だ。

しかし、ここで問題なのは、螺良の証言である。午前零時の段階で、玄関には鍵が掛かっていた。これは内側からしか掛けることができないスクリュー錠である。この時、既に龍子は亡くなっているわけで、鍵を掛けたのは犯人だと思われる。更に捜査の結果、敷地内には母屋と別館の玄関を繋ぐ地点以外に、全く足跡がないことがわかった。勝手口の周辺は丁度屋敷林の陰になって、特に綺麗な新雪が保全されていた。

母屋の勝手口の鍵は、龍子の書斎から見つかっている。勝手口の鍵はこの一本しかない。以前はスペアがあったのだが、紛失したという。母屋を留守にする機会は滅多にないので、鍵は一本で事足りたらしい。従って、犯人と思しき人物は、玄関の鍵を掛けた後、何故《なぜ》か母屋に留まったと推測するしかなくなる。

「更にその後の犯人の足取りもよくわからない」

朝の時点で玄関の鍵は開いていた。状況から考えるなら、内側にいた犯人が鍵を開けて外に出たものと思われる。しかし、庭に残った足跡は、龍子の屍体発見時には前夜の螺良海人のものしかない。そうなると、犯人は足跡を残さずに母屋から消えたことになる。

「例えば、庭に残った丸い跡が夜の時点でなかったとしたら、犯人が何かの上に乗って、母屋から別館に移動した痕跡だったと考えられる。でも、状況は全く別で、夜中の時点で丸い点々があったわけだから、犯人は別館から母屋へ向かって丸い跡を残しつつ、雪の上を移動したことになる」

加えて、午前零時の時点で母屋に犯人が潜んでいたとしたら、その時、別館にいた夏目家の面々は悉《ことごと》く犯人から除外される。十一時半から一時までの間、夏目家の人々は愛の見た悪夢について喧喧囂囂《けんけんごうごう》と議論していたのだから。

夏目龍子殺害が悪魔の仕業と評されるのは、以上のような不可解な状況ゆえである。

＊

鰐口が話を通してくれたので、わたしはＡＤの鮫島と辰野にも直接話を聞くことができた。

応接セットに並んで座った鮫島と辰野は、どちらも身長が高いのだが、屈強な体軀の鮫島に対して、辰野は骸骨《がいこつ》のように痩せている。また、鮫島はスキンヘッドで、目が小さいのに対して、辰野はもじゃもじゃの蓬髪《ほうはつ》で、眼鏡の奥に大きな瞳が輝いている。二人とも黒いＴシャツにジーンズという服装は同じなのに（しかもＴシャツの柄は、会社のロゴに骸骨がデザインされた揃いのものだ）、全く異なった生物に見えた。

「呻木先生が怪我した時、自分は鰐口さんと深見さんと一緒にモニターでその瞬間を見ていました」

鮫島はその姿に似合った低く落ち着いた声だった。一音一音を明瞭に発音するので、非常に聞き取り易い声である。

「悲鳴が聞こえた後に、呻木先生の頭に何かが降ってきて、自分、びっくりしてしまって。でも、鰐口さんがすぐに入口に向かったんで、後に続こうとしたら、その場に残るように指示されました。あと、辰野にも連絡するようにって」

「それで、実際に辰野さんに連絡された」

「はい」

「辰野さんはその時は？」

わたしが尋ねると、辰野は大きな目を瞬かせる。

「僕はコンビニから帰る途中でした」

辰野はハスキーな声で答えた。

「具体的にはどの辺りにいたんです？」

「コンビニを出てすぐぐらいです。トイレを借りて、飲み物を買っただけなんで。鮫島から連絡を貰った後は、走って現場に戻りました。僕が着いた時は、鮫島が入口の前に立っていました」

「鮫島さんは、入口の前に待機している間、どちらを向いていたんですか？」

「そりゃあ、建物の方ですよ。やっぱり中の様子が心配でしたし」

「お二人が合流してからは、ずっと一緒だったんですね？」

この質問には辰野が答えた。

「えっと、鰐口さんから連絡があって、救急車の誘導をするようにいわれたんで、僕は道路の方に行きました」

といっても、現場となった廃工場の入口から道路までは十メートル程度の距離である。然程離れているわけではない。鮫島の視界にも、常に辰野の姿は入っていたという。

消防や警察が到着するまで、廃工場から出た人物はいないかと問うと、二人のADは共にそうした人物は目撃していないといった。

この事件の捜査本部がどう考えているのかはわからないが、わたしはこの時点で犯人は遠隔操作で呻木の頭に冷凍メロンを落としたのではないかと疑い始めた。そこで、事件が起こった瞬間ではなく、それ以前の準備や撮影について確認することにした。

「お二人とも廃工場の中の撮影では、呻木や牛腸夏鈴さんと一緒に行動していたんですよね？」

辰野が「はい」と返事をし、鮫島が次のように続ける。

「そうです。自分たちは常に鰐口さん、呻木先生、夏鈴ちゃんの三人と行動をしていました」

「撮影では二階にも上がりましたか？」

「ええ。昼間の撮影でも、夜の撮影でも、上がりました」

「その時、二階で何か妙なものを見かけませんでしたか？」

「妙なもの？」

「例えば、メロンとか」

「いや、それはないです。警察にも当日の映像は証拠として提出しましたけど、自分たちも何かないかと思って結構調べましたから。なあ」

鮫島の言葉に辰野も同意する。

「僕も映像はチェックしましたが、二階にも、一階にも、これといって妙なものは映っていませんでした」

ＡＤ二人の証言と映像という証拠を考えた場合、もしも犯人が遠隔操作で冷凍メロンを落とす装置を設置したとしたら、呻木と牛腸の一緒のシーンが終わって、二人が別々の場所でスタンバイをする間ということになる。鰐口の話では、この時、休憩時間ということで、辰野以外のメンバーはコンビニに移動したはずだ。

念のため、呻木と牛腸がそれぞれの場所にスタンバイする直前に現場に立ち入った人間はいるか尋ねたが、そのような者はいなかったという。

半ば諦めていたのだが、こちらも鰐口が根回ししてくれたおかげで、ギャラクシー・ファントムの牛腸夏鈴とマネージャーの深見紳吾から話を聞くことができた。場所は六本木のライブハウスである。

牛腸夏鈴はその日行われるライブのリハーサルの合間に、時間を割《さ》いてくれた。客席の最後列の椅子を借りて、わたしは牛腸と深見に話を聞くことができた。ステージでは他の四人のメンバーが振り付けの確認をしている。

最初にわたしは、鰐口に対して説明したように、警視庁の刑事としてではなく、あくまで呻木叫子の友人として話が聞きたいということを伝えた。

「刑事さんも、叫子姐《ねえ》さんのお友達なんですね」

牛腸夏鈴は、長い黒髪と色白の細面が古風な印象を与えた。手足はすらりと伸び、身長も一七〇センチと高い。既に二十歳になっているが、美女というよりも美少女という表現が似合う女性だ。わたしはアイドルとこんなに至近距離で会ったのは初めての経験だったので、その妖精のような容貌に素直に緊張した。

「牛腸さんは呻木とは親しかったんですか？」

「牛腸じゃなくて、夏鈴って呼んでくれません？」

「あ、えっと、じゃあ、夏鈴さんは呻木とは？」

「仲良くさせて貰ってました。月に一回はお食事に行って、私が仕入れた怪談を叫子姐さんにお話ししたり、叫子姐さんの取材先で起こった不思議な話を聞かせて貰ったりしてました」

牛腸の話を聞く限り、わたしと呻木の会う回数と同じくらいの頻度で会っていたようだ。だとすると、それなりに親しい関係だといえる。

「そういう時は呻木と二人？」

「えっと、メンバーが一緒の時もありますけど、だいたいは二人でした。叫子姐さん、いつも奢ってくれるから、別の人を誘うのも悪いし。あと、多分、叫子姐さんにとっては私と飲んだり食べたりするのも仕事の内っていうか、取材も兼ねてるんだと思っていたので」

「事務所も呻木先生と夏鈴との交友は把握していました」

深見紳吾はそういった。眼鏡を掛けた実直そうな男性で、年齢は三十代前半のようだ。半袖のワイシャツにスラックスというクールビズのビジネスマンのような服装である。

「ただ、呻木先生が夏鈴から聞いた話を原稿に書かれる場合は、一応、事務所で確認するという約束になっていました」

「呻木が怪我をした日のことについて伺いたいんですが、呻木と一緒に撮影している時に、何か変わったものを見たりしませんでしたか？」

「変わったものって、幽霊とかそういう？」

「いえいえ。そういうのではなくて、例えば、二階に上がった時に、機械のようなものとか、コンテナや箱とか、そういうものは見ませんでしたか？」

牛腸夏鈴は斜め上を見上げて思案してから、「いいえ」とこちらを向く。透明度の高い瞳から放たれる視線に、わたしはドキリとした。慌てて、次の質問をする。

「えっと、あの日、コンビニから帰ってきて撮影が再開された時、真っ直ぐ自分のスタンバイする場所に行ったんですか？」

「そうです。私の担当は入口から近い場所だったんで、そこで叫子姐さんとは別れました。後は奥から悲鳴が聞こえて、鰐口さんたちが入って来るまでそこにいました」

「夏鈴さんのいた場所からは、入口は見えましたか？」

「見える位置でした。でも、実際は暗かったから、よく見えませんでしたけど。あ、でも、誰かが出入りしたらすぐわかりますよ。あそこの扉、すっごく重いんです。だから、開け閉めする時、物凄い音がするんです」

牛腸夏鈴の話が本当ならば、やはり撮影中に廃工場内部に犯人が侵入できたとは思えない。

「深見さんは夜の撮影の間、モニターの前にいらっしゃったんですよね？」

「ええ、そうです」

「それで、呻木の頭にメロンが降ってから、鰐口さんと中に入られた」

「はい。あの時はまさかメロンだとは思っていませんでしたから、屋根か二階から何か大きなものが落ちたと思いました。それで、こういういい方はあれなんですが、呻木先生の安否というよりも、まず夏鈴が心配になりまして、それで急いで中へ向かいました」

中へ入った深見は、最初に牛腸の無事を確認する。そして、先を急ぐ鰐口に促され、三人一緒に呻木の許へ急いだ。

「呻木先生は椅子の側に横たわっていました。見たところ外傷らしきものはなくて、まるで眠っているようで——夏鈴が触ろうとしたんですが、鰐口さんに止められました。頭を打っているから、下手に動かさない方がいいって」

「あの時の鰐口さん怖かったぁ」

牛腸は「怖かった」といいながらも、表情に嫌悪や恐怖はない。

「鰐口さんっていっつも眠そうで適当だと思ってたのに、ああいう時に素早く判断できるなんて、ちょっと尊敬しちゃいました。私は倒れてる叫子姐さんを見て、ただただうろたえてるだけで、結局、何にもできなかったから」

「いや、それが普通の反応だと思いますよ」

わたしがフォローすると、深見もうんうんと頷く。

「恥ずかしながら、私も何をどうしたらいいかわからなくて、今回の鰐口さんの対応を見て、大変勉強になりました」

深見は堅苦しくそうまとめた。

この二人が犯行に関わっている可能性はないだろうか？　牛腸夏鈴の動きはすべて映像に残されている。廃工場の中で勝手に動き回ることはできないだろう。一方の深見紳吾は呻木と牛腸が一緒に撮影している間は、廃工場の外で野次馬などが入ってこないように見張っていた。休憩の間も大勢と行動しているし、その後の撮影ではずっとモニターの前にいた。もしも遠隔操作でメロンを落とす装置が使用されたとしても、彼には設置することはできないだろう。

わたしの心証としては、二人はシロである可能性が高い。

「それにしても、この暑い中、閉め切った場所で撮影って大変ですね」

「ええ。でも、カメラから見えない位置に、飲み物とか保冷剤とかは用意してあるんですよ。あと、使うことは滅多にないけど、携帯用のトイレとか。あの日は結構長く工場の中にいる予定だったから、私も叫子姐さんもいつもより多めに荷物を持ち込んでいましたね。汗を掻いた後には、メイクも自分で直さないといけないし」

牛腸夏鈴はそういって、天使のような微笑《ほほえ》みを見せた。彼女たちが撮影中に水を飲んだり、メイクを直したりする様子は、きっちりカメラで撮影されるものの、テレビで放送される際にはすべてカットされるという。

「いつもそういうハードなロケを？」

これには本人ではなくマネージャーの深見が答える。

「今はアイドル激戦の時代ですからね。ギャラファンはまだまだ知名度が低い。余り仕事を選んでいる余裕はないんです。でも、『ギャラギャラ・ファンファン』は毎週のレギュラー放送ですからね、宣伝効果は絶大です。それに、多少ハードでもメンバー全員を分散してロケをすることで、一人一人の負担は軽減しているつもりです」

「私としても、水着で際どいことやらされたり、バラエティーで体張るよりも、好きな分野でロケした方が楽しいですし」

牛腸の言葉に、嘘はないように思えた。

呻木叫子の原稿3

焼き鳥屋にはひっきりなしに客が訪れ、気付けば店内は満席だった。

Tは軟骨のお代わりを注文すると、ビールで口を湿らせて、夏目龍子殺害事件の説明を続けた。

「捜査本部ではまず、夜食を運んだ時に玄関に鍵が掛かっていたという螺良の証言を疑った。この証言さえなければ、犯人は雪の降る前に犯行を終えて逃走したか、或いは、雪の上に丸い痕跡を残して母屋に移動したかのどちらかに絞られるからだ」

螺良が午前零時の時点で母屋が密室であったと証言したのは、誰かを庇《かば》ってのことではないか？　実際のところ螺良は夜食を運んだ時点で夏目龍子の屍体を発見していて、犯人の心当たりもあったため、敢《あ》えて偽証を行ったのではないか？　螺良の証言があるせいで、その時間に別館に揃っていた夏目家の人々には犯行が不可能だということになっている。

「担当の刑事が執拗に螺良を取り調べたようだが、螺良は証言を変えなかった。それに他の家族たちも、螺良が外にいたのは精々《せいぜい》二、三分で、時間的に見ても屍体を確認してから戻ってきたとはとても思えないと証言した。次に捜査本部が着目したのは、失踪した長女の瑞穂だ。何らかの理由で姿を消していた瑞穂がこっそりと母屋へ帰ってきた。そして、龍子を殺害し、雪が止む前に逃走したというシナリオだ」

この場合、瑞穂は紛失したと思われる勝手口のスペアキーを持っていたことになる。可能性としてはあり得るのだが、やはり妙な点が残る。瑞穂が犯人だったとしたら、どうしてわざわざ玄関の鍵を締める必要があったのだろうか？　まだ雪は降り続いているわけで、わざわざ勝手口を使用しなくても、玄関から出ていけばいいではないか。

「そこで捜査本部は、瑞穂は遺体の発見を遅らせるために、玄関の鍵を締めたんじゃないかと考えた。そうすることで自分の逃走する時間を稼ごうとしたんじゃないかと」

「なるほど。それはわからなくもない。でもさ、そうなると、雪が止んだ後に誰が玄関の鍵を開けたの？」

「それは捜査本部でも議論になったみたいだ。ただ、とにかく瑞穂本人を確保してしまえば、後はどうにでもなると考えた。それで血眼《ちまなこ》になってその行方を捜したらしい。でも結局、瑞穂の痕跡も、瑞穂らしき女の目撃証言も、全く得られなかった。そもそもどうして瑞穂が失踪したのかもわからないし、龍子を殺害する動機も不明だ」

「それに、庭に残された悪魔の丸い足跡の意味もわからないしね」

「そうそう」

「あのさ、ちょっと気になるんだけど、現場にあったメロンって、犯人が持ち込んだってこと？」

「いや、実は母屋には書斎にあったメロン以外にも、かなりの数のメロンが置かれていたんだ。龍子のお客っていうか、信者みたいな人たちが、みんなメロンを持ってきていたって話で、祭壇の前にお供《そな》え物として置かれていた。現場にあったのも、その中の一つだ」

「龍子はメロンが好物だった？」

「まあ、好きは好きだったらしいけど、ほら、夏目龍子って漢字で書くと、真ん中に目と龍があるだろう？　それで龍子は『目龍《めろん》』をメロンにかけて、自分のロゴマークにしていたんだよ。一定期間は祭壇の前に置かれて、その後は別館の冷蔵庫に移されて、家族で食べていたみたいだ。それでも食べきれないものがあって、家の裏手に穴を掘って捨てていたらしい。まあ、勿《もっ》体《たい》ない話だけどな」

勿体ないとは思うが、毎日毎食メロンを食べるとなると、さすがにしんどいだろう。話を聞く限り、一日一個食べたくらいでは追いつかないように思える。

「夏目龍子とメロンの繋がりはわかった。あとね、さっきから祭壇っていうのが話に出てくるけどさ、龍子って何を祀《まつ》っていたの？」

「は？　そんなことが事件に関係あるの？」

「いや、これは怪談作家としての興味だよ。だって占い師って、別に何か信仰の対象がなくても仕事ができるでしょ？」

「いわれてみれば、そうかもな」

Tはそういったものの、調べた限り、龍子が何を信仰していたのかはわからないという。事件資料にも明確な記述はないらしい。

メロンの供物《くもつ》が並んだ祭壇に、一体何が祀られていたのか？　もしかして、それが現在まで続く冷凍メロンの噂と関係があるのではないか？　私は漠然とながらそんなことを考えていた。

「とにかく、これといった解決がないまま、夏目龍子殺害事件は宙ぶらりんの状態だった。で、三年が過ぎた時に、螺良海人が死んだ。そして、それが冷凍メロン第二の事件ってことになっている」

死亡した当時、既に螺良海人は夏目家からは出ていて、占いからも手を引いていた。螺良海人の屍体は、都内にある十二階建ての古い雑居ビルの駐車場で発見された。状況から見て、屋上からの飛び降り自殺のようだったが、その傍らには血の付いたメロンが置かれていた。そして、このメロンが警察関係者を悩ませることになる。

メロンには冷凍された痕跡が認められ、その上、全く損傷していなかったのである。もしも螺良がメロンを持ったまま飛び降りたのなら、メロンは割れるなり、潰れるなりしただろう。

また、飛び降りる前に螺良自身が駐車場にメロンを置いたとしたら、メロンのすぐ側に落ちるように計算して飛び降りなければならない。実験の結果、自分が落下する場所をコントロールして飛び降りるためには、当日の風の強さや向きをかなり考慮しなければならず、相当困難なことがわかった。捜査本部ですら砂袋を使った実験を十回以上繰り返して、やっと成功したという。

これらのことから、螺良以外の人物が螺良の死後に冷凍メロンを現場に置いた可能性が高いことがわかる。もちろん、夏目龍子の事件において冷凍メロンの存在は捜査上の秘密であり、厳格な箝口令が敷かれていた。

「螺良のポケットから直筆の遺書らしきものは見つかっている。一言『もうたえられない』と書かれたメモ用紙だった。この遺書から夏目龍子殺害事件の捜査本部からは、やはり螺良は事件に関与していたのではないかと疑いが持たれた。でも、まあ、具体的に螺良が何をしたのかは今でもわからないんだけどな」

夏目龍子の殺害において、螺良海人の果たした役割は、やはり午前零時の時点で母屋が密室であったと証言している点だろう。この証言によって、母屋にいなかった夏目家の関係者たちは容疑の圏外に出ることになる。

一方で、龍子の死亡推定時刻は午後八時から十時であり、最も遅い十時と考えても、零時までは二時間もある。もしも犯人が現場に残っていたとしたら、二時間も一体何をしていたのか？　そして、それは誰で、どうやって足跡を残さずに母屋から逃走することができたのか？

「冷凍メロンの事件って、現時点で何件起こってるの？」

「把握している限りでは、直近のものも入れて二十九件」

「え？　マジでそんなにあるの？」

「ああ。まあ、模倣犯の犯行があるかどうかはわからないが、この前俺が関わった事件も含めて二十九件だ」

「被害者の中に夏目家の関係者は？」

「夏目龍子と螺良海人の二人だけ。あとは螺良海人の遺体を発見した年寄りとか、雑誌の記者とか、会社員とか、夏目家との直接の関係はない。ただ、どの人物も何《いず》れかの事件の発見者や目撃者であることは確からしい。メロンの話を他人にしたかどうか確認の取れていない被害者もいるけどな」

「それぞれの死因は？　みんな撲殺されてたわけ？」

「う～ん、どの被害者も頭部に損傷はあるんだが、必ずしも撲殺ってわけじゃないみたいだ。ある被害者は階段から落ちて、あちこち骨折していた。致命傷は頭を強く打ったことなんだけどな。また、ある被害者は明らかに別の鈍器で殴られたような痕があった。だから、事故なのか、他殺なのか、或いは自殺なのか、一概には判断できない。でも、現場には必ず冷凍メロンがあるわけで、警察では一応の事件性は疑っている」

冷凍メロン事件のグラウンド・ゼロは、間違いなく夏目龍子の殺害なのだろう。更に螺良海人が死んだ。そこからは夏目家とは関係がない屍体の発見者や事件現場の目撃者たちが死んでいる。まるで冷凍メロンの呪いのような死の連鎖である。

しかし、事件の核心部分に夏目龍子の殺害があるとすれば、その真相が明らかになれば、連続する冷凍メロン事件の謎も解けるのではないか。龍子殺害事件と一連の冷凍メロン事件が緩やかに連鎖しているのならば、どちらの事件も犯人が共通している可能性がある。つまり、龍子を殺害した犯人が、以降の冷凍メロン事件も起こしているのではないだろうか。ただ、そうだとすると、何故犯人が冷凍メロンを使った事件を繰り返しているのか、犯行の動機についても考えなくてはならないだろう。

私は散漫になる思考を龍子殺害事件に集中することにした。

事件の奇妙な点は複数ある。一つ目は雪の上に残された丸い痕跡である。マスコミによって悪魔の足跡などと騒がれているが、実際には足跡というよりも丸いボールによってつけられた痕跡であったようだ。間隔はだいたい三十センチ程度で、建物と建物の間を繋ぐように点々と残されていた。それが別館から母屋へ向かってつけられたのか、母屋から別館へ向かってつけられたのかは今のところわからないが、事件に無関係とは思えない。恐らくは、犯人が雪の上を移動した痕跡なのではないかと考えられる。わざわざ丸い痕跡にしたのは、足跡を誤魔化すためだろう。

二つ目の奇妙な点は、午前零時の時点で母屋の玄関が閉まっていたことだ。Tの話では玄関のスクリュー錠は、糸などを使って外から締められるものではないという。窓に使われているのも同じスクリュー錠だから、玄関同様に外からは締められない。勝手口のドアも隙間はなく、こちらも外側から工作するのは不可能だ。それに、玄関の戸は朝にはきちんと開いている。午前零時から屍体の発見された午前七時の間に、犯人が再び鍵を開けたと考えるのが自然に思える。

素直に考えれば、やはり螺良海人が夜食を届けに行った時間、犯人は現場にいたのではないだろうか。ここが三つ目の奇妙な点だ。犯人は犯行後の二時間以上、母屋で何をしていたのだろうか？　そして、玄関を開けて現場から立ち去る際、どうやって雪の上に足跡を残さずに逃走することができたのだろうか？

夏目龍子の殺害された現場は、一見すると密室のようで、その実、かなり中途半端である。母屋から別館の間には、丸い痕跡が続いていた。これを雪が降り止んでから犯人が移動した跡だと考えることはできる。また、午前零時の時点では母屋は密室であったが、中に犯人が潜んでいたとするならば、そこに謎はない。これらの状況からすると、雪が止んだ時点で、犯人が別館から母屋へ移動し、そのまま母屋に立て籠もっていたと考えることは可能だ。

だが、午前七時に玄関の戸が開けられた後の犯人の逃走経路が不明であることから、母屋が一種の雪の密室と化してしまった。午前零時に玄関が開かなかったこと、丸い痕跡以外に犯人のものらしき足跡がなかったこと、午前七時に玄関の戸が施錠されていなかったこと、それぞれの要素が組み合わさった時、何とも不可解な密室殺人が成立してしまったのだ。

私がこうした点を挙げると、Tは「う～ん」と唸ってから、ハイボールを注文した。

「俺はそんなに細かいところにこだわらなくってもいいように思うんだよな」

「どういうこと？」

「当時の捜査本部が考えるように、犯人は夏目瑞穂なんだよ。瑞穂なら勝手口のスペアキーを持っていても不思議じゃない。雪が降り止む前に犯行を終えて、発見を遅らせるために玄関の鍵を締めて逃走した。何も不思議なことはないよ」

「さっきもいったけどさ、じゃあ、誰がもう一度玄関の鍵を開けたの？　瑞穂が逃走しちゃったら、ずっと玄関は閉まったままになっちゃうじゃない」

「螺良海人の証言が嘘だったんじゃねぇの？　午前零時に実際は鍵が掛かっていなかった。瑞穂と螺良が共犯だったって考えれば、何の矛盾もなくなる。案外、二人はできてたのかもしれないしな」

「謎の丸い跡は？」

「それはさ、事件と関係ないんじゃないか？　それこそお前が専門の怪談っていうか、超常現象っていうか、そういうのが起こっただけかもよ。ひょっとすると、愛の見た悪夢ってやつが、その丸い跡の元凶かもしれないぜ」

多分、Tは愛が悪夢を見たせいで、PK（サイコキネシス）——念力を発揮して、雪上に奇妙な痕跡を残したといいたいのだろう。一種のポルターガイスト現象だ。現職の刑事なのに、随分とオカルティックな解釈をするものだ。

「私はね、丸い跡って、メロンの跡だと思うんだ」

「は？　え？　メロンのお化けが別館から母屋へ行って、龍子を殺したってこと？　そりゃあ、幾ら何でも」

Tは笑っていたが、私の頭の中では雪の上をぴょんぴょんと跳ねながら母屋へ向かうメロンの姿が浮かんでいた。

もちろん、私だって本気で冷凍メロンが夏目龍子を殺したとは思っていない。しかし、その冷凍メロンこそが、事件の謎を解く鍵に思えてならなかった。

＊

まだ呻木叫子の意識は戻らないのだろうか？

捜査で事件現場に出ている時は仕事に集中できるのだが、今日のようにデスクワークが中心になると、どうしても呻木のことを考えてしまう。

斜め向かいの席では、同僚の津田《つだ》が欠伸《あくび》をしている。わたしの視線に気付くと、苦笑いして、「昨日、遅くてさぁ」と言い訳染みた発言をした。

あれからわたしなりに呻木叫子の事件について状況を整理してみた。

先ず、事件が起こった時に明瞭なアリバイがないのは、ADの辰野一人である。彼はその時間、コンビニから撮影現場へ戻る途中だったと証言している。防犯カメラに辰野がコンビニから出入りする姿は映っているものの、その後に彼を目撃した人物はいない。従って、自転車に乗ったりして時間を短縮させれば、事件の時刻に現場にいることは不可能ではない。但し、廃工場は唯一の入口が鎖され、その真ん前に三人の人間が陣取っていたのだから、巨大な密室にどのようにして入り込んだのかという謎は残る。容易に出入りができたとは到底思えない。

次に、その巨大な密室の内部にいた牛腸夏鈴だ。彼女に犯行は可能だろうか？　牛腸は一人の間、ずっと暗視カメラで撮影されている。その映像は外にいる鰐口、鮫島、深見の三人がチェックしているのだから、犯行のため動くのは不可能だろう。リアルタイムで映像が送信されているのだから、予め現場で自分が動いていない映像を撮影し、それをすり替えるというような手段も不可能だ。押収された映像に不審な点があれば、捜査本部が見逃すはずはない。

あるいは、犯人が撮影の前からこっそり現場に潜んでいたとしたらどうだろう。鰐口たちスタッフが到着してから撮影が始まるまで、実際に数時間以上のラグがある。撮影の準備中ならば、廃工場内に侵入すること自体は可能だ。しかし、問題は脱出経路である。呻木の頭に冷凍メロンが落下した直後、鰐口と深見が中へ入っている。そして、出入口の前には鮫島がいた。この状況で、犯人が外に出ることは不可能だ。そして、消防と警察が到着するまで状況は変わらなかったのだから、それ以降も犯人は現場から立ち去ることができない。

仮に捜査員に紛れて外に出たとしても、現場にはカメラが設置されたままで撮影を続けていたから、救急隊員や捜査員ではない人物が映っていたら、いつかは気付かれるだろう。そして、既に事件発生から一週間近く経過しているが、その方向から犯人が特定されたという情報は入ってこない。

これらの状況を踏まえると、やはり犯行には遠隔操作で冷凍メロンを落下させる装置のような仕掛けが使用されたと考えるのが妥当だろう。

では、誰ならそんなものを現場に仕掛けることができたのだろうか？

この問いには矢庭に答えられる。関係者で遠隔操作の装置を誰にも見られずに設置できるのは、辰野しかいない。鰐口や牛腸夏鈴など撮影に直接かかわった者たちが、休憩前の撮影で不審なものを見ていないというのだから、装置が設置されたのは、休憩以降である。そして、その時間に誰にも見咎められず自由に出入りできるのは、一人で留守番をしていた辰野であるのは明らかだ。

しかし、辰野を犯人とするには、大きな問題がある。事件発生時、辰野はモニターの前にいなかった。周辺をうろうろしていた呻木の頭上に冷凍メロンを命中させるのは、丁度いい立ち位置に移動した瞬間を狙わなければならない。これはモニターを確認していないとできないだろう。

或いは、そもそも遠隔操作装置がリアルタイムで操作するのではなく、タイマー式だったらどうだろうか。仕掛けそのものにドライアイスや氷の溶ける時間を利用すれば、犯行後に装置を回収する必要もない。この方法だとモニターを見る必要もないだろう。しかし、狭い範囲ながらも呻木が移動するのがわかっているのだから、確実性に欠ける。もしも、事件の瞬間に聞こえた悲鳴が作為的なものだったとしても、それで呻木の行動までも操ることはできないのではないだろうか。

それとも、呻木に命中してしまったのは偶然で、本当は冷凍メロンが天から降ってくるだけという仕掛けだったとしたら？　いやいや、それならそれで、犯行の動機がわからない。単なるドッキリのためだけに、冷凍メロンを降らすことはないだろう。そもそも警視庁内部に伝わる冷凍メロンの噂自体を知らなければ、ドッキリでそれを使用するという発想にはならないはずだ。やはり、犯人には呻木に対して危害を加える意思があったと考えた方が自然だ。

設置可能という点では辰野は怪しいのだが、実行と回収という点で、辰野が犯人である可能性は希薄になる。

では、モニターの前にいた鰐口、鮫島、深見はどうだろうか？　装置の設置については置いておくとして、三人には遠隔操作をするタイミングを計ることは可能だ。更に、鰐口と深見は事件後に現場に立ち入っているのだから、装置を回収する機会もある。

そこまで考えて、わたしは事件の真相が見えた気がした。

「そうか……」

思わず声が漏れる。

この事件は、辰野と鰐口の共犯なのだ。

動機の面から考えても、鰐口は呻木と個人的な付き合いがあったわけで、そこで何らかのトラブルが発生していても不思議ではない。金銭面での問題なのか、恋愛絡みなのかはわからないが、とにかく、鰐口には呻木に危害を加えたいと思う何かがあったとする。そして、計画を実行に移すのに、自分の部下である辰野に協力を求めたのではないだろうか。

遠隔装置の設置を辰野が行い、実際の犯行と装置の回収は鰐口が行う。これならば無理なく事件の状況を説明できる。二人が共犯になることで、辰野と鰐口はそれぞれ犯行が不可能であったというアリバイを確保することもできる。

真相に思い至ったわたしは、いても立ってもいられなくなった。

このことをすぐに捜査本部に伝えなくては。直接は無理でも、県警の知人を経由すれば何とかなるだろう。

わたしがそんなことを考えて焦っていると、私用のスマートフォンに着信があった。相手はなんと当の鰐口である。

わたしはデスクから立ち上がると、素早く人のいない場所に移動して、電話に出た。

「も、もしもし」

「あ、高梨さんっすか?」

「はい」

「今、電話大丈夫っすか?」

「ええ、はい、なんとか」

「今、呻木さんのお母さんから連絡がありまして、呻木さん、意識を取り戻したそうっす。それで、できれば早い内に高梨さんに会いたいっていってるみたいなんすけど」

「わたしにですか?」

「あい。まあ、お仕事もあると思うんであれですけど、可能ならできるだけ早く会いに行ってあげてください」

「わかりました」

「それじゃ、あたしはこれからすぐに病院へ行きますんで」

鰐口はそういって一方的に電話を切ってしまった。

わたしは追及すべき相手からの不意打ちを食らって、僅かな間呆然としていた。しかし、鰐口の電話口での声が蘇ると、矢庭に全身が痺《しび》れるような感覚に襲われた。

これからすぐに病院へ行く？

もしも鰐口が犯人だとしたら？

「呻木が危ない！」

わたしは直情的にそう判断すると、上司の許可も得ずに、呻木が入院する病院へ向かった。

呻木叫子の原稿4

夏目龍子が占いを始めた契機は、最初の結婚の失敗だったらしい。

八王子市出身の龍子は、短大を出て三年後の二十三歳で結婚した。相手は世田谷《せたがや》の地主の息子で、当時は玉の輿《たまのこし》として祝福されたようだ。その頃の龍子の写真を見たが、丸い愛嬌《あいきょう》のある顔立ちをしていて、少し目を伏せてはにかんでいた。幸せな自分が恥ずかしいとでもいいたげな表情で、後年のカリスマ性のある占い師の顔からは想像もつかない。

しかし、結婚生活は長くは続かなかった。配偶者の両親との同居生活に大きなストレスを感じ、二年半後に離婚。その後は、実家に戻ると、近所のスーパーにパートで勤務していたが、ある日を境に、神楽坂《かぐらざか》にいた占い師に弟子入りを果たす。そして、三年後に独立。町田《まちだ》市の商業施設の片隅で占い師として細々と鑑定していた。

三十一歳になった時、会社員の青沼《あおぬま》光彦と結婚する。光彦もまた二度目の結婚だった。この結婚が大きな転機となったようで、以降、龍子の占いの的中率は上がり、いつの間にか口コミで評判が広がって、売れっ子占い師となる。両親が相次いで亡くなったのを機に、実家に戻って、そこで占いの営業を始める。これが事件の起こった夏目家の母屋である。つまり、あの場所は龍子の生家だったわけだ。

営業が軌道に乗ると、龍子は別館を建て、弟子を迎えたり、孤児を引き取ったりするようになる。最初の弟子はIさんという女性だったようだが、事件の三年前に夏目家を出ている。それ以降の所在は不明だ。滑川雨月は二番弟子に当たる。Iさんと滑川は一緒に生活していた期間があるようだ。

夏目龍子の占いの方法は、主に周易《しゆうえき》、四柱推命《しちゆうすいめい》、九星気学《きゆうせいきがく》というオーソドックスなものだ。ただ、常連客にだけ提供していた特別コースだけは、やや特殊であった。

私はかつて龍子に占って貰った方たちから、直接話を聞くことができた。

Jさんは五十代の女性で、職業は俳優である。主にテレビや映画を中心に活動していて、有名な映画賞で主演女優賞にも選ばれている。具体的な作品名やJさんの特徴を書いてしまうと、すぐに本人が特定されてしまうので、個人情報に繋がる描写は控えたい。そのくらい有名な俳優だと思って貰っていいだろう。

夏目龍子は親しくしていた業界関係者から紹介されたという。最初は半信半疑で訪れたが、こちらが何の事情も話していないのに、占いの結果を見ただけでズバズバと色々なことを見抜かれた。その後、鑑定の結果もすべて的中した。

「それまで占いなんて人生相談の延長くらいにしか思っていなかったんです。でも、夏目先生の場合は、依頼人の相談すら聞かないんです。ただ、八卦《はっけ》の書かれたサイコロを振るだけ。それで出た結果のみをこちらに伝えるんですけど、全部心当たりがあるんです」

余りに不思議だったので、何度目かにJさんは「どうして何も聞かない内に、こちらの状況がわかるのですか?」と訊いてみた。

すると龍子は苦笑して、「私は何もわからないのよ」と答えた。

「私は出た結果を読んでるだけで、ホントいうと、あなたが具体的にどんなことを知りたいのかはわからないの。でも、わからなくても、会話が成立するでしょう? それが占いの面白いところ」

その言葉が真実だったのか否か、Jさんには判断がつかない。しかし、客の立場では占いの原理などどうでもいいことだ。結果が当たっていればそれでよい。

Jさんが龍子の許に通い出して数年後のことである。

その日の相談は、取り分け重要なものだった。仕事上のことで、ある大きな選択を迫られていたのだ。いつもならJさんは「仕事上のこと」とだけいって占うのだが、その日はどうしても龍子に悩みを聞いてほしかった。それで相談の詳細をきちんと説明した。

後で知ったことだが、常連の中には龍子の前で長時間相談内容を話す人は少なくないという。ただ、龍子は二十分三千円という時間制で営業している。龍子は無駄に鑑定時間が長くならないように、話をする必要がない客からは細かい情報は聞かず、占いの結果だけ伝えていたそうだ。このエピソードからは龍子が良心的な営業をしていたことが窺える。

「私の話を真剣に聞いてくれた先生は、『Jちゃん、そんなに大事な相談なら、特別なコースで占ってあげようか?』とおっしゃいました。私も特別コースについては噂で聞いていましたので、『是非、お願いします!』っていって」

料金は高額だったが、Jさんは迷わず特別コースでの鑑定を希望した。

すると、「それじゃあ、ちょっと待っていてね」といって、龍子は背後の襖《ふすま》を開けた。その先には白木で作られた立派な祭壇が置かれていた。両側を花で飾られ、周囲には供物のメロンが大量に置かれている。部屋中に甘い香りが漂い、Jさんは神秘的な心地になった。

残念ながら、Jさんが祭壇を見たのは、ほんの数秒なので、何が祀られていたのかはわからない。ただ、仏像や神像の類は見ていない。また、鏡のようなものでもなかったという。そして、祭壇の全体の雰囲気については、Jさんはこういっている。

「いい方はあれなんですけど、一番近いのはお葬式の時の祭壇かもしれないです」

龍子が祭壇の間に引っ込んでいる間、Jさんは一人で座敷にいた。すると、襖の向こうから、龍子以外の女性の声が聞こえてきた。

「最初はお弟子さんかなって思ったんです。でも、同じ時、待合室の方からお弟子さん――滑川さんでしたっけ？　あの人の声がしたので、多分、別人だと思います」

祭壇の間から漏れ聞こえる声は、途切れ途切れで、何をいっているのかまではわからなかった。そうした時間が五分から十分程度続いて、唐突に、龍子が戻ってきた。

「今、神様にお伺いを立ててきました」

そして、占いの結果をJさんに伝えた。

結果的に、そのお陰で、Jさんは現在の成功を手にしたという。

余程「奥の部屋に誰かいるんですか？」と訊きたかったが、龍子やその神様とやらの機嫌を損ねるのが怖くて、どうしても訊けなかった。

「後にも先にも特別コースを選んだのはその時だけだったけど、あの声は今でも耳に残っています。まだ若い女の子の声でした」

六十代の会社経営者のWさんは、現在の会社を設立する際、夏目龍子の助言が大いに役立ったという。品川《しながわ》に住むWさんは、恰幅《かっぷく》の良い紳士で、一見すると癒し系だ。穏やかな物腰は人を安心させる。しかし、常に新しいビジネスに挑戦する野心家でもあって、その瞳は少年のようにキラキラと輝いている。

「夏目先生には本当に感謝しています。あの時、先生が背中を押してくれたお陰で、今の自分があるんだと思っています」

夏目龍子のことを語る時、Wさんは心から尊敬するような口調になった。今でも龍子の命日には墓参りをするということだから、かなりの心酔振りが窺える。私も占いは信じる方だが、特定の占い師に入れ込んだことはない。だから、Wさんのような人物の心情は、想像はできるものの、共感することは難しい。

Wさんはかなり現実的な問題で、夏目龍子を頼っていた。従業員を雇用した際も、その人事については龍子の助言が大いに役立った。Wさんによれば、龍子は従業員たちの生年月日を知ることで、その人間が木、火、土、金、水の五行のどのタイプの人間かを探り、その人間の能力に応じた適材適所をアドバイスしたという。恐らくは納音《なっちん》占いと呼ばれるものだ。これは十干十二支《かんじゅうにし》によって三十種類の納音と呼ばれるカテゴリーを算定し、その運勢や性格を占うというもので、江戸時代の『大雑書《おおざっしょ》』という占い百科のような本にも記述がある。

Wさんは仕事上の極めて重要な決定を迫られた時、特別コースを利用した。

龍子が奥の祭壇の間に下がっている間、Wさんも龍子以外の女性の声が襖越しに聞こえてくるのに気付いた。

「どんなことを喋っているのかはよくわからないんですけど、時々、聞き取れる単語もあったんで、日本語だったのは確かです。多分、先生よりもずっと若い女性の声だったと思います」

Wさんは霊媒のような人物が奥にいたのだと思っていた。

「先生が若いお弟子さんに霊というか、神様みたいなものを乗り移らせて、その人が喋ってるのだと思っていました。シャーマンみたいな感じです」

ただ、Wさんは祭壇の間に、夏目龍子以外の人物の姿を見たことがなかった。

声の主について気にならなかったといえば嘘になる。しかし……。

「直接、先生に『奥に誰かいるんですか?』なんて、畏《おそ》れ多くて訊けませんよ」

Wさんは顎の下の肉を震わせてそういった。

「でもね、今は祭壇の間には本当に神様がいたんじゃないかって、そう思っています」

そういって恍惚の表情を浮かべるWさんの書斎には、夏目龍子と一緒に写った写真が飾られていた。


夏目龍子が祭壇の間で神託を受けている時、こっそりとその様子を覗いた人物がいる。

元国会議員のFさんである。現在八十代のこの人物は、実は私の遠縁に当たる。元々は市議会議員を数年務め、その後、市長や県議会議員として主に観光産業の発展に尽力、五十代で参議院議員に初当選した。以降は、安定して地元からの支持を受けていた。体調不良を理由に政界を引退してからは、Fさんの第一秘書だった人物が地元の支持基盤を引き継いでいる。ちなみに、Fさんの子供たちは政治とは全く無縁の職業に就いている。

禿頭でつるりとした肌をしたFさんは、一見八十代とは思えない。議員だった頃の貫禄《かんろく》は健在で、私もだいぶ遠慮があった。

そのFさんは議員時代に、選挙があると必ず夏目龍子の特別コースを利用していたという。

「別に勝つか負けるか占うわけじゃないんだ。そんなことは知ってもどうしようもない。出馬することはもう決まっていたからな。だから、どうやったら勝つ確率が上がるのかを相談した」

龍子が祭壇の間に移動すると、若い女性の声がした。明らかに龍子の声ではない。Fさんは奥の部屋には誰か別の人物がいるとずっと思っていたらしい。大事な占いだから、龍子は第三者にも意見を聞いて、占っているのだと考えたのだ。

何度目かに特別コースを依頼した時、Fさんはこっそりと祭壇の間を覗いてみたという。

「あんまり行儀のいいことじゃないのはわかってる。でもな、あの夏目さんが意見を聞いてる相手に興味があったんだ。しかも夏目さんよりも若いようだし、どんな天才占い師がいるものかと思ってね」

襖の隙間から覗いた祭壇の間は、薄暗い空間だった。蛍光灯は下がっていたが、点灯されておらず、祭壇の両側に置かれた大きな蠟燭《ろうそく》だけの灯りだった。

Fさんは祭壇に向かって拝んでいる龍子の背中を見た。龍子は無言だったが、部屋の中からは女性の声が聞こえている。小さい声で、途切れ途切れに占いの結果を伝えているようだった。

しかし、祭壇の間には龍子の姿しかない。

その瞬間、Fさんは無性に怖くなったという。

「見ちゃいけないものを見たって感じがした。全身がざわってしてな」

Fさんは龍子に気取られないように、静かに襖を閉めて、元の席に戻った。

祭壇の間から戻った龍子は、何事もなく占いの結果をFさんに伝えた。とても重要な依頼だったにも拘《かか》わらず、Fさんは上の空でそれを聞いた。

ちなみに、祭壇の最上段には、木製の箱が置かれていたそうだ。

「そうだなぁ、骨壺が入った箱くらいの大きさかな。多分、桐《きり》でできた箱だと思う」

Fさんの個人的な感想では、声はその箱の中から聞こえてきたように感じたという。

これらの話を聞いて、私は厭な予感がした。

かつて私が蒐集した怪談で、似たような事例があったからだ。その怪談で声を発していたモノの正体は余りにも悍《おぞ》ましく、「化物」と呼ぶ関係者までが存在した。

しかし、予言や失せ物の場所を当てるなど、その神秘的な能力から、かつてはこう呼ばれていたのだ。コウベノカミサマ、と。

＊

わたしが呻木叫子の病室に行くと、中には既に鰐口の姿があった。今日も赤っぽいパーカーにジーンズ、頭には「ゴーストバスターズ」のロゴが入ったキャップを被っている。

「あれぇ？　高梨さん、早かったっすねぇ」

鰐口は目を丸くしている。

ベッドの中の呻木は、枕に背中を預けて、半身を起こした姿勢だった。思ったよりも顔色がよく、わたしに向かって「よっ！」と軽い調子で手を挙げた。

どうやら間に合ったようだ。

そこでようやく自分が肩で息をしていることに気付いた。

「何？　何？　走ってきたの？　大丈夫？」

呻木はわたしの心配など知らずに、呑気に笑っている。

わたしは呼吸を整えると、真っ直ぐ鰐口に視線を向けた。

「ん？　なんすか？」

「鰐口さん、あなたが犯人だったんですね」

静かにそういった。

当の鰐口はポカンと口を開ける。相変わらず化粧が濃いので、何となく卑猥《ひわい》な人形めいた容貌になった。それが驚きからくる表情なのか、はたまた、演出された表情なのかはわからない。

油断するなと自分にいい聞かせて、わたしは自らの推理を呻木と鰐口の前で披露した。

二人は黙ってわたしの話を聞いていたが、時折、鰐口が呻木に向かって妙なアイコンタクトを送っていた。

「と、いうわけで、理詰めで考えると、鰐口さんと辰野さんの共犯しかあり得ないんです」

力強くそういった。

胸を張ってそういった。

しかし、呻木も、鰐口も、大きく表情を変えることはない。わたしは場の雰囲気に違和感を覚えた。ひょっとして、何かとんでもないことをやらかしたのではないか？　そんな不安が頭を擡《もた》げる。

僅かな沈黙の後に、鰐口は非難がましい声でこういった。

「ほらぁ、呻木さんのせいで、あたしが犯罪者にされちゃったじゃないっすか。ちゃんと高梨さんに釈明してくださいよね」

呻木は「ごめんごめん」と右手で拝むようにする。

「あのね、この怪我は違うの」

「違う？　違うっていうのは？」

一体何がどう違うのか？

「これはね、事故なんだ。しかも私の自業自得」

「は？　え？　事故、なの？」

「そう。私が自分で用意した仕掛けで、冷凍メロンを落としたんだけど、ちょっと立ち位置を間違えて、頭に直撃しちゃったって話。すみません。ご迷惑をお掛けしました」

呻木はわたしと鰐口にぺこりと頭を下げた。

詳しい事情を聞くと、呻木は休憩後に所定の位置に着く前に、二階にドライアイスを使用して冷凍メロンが落ちる時限式の仕掛けを設置したという。

「保冷剤とか飲み物が入ったバッグに、ドライアイスと冷凍メロンを入れて、現場に運び入れたの」

「でも、メロンを抱えて階段上がるのを、他の人たちに見られないようにするのって、難しくなかった？」

わたしがそう尋ねると、呻木は「そうでもないよ」と答えた。

「建物の中は暗かったからね。懐中電灯つけてなかったら、別にバレないよ。暗視カメラは定位置にしかないから、メロンが映らないようにすればいいだけだし」

「まあ、呻木さんが本番前に無駄に現場をウロウロするのはいつものことっすからね。こっちもあんまり気にしませんでした」

呻木が作った仕掛けは極めて単純なものだ。二階の僅かに傾斜のある位置に冷凍メロンを設置し、ドライアイスをストッパーとして置いておく。あとは時間がきて、ドライアイスが溶けると、自然とメロンが転がってきて落下する。ドライアイスの溶ける時間は何度も実験して算出したらしい。しかし、事件、いや、最早事故と呼ぼう——事故が起こった当日、予想外のハプニングが起こった。

「絶妙なタイミングで、霊が悲鳴を上げたわけよ。それで私はメロンをよけるタイミングを外しちゃって、ほら、この通り病院送りですよ」

呻木は「笑ってやってくださいな」といったが、こちらとしては笑うに笑えない。

鰐口もだいぶ憤慨しているようで、「笑えないっすよ」と口を尖らせた。

「せっかく、本物の超常現象が撮影できたのに、呻木さんが病院送りになったから、番組がお蔵入りしちゃったじゃないっすか！　代わりの撮影だって大変だったんすよ！」

「だから、ごめんっていってんじゃん」

呻木の表情からは、どの程度反省しているのかは汲み取るのが難しい。

だが、取り敢えず、呻木の身に起こったことが、単なる災難であったことは理解した。

それにしても……。

「どうしてそんな仕掛けを？」

それが最も気になる疑問である。

「そりゃあ、冷凍メロン事件の犯人を炙《あぶ》り出すためだよ。私の計画だと、撮影中に冷凍メロンが落下して、その映像が番組で流れるはずだったの。そうしたら、本当に冷凍メロンの事件を起こしている犯人が黙っていないって思ったんだ」

「鰐口さんは呻木の計画を知っていたんですか？」

「いいえ。でも、冷凍メロン事件については、前々から聞いていたんすよ。だから、現場にメロンが落ちてた時は、てっきり呻木さんも冷凍メロン事件の犠牲者になっちゃったんじゃないかって。冷凍メロンの話をあたしにしちゃったから、呻木さんの頭にメロンが降ったのかもって思ったんすよ、一瞬」

最後の「一瞬」という表現が気になった。もしかして、鰐口はだいぶ前から事故の真相に気付いていたのか？　気付いていて、呻木が意識を取り戻すのを待っていた？

「呻木さん、丁度高梨さんも来てくれましたから、そろそろあの話をしたらいいんじゃないっすか？」

鰐口に促されて、呻木は「そうだね」と頷く。

そういえば、呻木はわたしに会いたいといっていたのだ。わたしはそれを思い出す。

「あのね、鰐口さんもいったけど、私、前から鰐口さんに冷凍メロンの件を相談してたのね。

それで、鰐口さんがいうには、現在進行形で起こっている冷凍メロン事件については、容疑者の条件がかなり絞れるっていうの」

「ホントに？」

わたしは猜疑心の籠もった瞳を鰐口へ送る。しかし、鰐口は確固とした態度で頷いた。

「これはマジっすよ。最初の夏目龍子の事件と螺良海人の事件は置いておくとして、他の事件の被害者の多くが、冷凍メロン事件の発見者や目撃者ってことが重要っす。これらの人たちは、元々は無関係だったと考えられます。それなのに、犯人は被害者たちが冷凍メロンに関わっていることを知っていた」

「犯人もそれぞれの現場にいたってこと？」

「いいえ。必ずしもそうでなくてもいいんです」

「でも、現場にいなかったら、遺体の発見者や目撃者の情報を得ることはできないんじゃないかな」

「できます。犯人が警察関係者なら」

「ああ……」

「警察関係者なら事件調書を読むことが可能っす。だから、すべての関係者の情報を知ることができた。あとはその内の誰かがメロンについて情報を漏らしてないかをチェックすればいいだけなんす」

「なるほどね。だけど、犯人が警察関係者だったとして、どうして犯人はそもそも冷凍メロン事件を連続して起こそうとしたんだろう？」

その質問には、呻木が答えた。

「それはね、犯人が最初の冷凍メロン事件である夏目龍子殺害事件の犯人だったからじゃないかって思うの。犯人は龍子殺害のトリックを誤魔化すために、次々と冷凍メロン事件を起こしているんじゃないかかな。夏目家に直接関係ない被害者の近くにメロンを置くことで、冷凍メロンがあくまで主眼となった事件が連続して起こっていると錯覚させて、龍子の殺害で果たした役割から焦点をずらそうと思った」

「それって、最初の事件も、警察関係者が犯人ってこと？　いや、その前に……」

もしかして、呻木叫子は真相に気付いたのか？

夏目龍子殺害事件の犯人が誰なのか、わかったというのか？

わたしの無言の問いに、呻木は力強く頷いた。

「そう。誰が龍子を殺したのか、私、わかっちゃったの。それであなたに真相を聞かせようと思って、ここへ呼んだわけ」

そして、呻木叫子は夏目龍子殺害の真相を語り始めた。

「あの日、犯人は計画的に夏目龍子を殺そうと思ったはず。当初の目的では、龍子を殺し、母屋を一時的に密室にして、自分のアリバイを確保するっていう計画だった」

「どうやって母屋を密室に？」

わたしの質問に、呻木は即答する。

「方法はとっても単純。玄関の戸は枠が木製だった。だから、犯人は母屋から出る時に、玄関の戸に水をかけて、びしょびしょに濡らしておいたの。雪が降るくらい寒い冬の夜だもの、次第に戸は凍り付いて開かなくなる。きっと前にもそんな経験があったんだと思うわ。私の実家も栃木の北の方だから、冬に玄関とか車のドアが凍って開かなくなるってこと、結構あるの。それで、犯人のトリックに気付いたんだ」

呻木の推理では、犯人の計画は非常にシンプルだ。午前零時に弟子のどちらかが夜食を運ぶことは習慣になっていた。それを利用して、母屋に鍵が掛かっていることを確認させれば、その時間別館にいた犯人は、容疑者ではなくなることになる。

「事件の日の犯人の行動を想像してみるね。犯人は、雪がまだ降る中をこっそりと母屋へ移動した。そして、背後から龍子に近付いて撲殺する。でも、急いで密室の準備をして逃げ出そうとした犯人を、その時不運が襲ったの」

「不運?」

「そう。外に出たら、雪が止んでしまっていた。このまま別館に戻ったら、雪の上に自分の足跡が残ってしまう。悩んだ犯人は、祭壇に備えてあったメロンの中に、幾つか凍って硬くなっているものがあるのに気付いた。暖房器具がない場所で数日間放置されていたから、完全ではなくても半ば凍っているメロンはあったはず。上に乗ってみて、何とか体重を支えられるかどうか確認すると、犯人は二個のメロンを用意した。玉乗りのようにメロンに乗って、数十センチ前にもう一つのメロンを置く。今度はそれに乗り移り、今まで乗っていたメロンを回収して、再び前に置く。こうやって二個のメロンを代わる代わる使って、別館へ移動することに成功する。これが庭に残された不可解な丸い痕跡の正体。現場に血の付いた冷凍メロンを残したのは、丸い痕跡の異常性から目を逸らすための工作だった」

「どうしてそこまでして足跡を残したくなかった？」

わたしは動悸が速くなるのを感じる。

「足跡が残っていたら、犯人は自分が特定されるってわかってたからよ」

「足跡だけで？　でも、計画殺人なんだよね？　もう雪は降っていたんだから、例えば、最初から他の家族の靴を履いて現場に行っていれば……」

「それができなかった。何故なら犯人は子供で、足のサイズが小さかったから。子供だったからこそ、メロンにだって乗れたの。大人の体重じゃ、幾らメロンが凍っていたって、上に乗って移動するなんてできない」

ああ、やはり呻木叫子は気付いている。

「そうでしょ？　高梨愛さん」

呻木はわたしをフルネームで呼んだ。

「津田に聞いたんだけど、高梨さんって結婚前の旧姓は夏目なんだよね？　で、これも津田に調べて貰ってわかったことだけど、あなたは夏目龍子の養女の愛さんで間違いないって」

同僚の津田刑事は、呻木の中学高校の同級生だったと聞いている。わたしが呻木と知り合ったきっかけも、津田からの紹介だった。そして、最近、津田がこそこそと冷凍メロン事件について嗅ぎ回っていたのも知っていた。

「メロンに乗って別館に戻ったあなたは、メロンを冷蔵庫に仕舞い、自分の部屋へ戻った。そして、十一時半になって悪夢を見たと嘘を吐いて騒ぎ立て、午前零時までのアリバイを確保しようとした」

わたしは何も答えなかった。

もう二十年も前の事件である。物的証拠が残っているとは思えない。呻木の推理はあくまで状況証拠のみでしかない。

「あなたが養母の龍子を殺したのは、恐らく、龍子が祭壇で祀っていた『神様』が関係しているんでしょ?」

「神様」という単語を聞いた途端、わたしの体に衝撃が走った。

「どうして……?」

「あのね、信じられないかもしれないけれど、私、その『神様』に似たモノを知っているの。それって箱に入っているものだったんじゃない?」

わたしは静かに頷いた。

そう、母屋の奥に置かれた祭壇。その最も高い位置にあったのは、木製の箱である。

そして、その中に入っていたのは……。

光彦と螺良が龍子の屍体を発見した時、二人は現場からあの箱を持ち去って、別館に隠した。それは決して警察には、他人には見せられないものだから。だから、警察の事件資料には祭壇の上に何が祀ってあったのか記述がない。

「あなたは見てしまったんでしょ？　箱の中身を」

そうだ。わたしは見た。だから……。

「そして、自分もその『神様』にされるって思ったんでしょ？　あなたの義理のお姉さんが消えたのも、『神様』にされちゃったからじゃないの？」

姉が行方不明になった日の朝、わたしは見てしまったのだ。光彦の車で何処かへ連れて行かれる姉の姿を。瑞穂の行方を捜す警察に、光彦は「その日は朝から一人で大学に行った」と嘘の証言をしていた。

そして数か月後、母屋の祭壇に新しい「神様」がやって来た。

次は絵里奈か、自分の番だ。

それは単なる思い込みではない。だって……。

「瑞穂ちゃんがね、教えてくれたの」

それは今でもわたしの耳にこびり付いて離れない。

「『このままじゃ、殺されちゃうよ』って」

呻木叫子の原稿5

奇縁というものは、本当にあるようだ。

これまで私は、K亭という温泉旅館で起こった怪談、Oトンネルに出現する首なし幽霊の怪談、そして、警察関係者に伝わる冷凍メロンの噂を取材した。その結果、これら三つの話は密接に関係していることが明らかになった。

夏目龍子の夫・光彦の両親である青沼稀一郎《きいちろう》と妻の鈴《すず》は、かつて栃木県北部の牛頭《ごず》温泉郷《きょう》に住んでいたことが判明した。その頃の青沼夫妻は、現在ではK亭が建っている場所に住んでいた。

稀一郎の母親は地元では有名な拝み屋で、「神戸《こうべ》の神様」或いは「神様」と呼ばれていた。「神戸の神様」は、実際は「頭《こうべ》の神様」であり、人間の髑髏《どくろ》、乃至《ないし》頭部が神体であったと推察される。神体を直接目にした関係者はいなかったが、その大きな特徴は、予言を行うことで、その際、声を発することが確認されている。

母親の死が契機となって、青沼夫妻は土地を去り、神奈川県鎌倉《かまくら》市へ移住した。その頃から青沼稀一郎は独自に「神様」を造ることを始めたようだ。具体的な方法はわからない。ただ、当初は子供を誘拐し、その屍体を利用していたのではないかと思われる。造った「神様」は、占い師たちに高額で売買されたらしい。しかし、稀一郎の母親が使用していた「神様」と違って、青沼夫妻が新たに造ったものは不完全だった。数年で予言の能力を失うので、継続して新しい「神様」を造る必要性が生じたようだ。

息子の光彦は妻となる夏目龍子に「神様」の一つを与え、占い師として確固たる地位を築かせた。その代償として、夏目家は「神様」を造る材料の供給源となった。見込みのありそうな人物（主に霊感に優れた少女や若い女性だったと考えられる）を龍子の弟子や二人の養子にし、頃合いを見て「神様」へと造り変えてしまう。夏目家はそういう悪魔的な場所だったのだ。

「でもね、数をこなす内に、段々コツが摑めるようになったみたいで、瑞穂ちゃんの時からはもう完全なものになったみたい」

夏目龍子の養女であった愛さんは、嫌悪感の籠もった表情でそういった。

こうした経緯を知ると、螺良海人の死は自殺だった可能性が高い。愛さんの話では、螺良は「神様」の秘密を知っていたようだ。自ら「神様」の製造に加担していたのか否かはわからないものの、その所業の重さに耐え兼ねて生命を絶ったのだろう。近くに冷凍メロンを置いたのは、他でもない愛さんだという。

「瑞穂ちゃんがね、『海人くんが死んじゃうよ』って教えてくれたから、わたしはメロンを持って現場に行ったの」

愛さんがいう「瑞穂」とは、既に箱の中の「神様」と化した瑞穂のことだ。その予言によって愛さんは事前に螺良の死を知り、冷凍メロンを持参して、屍体に添えた。

「そうやって遺体の装飾に冷凍メロンを使えば、メロンを使ってわたしが母屋から脱出したってことから注意を逸らせられると思った」

連続して発生している冷凍メロン事件の真相も、似たようなものであった。

「夏目家と直接関係のない人たちの側にメロンを置けば、龍子殺害のトリックを隠し続けられる。そうすれば、自分は安全だと思った」

愛さんは事前に事件や事故で死ぬ人間を「瑞穂」から聞いて、その現場に冷凍メロンを放置しただけだそうだ。とはいえ、冷凍メロンの事件が頻発するのは彼女が警察官になって以降であることと、螺良海人の自殺の件は元々連絡があったと考えれば、現実的な解釈も可能で、私は多少愛さんの主張に疑念を持っている。ただ、不可解なのは、被害者の中には実際に殺人や事故の現場でメロンを目撃して、それを他人に話した直後に死んでいる者が少なくないことだ。冷凍メロンを自ら現場に置きながらも、冷凍メロンの存在は隠したい——そんな愛さんの矛盾する気持ちが関係しているのではないかと思い、この点に関して質問してみたが、愛さんは口を閉ざしている。現時点では冷凍メロンの呪いとでも考えておくしかないようだ。

さて、青沼家では失敗作も含めて長い間、次々と「神様」が造られていった。その際、使用されない首から下を処分する役割を担っていたのが、光彦だ。彼が屍体を遺棄するのは、主に北関東を中心とした場所であり、Oトンネルもその一つであった。私が怪談の調査を行った折、トンネルの付近から四体の白骨化した屍体が発見された。それらは青沼家の人々の手にかかって「神様」にされた女性たちのものだったということだ。警視庁と各県警が合同で光彦の車の足取りを追って、Oトンネル以外の遺棄現場の特定を急いでいるという。
一体何人分の屍体が出てくるのか、考えただけで空恐ろしい。

最後に、Oトンネルで行方不明となったHさんの身柄が無事に保護されたというニュースを記しておこう。鎌倉にある青沼家に踏み込んだ警察が、屋敷内で軟禁されているHさんを発見したという。Hさんは白装束を纏《まと》い、座敷の中で念仏を唱えていたと聞く。健康状態に問題はないらしいが、特殊な状況下に置かれたことでPTSD（心的外傷後ストレス障害）を発症しているらしい。現在は入院療養中である。

青沼家では稀一郎と鈴が首を吊った状態で発見された。発見時にはまだ屍体は温かく、警察が到着する直前に自殺を図ったと思われる。

現場に踏み込んだ警察官のJさんから、こんな話を聞いた。

稀一郎と鈴が死んでいたのは、屋敷の一番奥に位置する座敷である。二人とも縁側に面した鴨居《かもい》に浴衣の帯を掛けて、首を括っていた。年老いて半ば萎《しぼ》んだ夫婦が並んで揺れているのは、かなり異様な光景であったという。屍体を最初に見つけたのは、Jさんだった。

「発見現場の床の間には、高い壺を入れるような桐の箱が置いてありました」

Jさんが変わり果てた青沼夫妻を発見した時、その箱から笑い声が聞こえたそうだ。

「甲高い声で、『きゃはははは』って感じでしたね。はい。聞き間違いではありません。一緒にいた部下も聞いていますから」

桐の箱の中には、ミイラ化した人間の頭部が入っていたという。歯型の照合などから、頭部は十三年前に行方不明となった彫刻家の女性のものだと判明した。当時二十三歳の彼女は、制作中の作品を残して、アトリエから忽然と姿を消したそうだ。

「それで、これはつい最近のことなんですけど、箱の中の首を司法解剖した担当の医師が、何の前触れもなく自殺してしまったんです。帰宅途中に駅のホームから突然電車に飛び込んだそうで」

これも「神様」となった頭部のもたらした災いなのだろうか。

青沼家の屋敷に併設された納屋《なや》には祭壇が設けられ、その前にステンレス製の寝台が置かれていた。祭壇の上には、見たことがない形状をした神像らしきものが祀られていたらしい。室内は一見すると掃除が行き届いて、清潔な印象だった。

「まるで宗教施設と病院の手術室がごっちゃになったような、不思議な空間でした」

実際に納屋を調べた鑑識課の一人が漏らした感想である。

その部屋からは複数の人間の血液や体組織が検出されている。現場の状況から見て、相当長い年月、ここで血腥《ちなまぐさ》い行為が行われてきたことが判明した。

とはいえ、事件の異常性や社会に与える衝撃を考えて、事件の詳細はマスコミには伏せられるとのことだ。従って、ここまで書いてきた私の原稿も、日の目を見ることはないかもしれない。

余談だが、私のデビュー作「D坂の怪談」において、何らかの祟りが原因で近世に滅んだ集落が登場するのだが、その名前も青沼だった。これは偶然の一致なのだろうか。

近世の文献資料を見ると、そこには「カミサマ」と呼称される占い師か拝み屋のような人物が住んでいたことが記されている。このことから、少なからず関連を疑ってしまう。しかし残念なことに、現存する資料に限りがあるので、青沼家と直接関係があるのか否かは確認できなかった。

八王子市の自宅にも、鎌倉市の実家にも、夏目光彦の姿はなく、警察は全力で行方を追っている。愛さんの話では、近い内に逮捕されるとのことだ。

「そう瑞穂ちゃんがいってたから」

その愛さんも、程なくして姿を消してしまう。

実は、行方を晦《くら》ます直前、私は愛さんの自宅を訪れている。愛さんは作曲家の夫と共に、日《ひ》野《の》市の一軒家に暮らしていた。

その日、夫は不在で、家には愛さんと私の二人きりだった。

しばらくはリビングでお茶を飲みながら他愛のない会話を楽しんでいたが、ふと愛さんが席を立った。戻ってきた彼女は、両手で桐の箱を持っていた。私は箱を見た瞬間に、それが何なのかわかった。

愛さんは微笑みながら、桐の箱をテーブルの上に載せる。

何も聞こえなかったけれど、箱の内側からは妙な息遣いを感じた。

私は特別に許可を得て、その箱の蓋をああこの原稿データを残して、呻木叫子先生は行方がわからなくなってしまいました。二年が経過した現在も、その消息は不明のままです。尚、本稿はご家族の強い要望により、発表させて頂きました。弊社社員一同、一刻も早く呻木先生のご無事が確認されることを願っております。

（編集部）

〈主な参考文献〉

朝里樹『日本現代怪異事典』笠間書院
大島清昭『現代幽霊論—妖怪・幽霊・地縛霊—』岩田書院
木場貴俊『怪異をつくる　日本近世怪異文化史』文学通信
小松和彦『妖怪学新考　妖怪からみる日本人の心』講談社学術文庫
柴田宵曲編『奇談異聞辞典』ちくま学芸文庫
常光徹「トンネルの怪談」『不思議な世界を考える会会報』三九
羽仁礼『永久保存版　超常現象大事典』成甲書房
福田アジオ・神田より子・新谷尚紀・中込睦子・湯川洋司・渡邊欣雄編『精選日本民俗辞典』吉川弘文館
水木しげる画・村上健司編著『改訂・携帯版　日本妖怪大事典』角川文庫
柳田國男『柳田國男全集4』ちくま文庫

解説

朝《あさ》宮《みや》運《うん》河《が》

本書は第十七回ミステリーズ！新人賞を受賞した「影踏亭の怪談」に、書き下ろし三編を加えた大島清昭のデビュー作『影踏亭の怪談』の文庫版である。全四編の収録作はそれぞれ独立した事件を描いた短編小説だが、いずれも怪談作家・呻木《うめき》叫子《きょうこ》の実地調査記録という側面があり、ゆるやかな連作を形作っている。

作品のジャンルはもちろんミステリ、それも不可能犯罪が探偵役によって鮮やかに解き明かされるタイプの本格ミステリだが、同時に超自然現象がおぞましい災厄を引き起こすホラーでもある。ミステリとホラーの融合は近年多くの作家によって試みられ、〈ホラーミステリ〉というサブジャンル名も一般化してきたが、本格ミステリとホラーの両要素をまったく薄めることなく、いわば原液のままミックスしたところに本書の特色がある。

私が作者の作品に初めて触れたのは、表題作「影踏亭の怪談」が掲載された『ミステリーズ！』一〇三号（二〇二〇年十月）だったが、論理的な謎解きと不条理な怪異とが渾然一体《こんぜんいったい》となった独自の作風に、新鮮な驚きを覚えたものだった。

「影踏亭の怪談」は怪談作家の呻木叫子が、東京の自宅マンションで異様な姿となって発見されるところから幕を開ける。彼女は施錠された部屋の中で、両手両足を椅子に拘束され、自分の髪の毛で両瞼《りょうまぶた》を縫い閉じられた状態で、意識を失っていたのだ。実家から姉の様子を見にやってきた弟の〈僕〉は、叫子が影踏亭という栃木県の温泉旅館にまつわる怪談を調べていたことを知り、自らもその旅館に足を運ぶ。

物語は影踏亭で聞き取り調査を進める〈僕〉視点のパートに、「呻木叫子の原稿」と題した叫子視点の怪談取材パートを差し挟みながら、影踏亭の謎に迫っていく。中庭の離れで怪異が頻出するのはなぜか。〈僕〉が遭遇した密室殺人の真相とは。そしてマンションで叫子を襲ったのは誰なのか。

多くの謎に筋の通った答えが呈示されるが（とりわけラスト一頁で明かされる事実は衝撃的だ）、一方では合理性の及ばない領域もあちこちに残されており、そのことがホラーならではの不穏な読後感をもたらしている。

この特殊な構造については、第十七回ミステリーズ！新人賞選考委員のひとりで、「影踏亭の怪談」を特に高く評価した米澤穂信《よねざわほのぶ》が、選評で次のように述べている。

「『影踏亭の怪談』は、今回の応募作の中では図抜けて雰囲気のいい短編でした。怖くて面白くて、サプライズも効いている。しかしなんといっても特徴的なのは、その構造です。怪奇小説と推理小説の融合は過去幾度も試みられていて、傑作も数多くあります。それらの多くは、事件の大部分が解明されながらもほんの一点だけ合理性では説明のつかない点が残るという構造をしていました。本作は逆です。ほぼすべてが怪奇の闇の中に閉ざされる中、ほんのわずかに合理性の光が射《さ》しこむのです」（『ミステリーズ！』一〇三号）

ミステリーズ！新人賞受賞時の「受賞のことば」によると、作者は幼い頃から妖怪や怪談が大好きで、中学時代からはミステリにも熱中。島田荘司《しまだそうじ》や綾辻行人《あやつじゆきと》、京極夏彦《きょうごくなつひこ》、森博嗣《もりひろし》などの作品から多大な影響を受けたという。好きなものの筆頭に妖怪、怪談、本格ミステリの三つをあげる作者にとって、ミステリとホラーは対立関係にあるものではなく、むしろ愛すべきものとして同じカテゴリーに属しているのだろう。

むろんそうした趣味嗜好の持ち主だからといって、ミステリとホラーを一作の中で共存させるのは、決してたやすいことではない。両者をテクニカルに結び付け、驚きと恐怖を生み出す装置としてフル活用したところに、本書の新しさがあった。

残る三編も簡単に紹介しつつ、さらに本書の特徴を述べてみよう。

第二話「朧《おぼろ》トンネルの怪談」では、栃木県北部にある心霊トンネルの怪異が語られる。深夜、そのトンネルに肝試しに出かけた大学生の男女四人。しかし女子学生のひとりが忽然と消えてしまった。そのトンネルの怪談を取材していた叫子は、複数の人からそこで女の霊を見たという体験談を採取。その多くには首がないという共通点があった。この些細な違和感を支点に、人間消失の謎が解き明かされていく。

第三話「ドロドロ坂の怪談」の舞台は、泥まみれのお化けが目撃されるという福島県の坂道。

大学時代の友人・望月法子《もちづきほうこ》の息子が神隠しにあったと聞き、叫子は十三年ぶりにその地を訪れる。相次いで目撃される幽霊と、子どもの失踪にはどんな関連があるのか。共同墓地、投げ込み井戸、滅びた村などのモチーフを用いて、土俗的な恐怖とミステリを巧みに接続している。

第四話「冷凍メロンの怪談」はやや風変わりな超常現象を扱った一編だ。廃工場での心霊番組のロケ中、頭に落ちてきた冷凍メロンによって意識不明の重体に陥った叫子。警視庁内部では不特定多数の人々が、空から降ってきた冷凍メロンで死亡しているという都市伝説が囁かれていた。これは空から魚などが降ってくる超常現象・ファフロツキーズなのだろうか。表題作と並んで、トリッキーな語りの技術が発揮されている。

これらの多彩なエピソードに共通するのは、まず何といっても怖いこと。「呻木叫子の原稿」のパートに記されている体験談は、怪談語りのツボをよく押さえており、ここだけ取り出しても読み応えがある。深夜決まった時間にかかってきて、不吉な未来を告げる電話。ある女性にだけ見える、テーブルの下の子ども。「いるかぁ、いるかぁ」と言いながらさまよう幽霊——。不条理だからこそリアルな怪異の数々と、淡々とした文体が相まって、まさにノンフィクションやルポルタージュを読んでいるような感覚に陥る。

ちなみにこの分野に明るくない方のために説明しておくと、叫子の執筆している実話怪談（怪談実話とも）と呼ばれるジャンルは根強い人気を誇り、多くの専門作家が存在している。その中には怪異の現場まで足を運び、その土地の歴史や伝承を調査するルポルタージュ的手法を得意とする書き手もいる。怪談を書いて生活するという叫子のキャラクターには、一定のリアリティと同時代性が備わっているのだ。このあたりからも作者の怪談マニアぶりがうかがえよう。

もうひとつの特色は、作者の怪異・怪談方面への造詣の深さである。叫子は怪談をただ集めるだけではなく、その共通点を探り、背後に潜むものを明らかにする。それに際しては表題作では柳田國男《やなぎたくにお》の『山の人生』を援用し、「朧トンネルの怪談」では民俗学者・常光徹《つねみつとおる》の論考「トンネルの怪談」を、「ドロドロ坂の怪談」では江戸随筆の『諸国里人談』を紹介するといったように、学術的なスタンスを崩さない（叫子が霊能力などに頼って事件を解決する、という展開は一切ない）。

こうした理知的な作風は大学・大学院で妖怪や幽霊の研究をし、作家デビュー前に『現代幽霊論―妖怪・幽霊・地縛霊―』（岩田書院）『Jホラーの幽霊研究』（秋山書店）という二冊の研究書を上梓しているという経歴が、大きく関わっているのだろう。非合理的なものを分析的に扱おうという作者のスタンスが、ミステリとホラーの架け橋になっている。

そしてもうひとつの特色は、明確な本格ミステリ志向である。お札で窓や玄関を内側から目張《めば》りされた離れが登場する表題作を筆頭に、収録作がすべて不可能犯罪を描いていることに注目してほしい。その背後にある大胆なトリックやロジックも含めて、作者がある種の本格ミステリが放つ人工的な美学に心惹かれているのは明らかだろう。主人公のキャラクター設定をはじめとして、一見さりげない叙述の中にも伏線や手がかりが潜んでいるので、怪談が苦手な方もぜひ読み飛ばさずに、仕掛けに満ちた文章を精読していただきたい。

さて、本稿の冒頭で四つの収録作はゆるやかな連作を形作っていると書いたが、それは単に主人公が共通しているからではない。最終話「冷凍メロンの怪談」において四つのエピソードの関連が示され、読者の眼前に戦慄の事実が突きつけられるのだ。ささやかな違和感が結びつき、忌まわしいものとなって現れてくる驚きと恐怖。本書は紛れもなく一編の〝怪談〟であった。それもとびきり怖ろしい、呪われた怪談だ。デビュー作においてこの大胆不敵な企《たくら》みを着想し、それを実現させてしまった作者には脱帽するしかない。

本書の作者・大島清昭は一九八二年栃木県生まれ。筑波大学卒（第一学群人文学類）、同大学大学院修士課程修了（地域研究研究科）。先述のとおり研究者として幽霊・妖怪についての論考を発表した後、作家デビューを果たした。公《おおやけ》にされているプロフィールはこのくらいなので、以下編集部を介して作者に問い合わせた略歴をご紹介しておこう。

大学時代は日本民俗学を専攻。卒業論文では道具・建築物・車など物質文化に関する妖怪や怪談について論じたという。大学院で妖怪と幽霊の学術的な定義をテーマとしていた、というから根っからのおばけ好きである。この修士論文が先に述べた研究書のもとになっている。

大学院修了後は某テーマパークに勤務。総務として働くかたわら、接客・イベントの企画運営・厨房・占い師・講師・ショートムービーの撮影など多くの業務に携わる。そうした幅広い経験が小説執筆にも役に立っているそうだ。退職後は〈不思議な世界を考える会〉の会員に誘われて〈日本民話の会〉に入会。同会が携わっている児童書「怪談オウマガドキ学園」シリーズに編集委員や執筆者として、「都市伝説探偵セツナ」シリーズでは編集協力・執筆者として関わっているという。今日は専業作家として、小説・児童文学の執筆に専念している。

影響を受けた小説を教えてほしいとの問いには、以下十三作をあげてくれた。

山尾悠子『山尾悠子作品集成』
京極夏彦『姑獲鳥の夏』『魍魎の匣』
森博嗣『すべてがFになる』『今はもうない』『黒猫の三角』
泉鏡花「眉かくしの霊」「雛がたり」
綾辻行人『人形館の殺人』『時計館の殺人』
島田荘司『暗闇坂の人喰いの木』『水晶のピラミッド』
安部公房『カンガルー・ノート』

最も尊敬している作家は山尾悠子。文章と世界観に惹かれるそうで、上記の『山尾悠子作品集成』の他、『ラピスラズリ』『歪み真珠』なども好きだという。学生時代は講談社ノベルスを中心に本格ミステリに熱中。京極夏彦「百鬼夜行」シリーズ、森博嗣「S&M」「V」シリーズは何度もくり返し読んだという。

ちなみに『影踏亭の怪談』の構成は、ブラム・ストーカー『吸血鬼ドラキュラ』やラヴクラフトのクトゥルー神話作品がヒントになっているとのこと。なるほど、手記や書簡に記された断片的な情報が集まり、ひとつの大きな怪異を指し示すという構成は、『影踏亭の怪談』と相通ずるところがある。ミステリパートに関しては、ジョン・ディクスン・カー（カーター・ディクスン含む）とエラリー・クイーンの作品を意識しているそうだ。

二〇二一年に『影踏亭の怪談』を上梓した後、二二年には呻木叫子シリーズ第二作で、クトゥルー神話的モチーフが頻出《ひんしゅつ》する初長編『赤虫村の怪談』（東京創元社）、オカルトとミステリのさらなる融合に挑んだ『地羊鬼《ちようき》の孤独』（光文社）を発表。書き下ろしアンソロジー『異形コレクションLIV　超常気象』（光文社文庫）にホラー短編「星の降る村」を寄稿するなど、ホラーミステリの書き手として活動の幅を広げている。

今日、日本のホラー小説シーンでは個性ある新人が相次いで登場しているが、論理と怪異を組み合わせ、驚きと恐怖を生み出してみせる大島清昭は目が離せない書き手のひとりだ。もちろん本格ミステリファンにとっても、大いに気になる存在だろう。デビュー作の文庫化を機に、鬼才の活躍にますます勢いがつくことを願ってやまない。

本書は二〇二一年、小社より刊行された作品の文庫化です。

著者紹介　1982年栃木県生まれ。筑波大学大学院修士課程修了。2020年、「影踏亭の怪談」で第17回ミステリーズ！新人賞を受賞。主な著作に『現代幽霊論』『Jホラーの幽霊研究』『赤虫村の怪談』『地羊鬼の孤独』がある。

検印
廃止

影踏亭《かげふみてい》の怪談

2023年6月16日　初版

著者　大《おお》島《しま》清《きよ》昭《あき》

発行所　(株)東京創元社
代表者　渋谷健太郎

162-0814/東京都新宿区新小川町1-5
電話　03・3268・8231-営業部
03・3268・8204-編集部
URL　http://www.tsogen.co.jp
DTP　キャップス
暁印刷・本間製本

乱丁・落丁本は、ご面倒ですが小社までご送付ください。送料小社負担にてお取替えいたします。

ISBN978-4-488-45121-9　C0193

平成30余年間に生まれたホラー・ジャパネスク至高の名作が集結

GREAT WEIRD TALES
OF THE
HEISEI ERA

東 雅夫 編

平成怪奇小説傑作集

全3巻

創元推理文庫

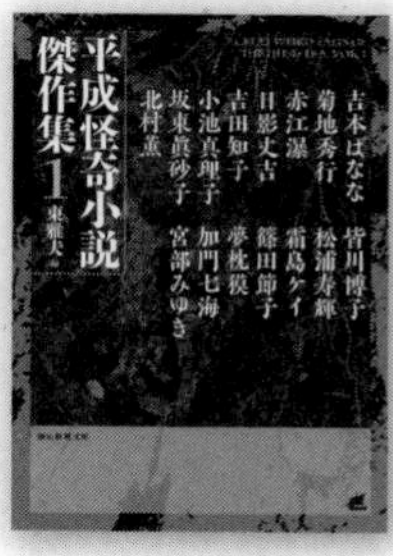

第1巻……………………………………………………

吉本ばなな　菊地秀行　赤江瀑　日影丈吉　吉田知子　小池真理子
坂東眞砂子　北村薫　皆川博子　松浦寿輝　霜島ケイ　篠田節子
夢枕獏　加門七海　宮部みゆき

第2巻……………………………………………………

小川洋子　飯田茂実　鈴木光司　牧野修　津原泰水　福澤徹三
川上弘美　岩井志麻子　朱川湊人　恩田陸　浅田次郎　森見登美彦
光原百合　綾辻行人　我妻俊樹　勝山海百合　田辺青蛙　山白朝子

第3巻……………………………………………………

京極夏彦　高原英理　大濱普美子　木内昇　有栖川有栖　高橋克彦
恒川光太郎　小野不由美　藤野可織　小島水青　舞城王太郎
諏訪哲史　宇佐美まこと　黒史郎　澤村伊智

悪魔の如き冷酷さと鋭い知性を持つ
予審判事アンリ・バンコランの事件簿

〈アンリ・バンコラン〉シリーズ

ジョン・ディクスン・カー◎和爾桃子 訳

創元推理文庫

夜歩く
絞首台の謎
髑髏城
蠟人形館の殺人
四つの凶器